Diogenes Taschenbuch 24647

Heinrich Mann
Liebesspiele

Herausgegeben von
Christian Strich

Vorwort von Hugo Loetscher

Mit vierundzwanzig Zeichnungen
von George Grosz

Diogenes

Inhalt

Heinrich Mann
1871–1950

Heinrich Mann zu schätzen heißt nicht nur, einem Schriftsteller Anerkennung auszusprechen, die ihm leichten Unverstands versagt wird, sondern bedeutet, Qualitäten in der deutschen Literatur ernst zu nehmen, deren sie viel mehr bedürfte, als sie in lichten Momenten bereit ist zu glauben.

Dennoch oder deswegen gehört es zu den wahnwitzigen Notwendigkeiten des deutschen Literaturgesprächs, sich für diesen Schriftsteller einzusetzen; zumal dieses deutsche Literaturgespräch sich auf parvenühafte Weise internationalisiert unter mangelndem Vertrauen in den eignen Bestand.

Und Heinrich Mann gehört zum deutschen Bestand der deutschen Literatur. Gottlob. Er gehört zu einer Tradition, der man zwar allzu gerne untreu wird. Der Gang zu den Müttern bleibt nach wie vor verführerischer, zumal die Mütter jetzt auf dem Umweg über die Übersetzung nach Hause kommen, und es Mütter sind, die nicht entnazifiziert werden mussten.

Es ist die Tradition einer Literatur, an deren Anfang ein Lessing steht, ein moralisches Bewusstsein also, das sich im Klaren war, dass Gesellschaft und Literatur nicht zu trennen sind. Heinrich Mann hielt an diesem Glauben fest inmitten einer spätromantischen Bourgeoisie, die die Dichter als etwas Fremdes liebte, um sich die Schriftsteller vom Halse zu halten.

Nein – Gesellschaft und Literatur lassen sich bei Heinrich Mann nicht trennen: *Der Untertan* und *Professor Unrat* gehören zum Gesellschaftsbild des deutschen Bürgertums vor dem Ersten Weltkrieg. Es gibt kein Verständnis dieser Epoche ohne die Tragödie des akademischen Spießers und die Karriere des trampelnden und duckenden Untertans. Mit diesen beiden Werken schuf Heinrich Mann gesellschaftspolitische Romane – eine Gattung, die in der deutschen Literatur dringend und umso vernachlässigter ist.

Wo Gesellschaft und Literatur zusammengehen, stellt sich die Kritik ein. Nicht im Namen irgendeiner Idee oder eines Programmes, sondern kraft der Beobachtung und dank des Talentes. Es gibt keinen gesellschaftspolitischen Roman ohne die realistische Komponente; das beweisen selbst fantastische Werke wie die Romane eines Günter Grass. Realismus heißt in dieser Hinsicht weniger ein Stilprinzip als die Bereitschaft, als Maßstab für das Geschriebene die gesellschaftliche Realität zu akzeptieren.

Diese kritische Ausrichtung auf die Gesellschaft tendiert in ihrer Absicht auf die Satire; aber es ist nicht die höhnende Verzeichnung einer Gesellschaft, sondern es ist eine Gesellschaft, bei der sich alles, was sie als wertvoll ausgibt, in der genauen Beobachtung schon als Verzerrung von vornherein ausnimmt.

Der Präzision entspricht stilistisch eine ungemeine Verknappung der Sprache; es gibt kaum einen Schriftsteller seiner Generation, der in gleichem Maße auf die Skelettie-rung der Sprache hinarbeitet. Er ist als Epiker ein Asket, sein Duktus ist hieb- und stichfest.

Es ist nicht zufällig, dass dieser Romancier Erzählungen und Novellen schreibt. Da wird nicht irgendwie Tribut an eine erzählende Prosagattung geleistet; sondern die Erzäh-lung entspricht seiner reduzierenden Tendenz der Sprache. Und dies in mancherlei Hinsicht: Sei es, dass er auf die Pointe hinarbeitet wie in *Liebesspiele* oder dass er wie in der Erzählung *Der Unbekannte* einen verkürzten Roman schreibt oder dass er wie in *Szene* die Schicksalsträchtig-keit eines Augenblicks zum Gegenstand wählt – immer ist ein Stilwille sichtbar, der weiß, dass die epische Kürze eine Möglichkeit der Erzählung darstellt, wenn auch eine an-spruchsvolle – sowohl den Autor wie den Leser betreffend.

Seine Erzählungen ließen sich unter verschiedenen Titeln sammeln – ob es historische Novellen sind oder ob sie *Aus der Kindheit* heißen oder *Welt der Herzen* – es sind immer gesellschaftskritische Erzählungen wie *Die Verräter* oder *Kobes*, und stets geht es um eine Entlarvung der mensch-lichen Komödie. Doch ist es eine Entlarvung, die nicht, wie später dann bei Nachfahren, sich darin gefällt zu entlarven. Da ist kein Hohn, da ist nur Betroffenheit, jene Betroffen-heit, aus der heraus ein lauterer Geist schreibt, in jenem Paradox dichtend: Man wünscht sich eine Gesellschaft, die einem alle Voraussetzungen nähme, um so zu schreiben, wie man sich zu schreiben gezwungen sieht.

Nein – Gesellschaft und Literatur ließen sich bei Hein-rich Mann nie trennen. Nie brauchte er *Die Betrachtungen eines Unpolitischen* zu schreiben. Nicht was 1914 und nicht was 1933 anbelangte. Er gehörte zu jenen, die entschlossen waren, in der Weimarer Republik eine deutsche Demokratie zu verwirklichen. Dass er einer der Ersten war, die emigrierten, verstand sich. Er schrieb im Exil den großen Roman über den französischen König Henri IV. Das war eine Utopie nach rückwärts, in der Kunst verwirklicht. Literarisch verwirklichte er seinen Helden: den Aristokraten als Demokrat. Und als ihn die Emigration in die USA führte, da verfasste er einen der unbeachtetsten und gewichtigsten Kommentare zu unserer Epoche: *Ein Zeitalter wird besichtigt.*

Dieser Mann, der sich den Geist als Verpflichtung und die Literatur als Verantwortung wählte, war einer der größten Artisten der deutschen Sprache. Das ist nur für jene ein Widerspruch, die meinen, erst in der Esoterik beginnen die Sprachprobleme. Das war stets einer der Grundirrtümer des deutschen Geisteslebens, wo die Akademien schlechtes Deutsch reden und publizieren durften, nicht zu sehen, dass stilistische Fragen Fragen der Moralität sind, dass die Klarheit des Stils sich nicht von der Klarheit des Denkens und diese sich nicht von der der Luzidität trennen lässt.

Wenn man von der modernen deutschen Prosa spricht, ist es wahrscheinlicher, irgendeinen expressionistischen Schreier erwähnt zu hören als Heinrich Mann. Und doch wird keine Geschichte der modernen deutschen Prosa geschrieben, ohne dass diesem Schriftsteller ein entscheidendes Kapitel eingeräumt wird. Aber das wird erst dann möglich sein, wenn man die Bedeutung seines Spätwerkes, den Rang seiner Romane *Empfang bei Welt* und *Der Atem* festgestellt hat.

Nun ist es nicht leicht, ein Deutscher zu sein, der sich einer Tradition verpflichtet fühlt, die wir die Aufklärung nennen – er wird immer von Dingen träumen, die nicht deutsch sind. Gefühlsmäßig träumte Heinrich Mann von Italien, und dieser Traum war sentimental. Geistig träumte er von Frankreich. Und die Essays, die er über französische Schriftsteller schrieb, sind die sublime Liebeswerbung eines Deutschen, der an die französische *clarté* glaubt.

Er emigrierte auch sprachlich. Die Moralitäten in den beiden Büchern über Henri IV verfasste er auf Französisch. Welche Ungeheuerlichkeit – die Kernsätze eines der wichtigsten Moralisten der deutschen Literatur unseres Jahrhunderts wurden in einer fremden Sprache verfasst. Auch seine Sprache näherte sich der lateinischen Syntax. Seine Sprache, die die deutsche Moral wie kaum eine Zweite braucht! Er selber kehrte nicht mehr nach Deutschland zurück; er starb auf der Reise. Noch führt sein Werk das Schicksal eines Rückwanderers. Mag sein, dass er der Schriftsteller für die glücklichen Wenigen bleibt. Dann würde sich die Tragik seines Lebensabends im Ruhm wiederholen und gereichte erst noch der deutschen Literatur zum Ruhm.

Hugo Loetscher

Der Unbekannte

I

Betäubt von sechs Schulstunden trabt durch die winkeligen Straßen ein Knabe: ein gewöhnlicher Bücherträger, der hier und da ausweicht, um einen Lehrer nicht grüßen zu müssen, dann und wann errötend den Hut abreißt vor einem kleinen Mädchen, mit dem er getanzt hat. Die Gassen steigen und fallen; der Knabe bedenkt, dass er jetzt, entgegen sämtlichen Gesetzen, sich etwas Glück stehlen wird, ein Stück Marzipan kaufen wird, obwohl es ihm den Magen verdirbt, und aus der Leihbibliothek etwas holen, auf dessen Genuss schließlich auch bloß Jammer folgt. Denn das Leben ist zu sehr verschieden von dem, was er meint, was er als Ahnung in sich spürt. Die Bücher, die er sich leiht, versagen auch und brauchen eine Ergänzung: weshalb er zeichnet. Zu Hause in seinem grünen Parterrezimmer, das Efeustöcke an den Fenstern heimisch machen, wartet auf ihn ein Kasten mit Wasserfarben, etwas raues Papier, einige Flaschen bunter Tusche; daran denkt er mit einer so lasterhaften Gier, dass ein vorübergehender Bürger sich fragt: ›Was macht der Junge für Augen?‹

Ein zerrüttendes Laster; denn die Zeichnung, die er, gesprengt von Herzklopfen, fertig gemacht hat, er legt sie, eine Stunde später, als halbtotes Ding in das Pult. Mit jeder Minute, die der Blick in ihr wühlte, ist sie unzulänglicher geworden. Wenn er sie heute wieder hervorreißt, wird er sie nicht einmal mehr erkennen. Die Träume sind alle vergeblich. Eine Insel aus Rosenblättern trägt einen auf rätselhafte Art einen hohen Atemzug lang. Da taucht sie unter; man ertrinkt. Täglich wieder muss man ertrinken.

In der Schule gelingt es ihm manchmal, einen Lehrer so zu sehen, als hätte er noch nie mit ihm zu tun gehabt. Furcht und Hass fallen ab; er bemerkt: ›Also dies Wesen, dies arme Wesen!‹ Und der Knabe, der nichts weiß, nichts belegen kann, hält in seinem Sinn auf einmal die Gesamtheit solcher Handwerkerexistenz.

Zu Hause klappen die Türen von Besuchen. Oft ist noch des Nachts die Luft warm und dick von Menschen; Gerüche aus Bärten und Ballkleidern verwickeln sich mit denen, die der Küche entsteigen. Musik dringt in sein Zimmer und stapft durch die Dunkelheit, in der er liegt, Tanzschritte schleifen über seinem Kopf. Manchmal das Kreischen einer Frau, auf der Treppe vielleicht; eine schnarrende Offiziersstimme; auch Rütteln am Türgriff. Rüttelt ihr nur, hier ist's für euch zu Ende, ihr als Balldamen verkleideten Wirtschafterinnen, ihr uniformierten Turnlehrer. Wenn ihr wüsstet, was ihr hier, in dem kleinen dunklen Zimmer, für eine lächerliche Entlarvung erfahrt und wie euer Anspruch darauf, Eleganz, Schönheit, hohes Leben darzustellen, hier zu kläglicher Schande wird. Ein fünfzehnjähriger Pennäler, werdet ihr sagen. Jawohl; und das Tragische ist eben dies, dass er sich, begegnete er einem von euch im Flur, in fliegender Scham über den Hof retten müsste, und dass es höchst alltäglich um ihn zu stehen scheint.

Aber drinnen ist alles anders, als ihr es sehen könnt, und der gewöhnliche Bücherträger, den jeder von der Wiege her kennt, ist ein Fremder, gestern mit dem Schiff eingetroffen und jeden Tag zur Abreise fertig. Er ist irgendwie verwandt dem Albert Bishop, der, unbesorgt um Zeugnisse, ein paar Schulstunden mitmacht und, wenn er nach eigenem Ermessen genug Deutsch kann, sein Gastspiel abbrechen und das folgende Land aufsuchen wird. Für diesen Engländer muss die Welt einen andern, bunten und zauberhaften Sinn haben. Dort ist es nicht Schicksal, dass einem zwischen acht und eins nichts freisteht außerhalb der Schulmauern; die Stadt ist offen, es führen Wege, gelassen beschreitbar, über alle Grenzen hinaus; Dinge, greifbar wie ein Schulbuch, liegen in China oder Transvaal. Und in der Tat, wenn Bishop einundzwanzig ist – es gilt dann gleich, wie viel er geschwänzt, wie oft er ›Ungenügend‹ hat; eine Sprachprüfung muss er in London bestehen, dann wird er Dolmetsch bei einer exotischen Gesandtschaft. Solche freien Lebensläufe gibt es – indes man hier um den Einjährigen dient und weiter um das Abiturium und weiter um Gott weiß was.

Denn wohin dies einmal führen soll, weiß so gut wie niemand. Es ist doch wohl ausgeschlossen, dass solch ein Mensch, der im eigenen Elternhaus vor den Leuten davonläuft, der Marzipanessen und Zeichnen wie ein Laster treibt, der das Gemeinverständliche nur halb wach über sich hingehen lässt, mit seinen Füßen überall auf leere Luft tritt, an den Menschen nicht haften kann und sich fortwährend klein machen muss, damit es nicht herauskommt, wie es anders um ihn steht: Es ist doch wohl ausgeschlossen, dass er einst erwachsen, tauglich und eingereiht sein wird. Er wird nicht älter werden, als er ist: Was soll er noch? Dies verträgt keine Zukunft. An seinem vorigen Geburtstag, abends im Bett, hat er mit der Hand sein Herz befühlt, tiefstill von Erkenntnis: ›Wie sonderbar, dass ich noch lebe!‹

II

Wo der Weg sich teilte und es rechts zum Konditor, links nach Hause ging, traf Raffael auf Albert Bishop.

»Nun? Heute hat er gesagt: Lass ihn laufen. – Ich hab gesagt, du hast Kopfweh.«

»Es ist mir gleich, was euer Lehrer sagt. Ich bin heute Morgen um fünf Uhr bis nach Schlutup gelaufen, an die See. Keinen Kaffee: Das ist eine Willensübung. Mehr wert als die Zahlen der Punischen Kriege.«

»Kann sein. Aber er will, dass du weggejagt wirst.«

»Das soll er tun. Er ist nicht der Einzige, von dem ich Deutsch lernen kann. Jetzt gehe ich und nehme im Austausch gegen Englisch eine Stunde von einem jungen Kaufmann. Heute Abend habe ich im Austausch Spanisch und Französisch … Warum schielst du nach zwei Seiten, wovor hast du wieder Angst?«

»Ich möchte … Ich vertrage den Marzipan nicht.«

»Dann ist es deine Sache, ihn nicht zu essen. Ich vertrage ein halbes Kilo. Wetten?«

»Eine Wette, bei der du Darmverschlingung kriegen kannst?«

»Ich würde gleich mit dir wetten. Du wirst selber aufpassen, dass du sie nicht kriegst.«

»Komm mit nach Haus. Was soll man anfangen? Es gibt Tage, wo das Leben übertrieben flau ist. Zu Bett gehen; weiter hilft nichts mehr.«

»Verrückt. Lauf um fünf nach Schlutup! Was hast du wieder für ein dummes Ding in der Hand? Ich lese so was nicht. Ich lese jetzt nur Altes: unsere Dichter vor Shakespeare. Das ist sehr schwierig.«

»Was sagen sie denn?«

»Sie sind sehr schwierig ... Soll ich morgen früh kommen und sie dir zeigen?«

»Sonntag? Da schlaf ich aus.«

»Ich stehe früh auf und gehe zur Kirche. Montag, wenn es mir gefällt, schlafe ich bis zwölf. Adieu, bleibe vor deinem Hause stehen und höre zu, wenn ich nebenan eingetreten bin und heule: Ob es nicht genauso klingt wie ein Nebelhorn.«

III

Es klang wirklich so, und die Ähnlichkeit beschäftigte Raffael tief. Plötzlich fiel ihm sein Malkasten ein; er dachte: ›Ist es möglich! Solche Albernheit!‹ Und er eilte heim. Ein Blick ins Pult, auf die angefangene Zeichnung? Nein, nein; aufsparen. Vielleicht war diesmal etwas daran geblieben. ›Und ich weiß weiter. Und ich habe den ganzen Sonntag. Bis morgen Abend sind dreißig Stunden.‹ Eine zauberträchtige Unendlichkeit! Bloß noch das zweite Frühstück herunterholen; nichts von Belang lag zwischen ihm und dem Glück! Und er stürmte der Treppe zu.

Da, ein Rauschen droben. Ihm zuckten alle Damen der Stadt durch den Kopf, die rauschten. Welche immer nun aus dem Eintrittszimmer hervorkam, sie war furchtbar. Innerlich hatte er schon einen Satz in den Hof getan. Seine Erfahrung hielt ihn zurück: ›Wozu? Dann schäme ich mich erst recht, weil ich weggelaufen bin. Besser es aushalten. Sich denken, es sei gar nichts: Dann ist es nichts. Nachher, was auch geschehen sein mag, sitze ich wieder in meinem Zimmer.‹ Dies hatte schon mehrmals geholfen.

Jetzt aber stand dort oben und lächelte eine, gegen die, er sah es gleich, nichts half. Sich an die Wand drücken; ihr Lächeln, dies nie erlebte Lächeln, mechanisch nachzumachen suchen; nur eine Grimasse zustande bringen; Glieder und Geist erschlafft, sie über sich ergehen lassen: Weiter blieb nichts zu tun beim Hereinbrechen dieser Fremden. Wie entsetzlich rasch es ging! Als ob man auf allen Seiten Feuer hatte, auflodernd, zusammenfallend. An der Seite, woher sie kam, spürte man es erst richtig, wie sie es schon drüben anzündete. Sie hatte längst den Flur hinter sich, warf die Haustür zu – und da lehnte man noch, eine verkohlende Fackel. Jetzt erst wirst du gewahr, dass dich inmitten der Feuersbrunst ein spitzer, eiskalter Schreck getroffen habe, weil sie dir in die Augen gesehen hat und dabei vielleicht etwas langsamer gelaufen ist. Wie hätte es geendet, wenn sie gesprochen hätte?

Er stieg, gesenkten Kopfes, hinauf und holte sein Brot. Feuchte Diebsaugen! Das waren sie gewesen, in gekniffenen Lidern: abgefeimt – und dann, auf einmal aufgerissen, schrecklich sanft … ›Nun schließ ich mich in mein Zimmer ein, und nichts ist geschehen. Einfach öffne ich das Pult‹ … Ihrem Mienenspiel konnte man mit dem Blick nicht nachkommen. Ihr Gesicht, schattenblass im schwarzen Haar, bestand aus lauter kleinen weichen Mienen, die sich überkugelten …

›Die Schmiererei hier ist nicht mehr zu brauchen. Gestern wusste ich noch nicht, was es gibt … Was sie mir wohl gesagt haben würde. Mir? Oh, mir! Gott, was ist geschehen! Diesmal ist etwas geschehen! Ich kann nicht mehr!‹

Und er gab es auf, überantwortete sich mit geschlossenen Augen der Scham, der mühsam hintangehaltenen.

›Wie hab ich mich wieder benommen! Konnte ich diesmal nicht alles gutmachen? Die anderen Damen verachten mich, die Schafe. Da kommt eine Fremde, eine wirkliche Dame, geboren elegant, keine verkleidete Wirtschafterin. Niemand kann sagen, woher es sie geweht hat; morgen ist sie wieder weg; – und ich hätte dann immer denken können: Was wisst denn ihr! Da war, einen Tag, eine kleine Göttin, unsäglich rasch und klar und fein – und mit der bin ich ausgekommen, bei der hab ich mich nicht blamiert. Denn zu der gehöre ich. Mit euch weiß ich bloß nichts anzufangen … Dann hätte ich Ruhe gehabt. Und nun!‹

Er fühlte sich wieder, in voller Gegenwart, an der Treppenwand, geschlagen und blöde – und um ihn her, an ihm vorbei, ihre übergewandten Bewegungen, ihre wasserschnellen Mienen, dies helle, leichte Wesen! Er schüttelte sich, riss sich heraus – und zwei Minuten später ertappte er sich wieder mitten darin.

›Der Sonntag ist verdorben, alle Sonntage sind verdorben; ich werde nicht mehr zeichnen können. Zeichnen? Das ging wohl, solange noch nicht sie gekommen war. Da wusste man nicht, was es gibt, und konnte sich etwas einbilden. Jetzt ist es heraus, und ich bin ganz schrecklich unglücklich. Zum Staunen ist es, wie unglücklich man sein kann! So sehr, dass man es gar nicht mehr anders möchte, sich niemals mehr vom Fleck rühren möchte. Ich will, dass sie mich nie wiedersieht, dass ich hier immer sitzen bleiben und mich, allen verborgen, schämen darf, weil sie mich gesehen hat. Aber ich muss aufstehen und muss hin, wo sie ist: Das ist das Schlimme. Muss groß werden, zu ihr sprechen, machen, dass sie mich liebt. Wenn es sie nicht gäbe, wäre alles gut; aber nun es sie gibt, muss ich sie lieben: wie schrecklich – und muss machen, dass sie mich liebt.‹

Auffahrend, erbittert, zu sich selbst:

»Du weißt doch, dass es unmöglich ist! Warum mutest du mir das zu?«

Und über sein Pult geworfen, das Gesicht auf den Händen, mit Flüstern, unter Schluchzen:

»Sie ist zu schön, sie hätte nicht kommen dürfen!«

IV

Beim Essen, um vier Uhr, sagte die Mutter einfach:

»Frau Konsul Vermühlen war auch da.«

»Ohne ihn?«, fragte der Vater.

»Ja. Ich hatte sie neulich gebeten. Um zu sehen, wie sie ist … Nun, es geht. Dass sie noch kein Wort Deutsch kann, ist langweilig. Ihr Französisch ist auch nur schlecht. Ein bisschen Komödiantin scheint sie zu sein, das sind sie dort unten wohl alle. Dass sie dadurch größeres Vertrauen einflößt, kann man nicht sagen.«

»Vermühlen wird wissen, was er getan hat«, vermutete der Vater. Die Mutter dagegen:

»Meinst du?«

Ein Seitenblick auf Raffael, und sie verstummte.

Raffael dachte, hinter seinen gesenkten Augen: ›Sie bleibt in der Stadt. Als sie die Treppe herabkam, war es also nichts Einziges: So wird sie noch oft herabkommen, gerade wie alle anderen Damen. Natürlich. Dass sie heute Mittag um ein Uhr plötzlich von irgendwo hergeweht sein und um halb zwei wieder verschwinden sollte, das konnte auch bloß ich glauben. Was ist es mit mir, wenn ich auf so etwas verfalle und gar nicht mehr davon wegfinde? Nein, ich bin nicht in Ordnung …‹

Da fragte der Vater nach den Erlebnissen in der Schule. Die Mutter fiel ein:

»Ach ja. Du bist nach Hause gekommen, wie Frau Konsul Vermühlen wegging. Hast du auch anständig gegrüßt?«

»Nein. Ich habe sie nicht gesehen«, sagte Raffael fest und sah die Eltern nacheinander an. Das war keine Lüge: Es war eine Abwehr, und sie kam ihm zu. Eine Frau Konsul Vermühlen hatte er nicht gesehen; und was er gesehen hatte, war seine Sache – oh, nur seine!

Die nicht mehr singen

V

Er wusste: ›Ich muss sie wiedersehen!‹ und ›Es ist schrecklich, dass ich das muss.‹

Er schlich gegen Abend, mit einem angstvollen Druck im
Unterleib, vors Tor. Von weitem schon sah er auf dem Balkon der Vermühlen'schen Villa, zwischen rotem Weinlaub,
zwei Gestalten, von denen die eine an der anderen lehnte.
Raffael kehrte um, dumpf, ausgelöscht – und dadurch beinahe beglückt. ›Gott sei Dank, ich brauche nichts zu tun.‹

Wie er aufwachte und es Sonntag war, kam ihm an
seine Malerei nicht einmal eine Erinnerung; er ging auf die
Straße, trieb ratlos im Zuge der Kirchgänger mit und gelangte mit Herzklopfen hinter einen Pfeiler in der Jakobi-
kirche. Hier hätte sie sein müssen – aber nach langem
Warten kam nur ihr Mann. Wie denn? Es war gar nicht
Frau Konsul Vermühlen, sie, die Raffael erblickt hatte! Die
war längst abgereist, aus der Welt verschwunden! Zerstört
entkam er – und erst am Nachmittag, als in einem Buch
die Bartholomäusnacht erwähnt ward, sah er: ›Sie konnte
nicht dabei sein, weil sie katholisch ist. Ehe ich auf so etwas
Einfaches stoße, muss ich durch das Verrückteste hindurch.
Ja, nun ist es schön: Sie gehört nicht dazu; zu keinem hier
gehört sie. Hier weiß niemand, was in ihrem Kopf ist; was
sie früher ›dort unten‹, wie Mama sagt, mit ihren Augen
aufgenommen hat und mit ihren Ohren. Sie kann hier nur
in einer Hilfssprache stammeln, und die, aus der sie über-
setzt, hört keiner. Ach, ich selbst nicht! Wenn sie gestern –
ist's möglich, war es gestern? – etwas zu mir gesagt hätte,

ich würde es nicht verstanden haben! Stelle dir das vor: Sie – sie hättest du nicht verstanden! Und sie nicht dich! Sie kann also nicht erfahren, dass wir etwas miteinander zu tun haben; dass wir – aber bis da hinab reiche ich selbst nicht, es ist zu tief – Verwandte sind? Nein, sie wird mich nicht kennen, niemals. Wie das schlimm und süß ist!‹

VI

Am Montag nach der Schule strich er, sorgenvoll ausspähend, in den Hauptstraßen umher. Da trat sie aus einem Laden; Raffael starrte auf sie hin, gelähmt, zum Sterben bereit, wenn sie ihn sähe. Aber sie sah nicht, und eine Weile darauf folgte er ihr im Gedränge des Marktes. Sie hatte eine Magd hinter sich, die wendete sich einmal nach ihm um. Einmal auch machte sie selbst Miene, den Hausflur zu betreten, worin er sich versteckt hielt und durch den Türspalt lugte. Nein, sie hatte sich geirrt und setzte ihren Weg fort; und er ergab sich in das Nachschleichen und in immer neue Aufregungen.

Auch am Dienstag ergab er sich darein, an allen Tagen; und wenn er, kaum rechtzeitig, zum Essen heimkam, war er erschöpft, wie nach dem Überstehen großer Gefahren. Unter seinen Lidern bewegte sich, auf deutlich zu verfolgenden Hintergründen, ihre Gestalt, nacheinander von allen Seiten, mit den Falten des Rockes, die sich veränderten, mit ihren Fußstapfen auf dem feuchten Pflaster! Nun sah er von ihrem Gesicht bloß, braunblass, die halb weggebogene Muschel einer Wange; und neben der Hüfte erschien die

Innenfläche einer Hand und das genaue Spiel der Fingerchen mit den kleinen hellen Nägeln in der dunklen Haut. Da wendete sie sich um, bezahlte einen Verkäufer – und kam, beide Augen groß und schwarz, gerade und unentrinnbar auf Raffaels Versteck zu. Er entwand sich dem Alp.

Nachgerade wusste er alle Häuser, die sie betrat, jeden Besuch, den sie machte, und auf Wochen im Voraus die Gesellschaften, in die sie gehen sollte. Seine Eltern, gleichfalls geladen, hatten davon gesprochen. Er hatte spioniert. Der Abend war da, Raffael lag im Bett, Papa und Mama fuhren soeben davon. Die Räder ihres Wagens hatten sich noch nicht zum ersten Mal umgedreht, da riss er schon wieder seine Kleider vom Stuhl. Er entwendete aus der Küche den Hausschlüssel, stürzte vor das Stadttor und stand im Schatten eines Baumes, nah und ungeahnt, während ihr kleiner, seidener Fuß mit festem, schlankem Tritt in die Kutsche schlüpfte. Dann lief er mit, nahm Abkürzungen, kam rot gefleckt und fliegenden Atems vor dem Festhause an, hielt sich, verborgen im Rudel des gaffenden Volkes, zum zweiten Mal dem Feuerregen ihres Anblicks hin – und hatte schließlich, zurück auf seinem Lager, in den ausgestreckten Gliedern noch immer das Gefühl des Sausens durch Märchenreiche.

VII

Nur in den Stunden zwischen acht und eins durfte er von ihr nichts wissen. Es waren die verschlossenen Stunden; höchstens ein Abenteurer wie Albert Bishop durchbrach das Gesetz und erfuhr, wie in dieser Zeit die Welt aussah. Die Welt hätte den stolzen Raffael nicht versucht – die ganze Welt nicht; aber auf einem Balkon, ein paar Schritte breit, oder in dem Spalt, der sich, einen Windzug lang, in einer Gardine öffnete, konnte eine Gestalt erscheinen: Und das nötigte ihn zu Wagnissen. Er durfte aus ihren frühen Tagesstunden nicht fern sein. Dass in seinem Kopf ihr Morgenbild fehlte, hielt er nicht aus. Wie viel Pein, welchen Zauber konnte sie in das Zeitmaß gießen, das er verlor, täglich verlor. Allmählich hatte er in der Schule ein so erdrückendes Gefühl vergeudeten Lebens, als seien seine Adern offen und alles flösse davon.

Endlich entschloss er sich und schilderte dem Ordinarius die entsetzlichen Zahnschmerzen, die er ausstehe. Vor Aufregung sah er in Wirklichkeit schmerzverzerrt aus und ward weggeschickt. Es war zehn Uhr, als er vor das Tor gelangte, im Hintergrund des bereiften Gartens stand die Terrassentür der blassen Sonne offen, und Gesang scholl heraus. Sie sang und ging im luftigen Zimmer umher! Hatte er denn erwartet, sie werde hinter dem wattierten Fenster beim Lampenputzen sein? »Oh, ich weiß doch …« Er stahl sich durch das Gitter, über die Wege und, am Rande der Terrasse, hinter den Steinkrug, woraus schwarze Reben mit Schneepelzen hervorkrochen. Von da sah er alles: ihre winzigen Gesten an den Dingen im Zimmer; den Feuerschein vom offenen Kamin in ihren Augen und den Sonnenschein auf ihrem Haar; bei ihren wilden kleinen Wendungen das langsame Schwanken ihres dicken weißen Gewandes, das sie mitzureißen schien, und ihren ausgestoßenen Atem, sooft sie sich der Tür näherte: ihren tönenden Atem.

Mitten im Lied brach sie ab, zog einen Schlüssel aus der Tasche und entnahm einer Schieblade einen Gegenstand, den sie in die beiden auseinandergebogenen Handhöhlungen legte und lange betrachtete. Dabei stand sie gegen die Wand gewendet, als wollte sie sich vor einer Überraschung hüten. Raffael spähte hin und konnte den Gegenstand nicht erkennen. Inzwischen hörte er das schwache Knarren der Gartentür. Sie aber regte sich nicht und sah in ihre Hände. Jemand musste über den Schnee herbeikommen. Raffael sah Konsul Vermühlen, und sein Herz fing zu klopfen an; jetzt wird er sie ertappen. Konsul Vermühlen bog um das Haus und schloss auf; seine Frau hatte immer noch nichts gemerkt. Raffael öffnete, verzerrten Gesichts, den Mund, um ihr zuzurufen. Da schrak sie auf, warf den Gegenstand in die Schieblade, riss den Schlüssel heraus und war plötzlich, laut singend, drüben beim Kamin. Die Tür öffnete sich vor Konsul Vermühlen, und Raffael ließ sein Herz los, das vom Laufen jäh in einen ganz langsamen Schritt verfiel. Er dachte, ermattet lächelnd, nun sei er, einen Augenblick lang, ihr unbekannter Verbündeter gewesen. Ihr Mann aber sei ihr Feind gewesen.

VIII

Von da ab kam ihm ein gehässiges Interesse für den Mann. Er sah ihm zu, wenn er vor der Börse stand, und schlich um die Gruppen der Kaufleute herum, bis er verstehen konnte, was Konsul Vermühlen sagte. Jetzt schwänzte er seinetwegen die Schule, erwartete ihn morgens neben seinem Gartengitter, folgte ihm vor sein Kontor, zu seinen Geschäftsfreunden und bis an seinen Weinkeller. Auf der Straße, im Trottoir, ward der hölzerne Deckel aufgehoben, der Geruch von weingetränkten Fässern schlug herauf; und Konsul Vermühlen stieg selbst zu den Küfern hinunter, die einen violetten Strom durch große Trichter spülten. Einmal band er den Lederschurz vor, den die Küfer trugen – und Raffael stand droben hinter der Haustür und wünschte inständig, jetzt möchte sie vorüberkommen und ihren Gatten als Handwerker sehen, wie er mit seinen krummen Beinen an den Fässern herumkletterte, das Haar voll von Spinnengeweben und die Finger ganz blau.

Leider bürstete Konsul Vermühlen sich ab, wusch sich und war wieder ein eleganter Herr, der zu Otter & Co. ging, um seiner Frau einen Fächer zu kaufen. Raffael machte auch das mit; er war hinter Konsul Vermühlen in den Laden getreten, entschlossen, irgendetwas zu verlangen und sodann nicht zu finden, was er suchte. Indes bekümmerte man sich gar nicht um ihn, so viel war mit Konsul Vermühlen zu tun. Er war sehr wählerisch, und dabei durfte es nur wenig kosten. Er handelte zuerst um zehn Mark und schließlich um zwei. Raffael musterte ihn mit offener Verachtung. ›Das ist seine Liebe!‹, dachte er, und er plante ungestüm: ›Den Fächer schenke ich ihr, ich! – Gleich wird der Geizhals weggehen; dann sage ich: Schicken Sie ihn der Frau Konsul für meine Rechnung.‹ In seinem Kopf war ein Gedränge von Möglichkeiten, die hundertzwanzig Mark zu beschaffen: eine immer abenteuerlicher und skrupelloser als die andere. Alles erschien leicht und glänzend. Inzwischen ließ Konsul Vermühlen etwas ganz anderes herbeibringen, und Raffael bekam Zeit, sich zu ernüchtern. ›Ich darf den Fächer nicht selbst kaufen, es würde herauskommen. Ich muss einen anderen herschicken, aber niemand darf wissen, dass er mich kennt.‹ Während er nach jemand suchte, sagte der Konsul: »Also, das schicken Sie mir. Den Fächer überlege ich mir noch. Wenn Sie nichts nachlassen …«

Dabei wollte er weggehen, gab aber Raffael die Hand und erkundigte sich nach seiner Mama. Dann zögerte er und schien etwas anderes fragen zu wollen. Raffael ward blass.

Der Konsul indessen wendete sich um und sagte:

»Na, ich nehme ihn.«

Und er zog Raffael mit hinaus. Er erklärte:

»Siehst du, mein Junge? Zuerst muss man immer so tun, als ob man nicht dafür zu haben ist. Bleiben sie dann doch bei dem Preis, na, dann ist es wohl der Richtige.«

Er setzte hinzu:

»So kommt man durch die Welt und kriegt, was man will.«

Raffael, mit dem Arm Konsul Vermühlens auf seinen Schultern, fand sich gedemütigt. Soeben hatte er eine ganz schlimme Frage kommen fühlen, eine entscheidende. Stattdessen hatte der Konsul ihn nur benützt, um einen Verkäufer ängstlich zu machen, und gab ihm, in seiner triumphierenden Gewöhnlichkeit, Lehren, wie man auf derbe Weise glücklich ward: wie man einen Fächer recht billig bekam und wohl auch die Frau zu dem Fächer recht billig.

Innerlich ganz verstummt vor Scham, kam Raffael heim. Das Glück, das sich durch gemeine Machenschaften erwerben ließ, das Glück selbst war verächtlich geworden. Die

Armseligkeit ihres Mannes verminderte um etwas auch sie, die fleckenlose Geliebte. Das Paar sah aus, als verspottete es Raffael, weidete sich an seinen kindischen Träumen. Er lag mit dem Kopf auf den Armen, hatte nicht den Mut, die Augen wieder zu öffnen, und dachte erstarrt: ›In was für eine Welt bin ich geraten?‹

Da ging im Flur die Glocke; »Konsul Vermühlen«, sagte Raffaels Mutter, die wohl die Treppe herabkam.

»Estela wollte Sie durchaus einmal wiedersehn, Frau Senator.«

Und eine zweite Stimme war vernehmlich – oh, eine Stimme, die auf Raffaels Herz eindrang, es ganz umflutete, als sei sein Herz selbst tönend geworden … Sie verklang – und Raffael saß da, mit halb offenen Lippen; darüber spielte, ohne dass er sie rührte, unablässig dieser Name: Estela – zitterte auf ihnen, drückte sich in sie ein wie ein Kuss. Sie hieß Estela; solch ein Glück gab es zu erleben!

IX

Das Glück, dass sie auf der Welt war!

Was wusste davon ihr Mann. Was ging ihn das Schicksal an, das sie von ihrer fernen Küste bis hierher geführt hatte. Nur um Raffaels willen war dies geschehen, Schicksal hatte nur er. Nur darin, dass Estela und Raffael einander begegneten, war Plan und Notwendigkeit. Er spürte manchmal eine tiefe, quälende Ahnung all der Gänge, stockenden Schritte, Umwege und des inneren Vorwärtsdrängens, wodurch es endlich bewirkt war, dass eines Tages Raffael auf der Treppe seines Vaterhauses, halb bewusstlos an die Wand gelehnt, sie hatte erblicken können!

Dies gab es nicht zum zweiten Mal; nie vorher hatten zwei Wesen genau auf diese Wege ihre Füße gesetzt; und von der Entstehung der ersten Sterne her führte eine Linie, die nur ihnen beiden gehörte, bis zu dem Punkt, wo sie sich getroffen hatten. Raffael grübelte: ›Ich könnte in Australien zur Welt gekommen sein. Oder ich könnte Pferdekot sammeln. Wozu bin ich gerade der, der ich bin? Nur um ihretwillen! Wäre sie nicht auf der Welt, dann wäre die Welt nicht. Wenn ihre kleinen Nägel ein wenig größer wären, wäre die Welt nicht – oder wenn sie etwas weniger hell wären, auf ihren schmalen, dunklen Fingern.‹

Er hatte sie, traumweise, in sich: sie und ihr Land. Erst jetzt verstand er, warum er hier, wo er geboren war, immer als Fremder gelebt, immer mit ausgebreiteten Armen am Rande eines Meeres gestanden hatte. Sie hatte kommen sollen! Nun saß sie im Salon seiner Mutter unter zufälligen Menschen, sie, die einzig und in ihrer Einzigkeit rührend und schrecklich war. Die Damen fragten sie nach Dienstmädchen, die Herren sagten »Frau Konsul«. Sie lachte nicht einmal darüber; sie stellte sich dazugehörig – und dennoch strafte schon der wärmere Schatten ihrer langen Wimpern sie Lügen und entrückte sie. Ihr folgte, aus seinem Versteck hinter dem Vorhang, nur ein Unbekannter: Raffael. Nur ihm war es irgendwie schon vertraut gewesen, ihr fabelhaftes Mienenspiel, das die anderen befremdete. Er trug sie, äußerte er sich auch nie, auf geheimnisvolle Art in seiner Seele, die kleinen weichen Gesten ihres Gesichts und ihrer Hände. Der Finger, der über ihr Gesicht gestrichen hätte, wäre gewiss in warmes Blut getaucht: So flüssig war ihr Gesicht. Und diese feuchten Diebsaugen, die ihre gekniffenen Lider jäh entfalteten und groß und blank darin rollten! Und der Mund, der aufbrach wie eine Blume, die Lippen, die sich bogen wie Blumenblätter, und das gelenkige Spiel der Finger an der langen Halskette! Wer durchschaute das alles; wer begriff es von innen heraus?

Dass er diesem heftigeren Geschöpf verwandt sein musste, er, den sie für schläfrig hielten! Es kam vor, dass er ermattete, unter seiner großen Liebe seufzte, wie unter einer Last, und nicht mehr stolz war auf sein Schicksal. Fast wünschte er, er hätte keins gehabt, oder ein alltägliches, worin weder das Glück noch das Unglück so anstrengend gewesen wäre. Denn Estela, mochte sie auch von jeher auf ihn, nur auf ihn zugeleitet sein, sie kannte ihn nicht; er fand es unmöglich, sich ihr kundzugeben; er war ein Knabe von fünfzehn Jahren. Das Gefühl seiner Ohnmacht verschlang ihn. Er sah sich als Kind, dem die Welt zu erobern gegeben wäre und das nicht einmal vor sie hintreten durfte; denn sie würde es verlacht haben. Ein ungeheurer Aufwand von Bestimmung war umsonst vertan, weil er zu jung war, weil ihre Jahre, die doch eins in der Ewigkeit waren, hier sich nicht trafen. Raffael träumte manche Nacht davon, dass er ihr auf der Straße nachgehe, sie niemals erreichen könne, und dass sein von Angst gefolterter Körper wie in dicker Luft stecken bleibe.

Wenn ihn das Unglück gepackt hielt, brachten ihm seine hoffnungsvolleren Träume nichts als Scham. In dem kleinen Hof hinter der Diele waren an dem Rebenspalier, die feuchte Mauer hinauf, im Herbst einige Trauben gewachsen, so sauer, dass man sie hatte hängen lassen. Sie waren klein und schwarz, unter dem rieselnden Regen, an den nackten Reben – für Raffael aber schwollen sie zu samtenem Gold, das die Polster großer, sanfter Blätter überall bestrahlte. Er stand, kalt vom Regen angesprüht, auf der Schwelle und blinzelte durch kaum geöffnete Lider nach einem tief und heftig blauen Fleck dahinten; der dehnte sich ihm zu einem südlichen Meer, dessen Rebengestade entlang segelten sie, Raffael und Estela, mit Schwanensegeln … bis die Mägde in der Waschküche ihn anriefen und ihm das mit Waschblau gefärbte Wasser ihres Kübels ins Gesicht spritzten.

Da fühlte er sich auf einmal gewürgt von Ekel und gehetzt von Schande, weil er noch immer am Leben war, nicht Kraft hatte, ein Ende zu machen, und es ertrug, dass Tag für Tag die Geliebte ihn erniedrigte. Sie hätte ihn erhöhen sollen, und Tag für Tag machte sie ihn niedriger. Ihr unbekannt und mit Furcht vor ihrem Lächeln waren seine Träume hinter ihr, wie herrenlose Hunde, die an einem Rocksaum riechen. Schicksal hatte er nie gehabt und hatte sich eins erlogen. Nun brach es zusammen. Er lag, hingeworfen, und suchte wiederzufinden, wie dies aus ihm hatte werden können.

Das Unglück, dass sie auf der Welt war!

Zugvögel

Unter solchem Jammer und Frohlocken ward es Frühling.
Die Gesellschaften hörten auf; und nicht mehr durfte Raffael im Tanzsaal seines Hauses die geliebte Gestalt über das
Parkett gleiten sehen, an vier Fenstern vorbei, flüchtig wie
ein hereinverirrter Vogel – und durch das fünfte würde sie
sogleich hinausflattern und davonschießen in die Nacht …
Nein, sie kehrte um, kam zurück, als zöge Raffaels Blick sie
an – und als wüsste sie von ihm in seinem Versteck, trug sie
immer das stolze und weiche Lächeln, das Bewunderung
uns auferlegt.

Aber auch in den Straßen fand Raffael sie nicht mehr; sie
machte keine Spaziergänge; und sie ging nicht mehr singend
in dem geöffneten Terrassenzimmer umher. Nur in dem
Stück Garten hinter ihrem Hause belauschte er sie manchmal. Er hatte sich auf den Baugrund hinter ihrem Gitter
geschlichen; eine Rotdornhecke war zwischen ihnen; und
Raffael empfing mit Lust die Stacheln in seinem Gesicht,
um, wie sie vorbeiging, in ihres sehen zu können. Er fand
es müde, etwas geschwollen; und wie leidend schienen ihre
Hände! Sie schritt, als machte es ihr Mühe, und setzte sich,
als habe sie Überdruss an allem. Einmal, wie er schon längst
auf sie wartete, kam sie plötzlich, frisch wie früher, auf ein
eben erblühtes Maiglöckchen zugelaufen. Bevor sie sich
aber ganz gebückt hatte, richtete sie sich, schmerzlich, und
als besänne sie sich, wieder auf und starrte mutlos wie ein
enttäuschtes Kind vor sich hin auf den Kies. Raffael, der
es mit ansah, hätte beinahe laut aufgeschluchzt. Er faltete

die Hände und erhob sie, gefaltet, gegen die Reglose. Ein solcher Sturm von Zärtlichkeit, dass er das Bewusstsein schwinden fühlte, erschütterte ihn, und er fiel auf die Knie, mit dem Gesicht in das Laub. Es raschelte; sie sah auf, tat ein paar Schritte hinter einer kleinen Eidechse und ging, ohne Raffael bemerkt zu haben und mit einem Kopfschütteln, als sei alles rätselhaft und vergeblich, langsam zurück ins Haus.

XI

So war sie denn unglücklich, auch sie! Raffael kämpfte, heimlich und atemlos, weil er sich nicht freuen wollte. Ihr Unglück brachte sie ihm über alle Hoffnung nahe; und sie hätte es verstehen können, wenn sie in sein Zimmer geblickt und ihn in Tränen gesehen hätte. Aber lieber sollte sie nichts von ihm wissen und glücklich sein!

An einem dieser heftig bewegten Tage sagte Raffaels Mutter bei Tisch, sie sei bei Frau Konsul Vermühlen gewesen. Raffael wusste es schon und wartete angstvoll.

»Nun?«, fragte der Vater.

»Denke dir nur, er schont sie noch immer nicht. Sie sagt es selbst – was ich übrigens komisch finde.«

»Von ihm ist das aber doch …«

Mit einem Blick auf Raffael endete das Gespräch.

Vor Aufregung begriff er gar nichts. Erst als er allein war, entdeckte er: ›Er schont sie noch immer nicht: Das ist ihr Mann. Er fügt ihr Böses zu, schlägt sie vielleicht, hat es schon immer getan – und ich wusste es nicht. Hätte ich nicht wissen sollen, dass er ihr Feind ist? Aber ich sehe nichts; auf das Einfachste verfalle ich nie. Natürlich hat sie ihn gegen ihren Willen heiraten müssen; was kann er anders sein als ihr Kerkermeister, dieser graue Witwer, der sie sich zufällig genommen hat und geradeso gut eine Frau aus Lappland geholt haben würde. Witwer ist er: Nun wird alles klar. Auch seine erste Frau wird er misshandelt haben, und jetzt ist die Reihe an Estela!‹

Er sprang auf, tief ergriffen, feierlich vor Empörung. Solch ein Mensch war das! Sie war gefährdet durch den Menschen. Sie brauchte einen Beschützer. Nicht länger war Raffael der unbeteiligte Sehnsüchtige hinter den Türen. Er war dazu bestellt, über sie zu wachen. Oh! Jener sollte nicht ungestraft die Hand aufheben gegen sie! Raffael sah sich herzustürzen, mit ihm ringen. Er blieb auf seinem Weg um den Tisch keuchend stehen, ganz in Schweiß, und starrte auf einen Fleck … Ermattet kehrte er aus seiner Entrücktheit wieder.

Kurze Zeit darauf hieß es beim Essen:

»Sie ist schlimm daran, hat Doktor Nissen gesagt. Jetzt soll sie spazieren gehen.«

Und Raffael ging mit ihr, wenn sie, auf ihren Mann gestützt, die Felder entlangwanderte, hinter den grünen Hecken. Er ging oft ganz dicht neben ihr; zwischen ihnen war nichts als der niedrige Busch; und um nicht darüber hinauszuragen, musste er sich krümmen. Nach wenigen hundert Schritten blieb sie jedes Mal, schwer atmend, stehen; und Raffael ließ sich mit Schmerzen vom gebückten Schleichen auf den Ackerboden gleiten.

Sie zog, sobald sie stehen blieb, ihre Hand aus dem Arm

ihres Mannes. Raffael sah es mit Spannung und Freude. Sie schwieg; und in ihrem leidenden Schweigen schien ein Vorwurf zu sein für den Mann – der ihn fühlte und, die Stirn gerunzelt, von ihr wegsah.

Raffael dachte: ›Vielleicht will er sie beerben, und gibt ihr ein schleichendes Gift ein. Dass ich nichts weiß und nichts tun kann! Die anderen haben es viel früher gesehen, wie es um sie stand. Viele Wochen sind es her, da sagte Mama, als sie von Vermühlens kam: Es ist schon so weit, wer hätte das von ihm gedacht. – Ich habe mir nichts dabei denken können und es wieder vergessen. Jetzt stimmt es, alles. Und das, was sie einmal versteckte, als er ins Zimmer kam! Sie hat Heimlichkeiten vor ihm, er ist ihr Feind. Alles ist klar; ich sehe es nun besser als die anderen; aber tun? Tun kann auch ich nichts. Wenn ich jetzt über die Hecke spränge, ihn mit Prügeln davonjagte und sie – ja, wohin mit ihr, da sie nicht laufen kann? Übrigens würde er die Bauern dort drüben zu Hilfe rufen. Das geschriebene Recht ist auf seiner Seite.‹

Nur wenn er allein ging, auf dem Stadtwall, neben den Schwänen her, die gelassen durch den Kanal ruderten: Die Pappeln schimmerten und raschelten droben im Licht, den Wiesenabhang sprenkelten Blumen, ein Vogel zwitscherte müde, und die Mittagsstunde war menschenleer, dann sah Raffael alles geschehen, was er sich wünschte. Konsul Vermühlen war nicht mehr der Stärkere; weder Menschen noch Gesetze retteten ihn; ganz glatt sank er vor Raffael dahin. Ein schneller Wagen stand bereit, und Raffael trug Estela hinein, die ihn köstlich drückte, ohne dass nur sein Atem rascher ward. Alles geschah in einer seltsam leichten Luft und mühelos; der Sieg war wie lautloser Fall von Rosen; glänzend breiteten Estela und Raffael umeinander die Arme.

War er aber das nächste Mal als versteckter Lauscher hinter dem Paare her, dann verkehrten sich seine einsamen Triumphe wieder in Scham. ›Da steckst du und weißt genau, dass du keinen Finger rühren wirst. Nur weit vom Schuss kommst du in Stimmung, du Elender.‹ Er suchte nach verletzenden Worten für sich; und am Ende fand er mitleidige. ›Als ob bei dir jemals etwas zur Wirklichkeit werden könnte. Du bist immer nur halb wach, stehst in der Luft, kannst nicht tauglich werden und nicht erwachsen. Quäle dich nicht mit vergeblichen Ansprüchen. Warte einfach ab, bis du stirbst.‹

Das schien ganz nahe; er fühlte sich schwerkrank. Seine Rauschzustände rieben ihn auf, die Rückfälle in Ohnmacht zerschmetterten ihn. Der Anblick der Geliebten durchtränkte ihn mit ihrer Mattigkeit; er schlich nur noch dahin, mit umränderten Augen, die ungesund glänzten, und das Gesicht blass und in die Länge gezogen, wie von Fieber. Er ward untersucht und hoffte sehr, er sei in Lebensgefahr. Aber es war alles in Ordnung.

Inzwischen ward es ein früher, warmer Sommer. Estela schleppte sich allein, denn ihr Mann war verreist, die kurze Strecke bis ins Gehölz. Raffael war ungesehen ihr Begleiter und fiel von Frost in Hitze, weil er immer drauf und dran war, sich ihr als Stütze anzubieten, und jedes Mal im Losschießen, wenn innen die Geste schon begonnen war, von Lähmung gepackt ward. Im Gehölz setzte sie sich langsam auf eine Bank, um die Ginster stand; und Raffael lehnte, kurz hinter ihr, an einer Buche und atmete schwer wie sie.

Es war schwül, und das Laub, heller als der Himmel, leuchtete unheimlich. Estela machte einmal einen angstvollen Ruck zum Aufspringen, und Raffael griff sich ans Herz. Sie beruhigte sich; er sah sie, und sein Kopf ward schwer, in Träumerei sinken. Er sah, in einer großen inneren Stille, ihr abgemagertes Gesicht ergebungsvoll geneigt, ihren Körper kraftlos und als entglitte er ihr, in dem weiten Kleide hingebreitet. Er fühlte sich sanft vergehen mit ihr, seine Wange an ihrer kleinen runden Stirn, die so arm und heiß war – und einige große Regentropfen fielen als Tränen der Dinge, des Lebens selbst, von Blatt zu Blatt und auf ihre beiden Scheitel.

XII

»Du bist noch kein einziges Mal mit nach Schlutup gekommen«, sagte Albert Bishop auf dem Heimwege von der Schule. »Überhaupt wirst du immer mehr zur Schlafmütze.«

Raffael schwieg.

»Dabei hast du gestern die Schule geschwänzt; ich weiß es, weil ich zufällig dort war. Was tust du also mit deiner Zeit? Ich will dich zwar nicht nach deinen Geheimnissen fragen.«

Raffael unterlag einer plötzlichen Wallung; es schoss aus ihm heraus, so heftig, dass die Kräfte ihm versagten und seine Stimme bebte:

»Ich liebe eine Frau, Bishop. Ich liebe sie so furchtbar, dass gewiss noch niemand so geliebt hat. Man kann sich das nicht vorstellen, und es gibt auch keine Worte dafür: Aber ich liebe sie, ich liebe sie.«

Er hielt inne und sah erschreckt den andern an. Der aber lachte nicht, wendete ihm nicht einmal das Gesicht zu, und war ganz rot. Da wiederholte Raffael langsamer und genoss die lauten Worte:

»Ich liebe sie, ich liebe sie.«

Bishop bemerkte kurz: »Ich halte nichts von Liebe. Hast du die Frau schon geküsst?«

»Was denkst du?«, stotterte Raffael.

»Nun, umso besser. Ich werde nie jemand küssen, außer meinen Eltern und meiner Schwester. Ich finde das un-männlich.«

Raffael entschuldigte sich.

»Sie ist sehr, sehr unglücklich. Sie wird von ihrem Mann geschlagen oder vergiftet, ich weiß nicht. Sie war früher so schnell; jetzt ist sie so schrecklich sanft. Ihre Hände, und ich glaube alles ist geschwollen; und sie kann kaum noch gehen.«

»Und was tust du dabei?«

»Ich?«

»Ja, du. Von deiner Liebe wird sie wohl nicht wieder gesund?«

›Tun …‹, dachte Raffael gramvoll. Aber er äußerte mög-lichst frisch:

»Ich habe schon ihren Mann ermorden wollen.«

»Das ist nicht richtig«, bemerkte Bishop. »Es würde dich zu viel kosten. Die Frau muss gerettet werden; aber du darfst dich nicht opfern statt ihrer. Denn so viel ist sie schwerlich wert.«

»Wie kannst du das wissen?«, sagte Raffael gelassen und stolz.

»Das weiß ich; weil keine einzige Frau wert ist, dass wir uns opfern. Aber es ist ganz einfach, was du tun musst. Du musst sie ihrem Manne wegnehmen«, erklärte Bishop bestimmt. Und Raffael mit geheimem Hohn:

»Meinst du?«

Die Erinnerung aller seiner verschwiegenen Niederlagen engte ihn ein und trieb ihn in eine verzweifelte Prahlerei.

»Glaube nur nicht, du seist der Erste, der auf den Gedanken kommt. Ich beschäftige mich schon längst mit der Ausführung. Mehrere Matrosen sind meine Freunde, die werden mit ihrem Boot in den Kanal fahren, bis vor die Gartentür der Frau, um sie abzuholen. Nur den Kapitän muss ich noch gewinnen. Das ist nicht leicht, ich kann es nicht selber tun. Du begreifst, ich bin hier zu bekannt, und wenn ich sage, ich will mit Frau Konsul Vermühlen entfliehen –«

»Frau Vermühlen heißt sie? Und wie heißt der Kapitän?«

»Kapitän Nevermann.«

»Und sein Schiff?«

»Die ›Newa‹.«

»Gut. Ich gehe sofort und spreche mit dem Kapitän. Du kannst auf mich zählen. Hast du Geld?«

»Jawohl. Und die Reise habe ich umsonst, weil mein Vater Reeder des Schiffes ist.«

»Also, alles in Ordnung. Adieu. Übrigens: Weiß die Frau von der Sache, und ist sie einverstanden?«

»Natürlich«, stieß Raffael hervor und ging rasch und glücklich heim. Alles, was er gesagt hatte, deuchte ihm möglich. Warum sollte der alte Nevermann ihm nicht helfen? Er würde wohl sagen: »Na denn man jü.« Matrosen kannte Raffael genug, von der Taufe der ›Newa‹ her, zu der Papa ihn mitgenommen hatte. Der Kanal floss zwar nicht an der Vermühlen'schen Gartentür vorbei, aber das ließ sich irgendwie anders machen. Und Estela? Wie sollte sie nicht wollen, wenn man sie aus den Händen ihres Mörders befreite! Alle Hindernisse fielen um bei Raffaels Ansturm. ›Muss ich sie vorher benachrichtigen? Meinetwegen: morgen.‹

Aber am Nachmittag sah er, und Schrecken lähmte ihn, Kapitän Nevermann in das Kontor treten. Papa saß am Fenster, jetzt stand er auf … Raffael ging hinüber in sein Zimmer und tat, als ob er arbeitete. Er litt heftige Angst und begriff sich wieder einmal nicht. Konnte man solch ein Fantast sein! Und diesmal hatte seine Fantasie ihn hineingeritten, dank dem kindischen Engländer. Bishop hatte dem Kapitän natürlich sagen müssen, wer die Reisenden seien; und zu dieser Stunde war Nevermann bei Papa, und es gab keine Rettung mehr. Papas Zorn war nicht das Furchtbarste – aber später, das sah Raffael voraus, würde er lachen und alles dem Konsul Vermühlen erzählen. Estela erfuhr es … Raffael rang die Hände, unter Schweißausbrüchen. Er konnte nicht länger stillhalten, lief hinunter, horchte am Kontor. Papa sprach von Geschäften; Kapitän Nevermann musste fort sein. Raffael ging zur Haustür: Da trat der Kapitän aus dem Kontor. Raffael lief einfach davon. Nach einer Strecke setzte er, in dem Drange, das Gesicht des Kapitäns zu sehen, alle Scham hintan und drehte sich um. Nevermann kam schaukelnd auf ihn zu, schmunzelte

Vor wichtigen Entschlüssen

in seinen vergilbten Weißbart und erhob drohend einen dicken, rissigen Finger. Raffael flüchtete weiter.

Bei Tisch saß er mit gesenkten Lidern, der Aufregungen müde und in das Kommende ergeben. Es ward halb fünf, und Papa war noch nicht da. Nun trat er eilig ein. Er sagte, noch während er sich setzte, und strich dabei über Raffaels Hinterkopf:

»Mein lieber Freund, ich habe in dieser Zeit gar zu viel in den Kopf zu nehmen, sonst hätte ich daran gedacht, dich auf die ›Marie Behrens‹ zu setzen, die vorgestern nach Oporto abgegangen ist. Dann hättest du deine Seereise gehabt. Kapitän Nevermann sagt mir, dass du gern einmal eine Seereise machen möchtest. Warum hast du übrigens kein Vertrauen zu mir und wendest dich nicht ohne Weiteres an mich?«

Und bei Raffaels erschütterndem Schweigen:

»Du könntest natürlich mit Nevermann bis Kronstadt fahren; deine Ferien fangen nächste Woche an. Aber er geht weiter nach Archangelsk, und du hast nicht gleich Rückfahrgelegenheit. Ich kann dich noch nicht allein in Petersburg herumlaufen lassen, das wirst du einsehen. Für dieses Mal müssen wir uns also mit Travemünde begnügen. Hoffentlich verschafft dir die Seeluft rote Backen, du hättest sie nötig.«

Wie nun unter Raffaels gesenkten Lidern zwei große Tränen hervordrangen, legte der Vater ihm nochmals die Hand um den Hinterkopf.

»Deswegen brauchen wir doch nicht weich zu werden, mein Lieber. Fassen wir uns, bitte!«

Die Mutter fragte, sehr gütig:

»Warum weinst du, Raffael?«

Auch der tüchtige alte Kapitän hatte Mitleid gehabt, hatte die Hauptsache verschwiegen und Raffael geschont. Raffael hatte sich mitten in Kampf fantasiert, in Spannung gelebt und vermeint, dass alle über ihn herfallen würden, Estela aber – denn ganz, ganz heimlich hatte er auch dies erträumt – würde in seine Arme sinken. Nein, nichts geschah: Er hatte es immer gewusst, und dies sollte endlich die letzte Bestätigung sein, die er sich holte. Ihm blühte keine Wirklichkeit; und die Wirklichen gingen über ihn hinweg, wie Lebende über einen Schatten.

XIII

Gleich nach Beginn der Ferien ging es an die See; Vermühlens waren schon dort – und der Strand, die Kurpromenade, das Feld mit dem Leuchtturm, das Städtchen: Dies alles war nur der Garten, der die Geliebte enthielt und an dessen Gitter kaum sich Raffael zu zeigen wagte.

Er saß weitab im Sande, wenn sie ins Bad ging. Sie ging über die Brücke zur Badeanstalt; und plötzlich schien das Gewimmel der anderen Gäste ins Stocken zu kommen, zu verstummen, und um die Eine her ein feierlicher Raum zu entstehen. Raffaels Herz klopfte, und die kleine Silhouette dahinten im leeren Himmel war – wie begeisternd unbegreiflich! – die Welt und ihr Sinn und ihre Herrlichkeit!

Er saß und wartete. Ihn forderte keine Pflicht. Die Luft war still und gelind. Man spürte seinen Körper nicht; man war ganz Gedanke an sie. Es war, als werde sie nun kommen und sich neben dich niederlassen; und das sei das Erste, was geschehe, und zwischen diesem Augenblick und jener ersten Begegnung auf der Treppe liege nichts, es sei zusammen nur ein Augenblick. Man war neu, hatte nichts versäumt, und alle Hoffnungen standen frei.

Da kam sie; und man erinnerte sich und ward kleinlaut. Mit jeder Luftschicht, die zwischen ihr und dir selbst hinweggenommen wurde, entwich dir etwas Illusion. Von der Müdigkeit ihrer Schritte auf dem langen Brettersteg fühlte man nun wieder das eigene Herz gehemmt. Man sah wieder ihre Züge, die Adern ihrer Hände – und von jedem Einzelnen an ihr glaubte man schon einen Schmerz erfahren zu haben. ›Wie viel habe ich durch dich schon erlebt, wie viel! Aber du weißt es nicht, meine liebe Estela, du weißt es nicht.‹ Das musste man sich wiederholen, sonst wäre man bitter geworden und hätte es ihr vorgeworfen, dass sie sich noch zeigen, es noch weitertreiben möge.

Sie wusste nichts und durfte nichts wissen! Raffael machte sich einen schmerzlichen Genuss daraus, sie zu schonen wie ein Heiligtum, ihr seinen Anblick zu ersparen, der wider seinen Willen sie hätte trübe berühren können. Er drehte sich so lange um eine Strandhütte, bis sie vorbei war, ohne dass ihr Blick, der lässig aus dem leeren Grau des Meeres tauchte, von ungefähr ihn getroffen hätte. Beim Mittagessen zwang er sich unter Qualen, niemals den Kopf nach ihr zu wenden; denn er hätte ihre Augen herlenken können. Dafür ging er, wenn der Saal sich geleert hatte, an ihren Platz, betrachtete die Dinge, die lagen, wie ihre Hände sie gelegt hatten, schob Krumen in den Mund, die ihr entfallen waren, schüttete den Rest des Wassers aus ihrem Glas in ein Fläschchen und trug es nun bei sich, als habe es von ihren Lippen Heilkraft.

Unter den Spazierwegen bevorzugte sie den, der am Borkentempel endete. Die Hütte aus Baumrinde stand auf einer schmalen, senkrecht zu den Dünen abfallenden Hügelspitze. Aber sie kam nie bis dorthin. Wo die Steigung begann, rastete sie auf einer Bank und kehrte um. Raffael erwartete droben ihr Kommen und ihr Weggehen. Aus dem Guckloch der Hütte konnte er sehen, wie sie dasaß und unfroh vor sich hinbrütete. Nachher eilte er zu ihren Fußstapfen: Es waren Geschenke, die sie ihm gebracht hatte. Er küsste den schmalen Umfang ihrer Spuren. Er sammelte die Erde, die sie getragen hatte, in sein Tuch. Einmal schrieb sie mit der Spitze ihres Schirmes etwas in den Sand; und als er sich später darüber her stürzte, um es zu lesen, hieß es ›morir‹. Er erriet den Sinn; und er kam an diesem Abend nicht nach Hause. Er lag, mit dem Gesicht in einen Haufen vorjährigen Laubes gewühlt, und schluchzte. Noch aus dem Nachtschlaf fuhr er auf mit Schluchzen.

Ein anderes Mal aber begriff er nicht, was sie meinte. Denn sie neigte sich diesmal über ihren Leib, den sie streichelte, zärtlich, wie versöhnt mit ihrem Leiden, mit dem, was in ihr vorging, und als lauschte sie darauf. Und jetzt sprach sie, ja, ihre Lippen regten sich, und rätselvoll lächelnd sprach sie hinein zu sich.

An einem dritten Tage sah er aus seinem Guckloch, wie sie, frischeren Schrittes als sonst, an der Bank vorüberging und heraufkam, dem Borkentempel zu. Ihn ergriff brennende Panik. Keine Straße offen als die, auf der sie kam. Der senkrechte Abhang gleich vor seinen Füßen. Im

Augenblick, als sie die Hütte erreichte, sprang er auf der anderen Seite hinab: mehr als ein Stockwerk tief, auf die Düne. Sein Fall war unhörbar und grub ihn bis über den Kopf in Sand. Anfangs arbeitete und bald erlahmte er. Es geschah schließlich ohne sein Zutun, dass der Sand von ihm ablief und dass er entkam. Er trollte sich, gesenkten Kopfes, am Meere hin und genoss den Nachgeschmack des tollen Opfermutes, mit dem er für sie, für sie sich ins Leere gestürzt hatte, und jenes schon nahen Todes, der lautlos, ihr unbekannt und dennoch wie ein Kuss von ihr war.

XIV

Als am Sonnabend Raffael seinen Papa von der Bahn holte, rief Konsul Vermühlen, der auch aus der Stadt kam: »Da ist er ja, der prächtige Junge.«

Und Raffael schämte sich für den Konsul; denn er wusste genau, dass der das nur sagte, um Papa zu gefallen. Bei der Taufe der ›Newa‹ hatte der Buchhalter aus Papas Hafenspeicher Raffael auf die Schenkel geklopft und mit lügnerischer Stimme ganz genau dasselbe gerufen: »Ein prächtiger Junge!« Die Matrosen selbst hatten eine täppische Ehrerbietung an den Tag gelegt; und der Einzige, der ihn natürlich behandelte und nicht beschämte, war Kapitän Nevermann gewesen. Die andern alle, Bürger der Stadt sowohl wie Papas Angestellte, taten immer, als werde Raffael die Stellung seines Vaters erben und einer der in ihrer Mitte Mächtigen werden. Sahen sie denn nicht, was für ein Mensch er war und dass er in der Luft stand? Der Zustand solcher ihm Schmeichelnden erfüllte Raffael mit bleierner Trauer um Menschheit und Leben.

Und nun ließ Konsul Vermühlen ihn gar nicht mehr los. Wahrscheinlich wollte er gerade etwas von Papa.

»Jetzt wollen wir erst mal ein bisschen frühstücken. Was meinst du wohl« – und er griff Raffael unter den Arm – »zu 'ner Flasche Rotspon? Und abends wird getanzt, mein Sohn. Kannst du schon tanzen? Kann er schon tanzen, Herr Senator? Er muss mal mit meiner Frau tanzen.«

Raffael verhielt sich, in aller Pein, ganz still an dem Arm des Konsuls; nur innerlich wand er sich. Er dachte an seine Küsse auf Estelas Fußspuren und hörte dabei den Konsul lachen, sah seinen Vater lächeln und fühlte sich bloßgestellt, seine Liebe entweiht und elend. Einen Augenblick war er versichert, dass man alles wisse; und gleich würde das Unsagbarste, für das er selbst in seinen Träumen keine Worte hatte, laut und wohlgelungen herauskommen aus Konsul Vermühlens Munde, nicht anders, als hätte der Konsul sein Frühstück bestellt. Es schien Raffael nicht mehr, dass er gehe; Estelas Gatte schleppte ihn nur noch hin. Da sagte aber der Konsul:

»Was sie in dem Alter für leichte Beine haben! Dagegen kommt unsereiner nicht auf.«

Und da sie der Konditorei, vor der die Damen saßen, näher kamen, wollte er mit Raffael einen kleinen Wettlauf machen. Es ließ sich nichts dagegen tun; sie liefen schon durch den Kurgarten. Raffael starrte – und die Augen fühlten sich entzündet an und die Kehle trocken – auf Estela dahinten, die sich langsam vergrößerte – und es war ihm, als laufe er, und dürfe nicht aufhören, auf einen Abgrund

zu. Sollte er so untergehen? Konnte man so sterben? …
Sie hatten noch fünfzig Schritte vor sich, da fuhren ihnen
zwei Räder in den Weg; und einer der Herren sprang ab
und redete Konsul Vermühlen an. Raffael entwischte, versteckte sich hinter dem Musiktempel, in den modrig duf-
tenden Lebensbäumen – und keuchend und durchströmt
von der Wonne des Gerettetseins bemerkte er, dass er
diese tödliche Ankunft bei der Geliebten niemals für ganz
möglich gehalten habe, nicht einmal in den Sekunden ihrer
höchsten Wahrscheinlichkeit, und dass an das Äußerste wir
Lebenden nicht glauben können, und dass im Tiefsten der
Mensch sich unsterblich fühle. ›Wie vieles‹, dachte Raffael,
›lehrst du mich erkennen, meine liebe Estela.‹

XV

Ein entlassener Major, der dafür umsonst im Kurhaus
lebte, ging zwischen den weißen Mullkleidern der jungen
Mädchen umher, holte ihnen, mit Überredung und Gewalt,
Tänzer aus dem, ganz drüben, verlegen zusammengeballten
Haufen der jungen Leute; und die Zurückgelassenen sahen
denen, die er fortschleppte, mit Angst- und Neidgefühlen
nach. Dann verteilten die Kellner Getränke, die Mut machen. Die Musik spielte so keck, als wäre das Ganze ein
Leichtes gewesen. Und einige ältere Herren, die nur zum
Zusehen da waren, gaben ein Beispiel. Konsul Vermühlen
führte mit jovialer Galanterie ein junges Mädchen nach
dem andern unter den Kronleuchter und ließ es sich drehen.
Um ihn her, und als machten sie ihn verantwortlich dafür,

Seid fruchtbar ...

kreisten allmählich alle andern. Da klatschte der Major in die Hände und rief zur Française. Wie niemand sie kennen wollte, nahm Konsul Vermühlen seine Frau, die zwischen Müttern saß, bei der Hand und meinte:

»Dann musst du sie anführen. Die wird dir wohl nicht schaden, meine gute Estela, denn es ist doch nur Gehen und Knicksen. Das Knicksen kannst du weglassen. Nicht, Herr Major? Das Knicksen kann sie weglassen?«

Der Major war einverstanden; und er und Frau Vermühlen gaben nun den beiden Reihen der Tänzer die Bewegungen an. Estela vollführte zuerst die Komplimente nur leicht und mit einem Lächeln, als entschuldigte sie sich. Bald neigte sie sich tiefer; ihr Lächeln ward voller, ihr Schritt glücklicher; wenn sie ihrem Gegenüber die Hand hinstreckte, flatterte ihr Spitzenärmel auf, als schüttelte sie Blüten heraus oder eine Taube. ›Ihre raschen Gebärden und leichten Mienen heben mich empor‹, spürte Raffael, ›sie füllen mich mit Sonne.‹

Er hatte anfangs hinter der Eingangstür gestanden, sich dann, weil dort zu viel Kommen und Gehen war, nebenan ins Anrichtezimmer zu den Kellnern begeben, hatte sich volkstümlich gemacht, mit ihnen gespaßt und so getan, als sei er da, eine Schaumrolle zu ergattern und keineswegs um des nach dem Saal geöffneten Spaltes willen. Als sie ihm zu lästig wurden, stahl er sich in das Spielzimmer, hinter die alten Herren, und lugte durch den Vorhang. Aber das war unerträglich aufregend, denn jeden Augenblick konnte Konsul Vermühlen hereinkommen und Raffael, wie er's ihm angekündigt hatte, zum Tanzen nötigen. So rettete sich

Raffael aus dem Spielzimmer ins Freie und begnügte sich damit, durch die Jalousien der Saalfenster zu spähen. Hier draußen war es gefahrlos; dafür aber brach der Anblick der Geliebten fortwährend ab, und so viele jäh aussetzende Ekstasen machten ganz dumpf und schwach. Sie wendet dir die Schulter zu, scheint sie dir zum Kuss darzureichen: Da schneidet der Fensterrahmen hinein. Man senkt den Blick auf ihr verlockend zurückgelegtes Gesicht; und kaum berührt er's, verschwindet es: als ob die Blume dem Insekt, das sich darauf niederlässt, unter den Füßen fortgeweht wird.

Auf der Jagd nach ihrem Bilde machte Raffael die Runde um den Saal, er gelangte wieder an seinen Eingang und in das Anrichtezimmer, das nun leer war. Der Saal schien jetzt matter erleuchtet im Dunst und Gedränge; und die Gestalt aus Spitzen und hellem Fleisch, der Raffael folgte, bekam, inmitten der vielen, etwas einsam Schimmerndes. Fast sah es aus, als wäre sie allein im Wald gegangen: ringsum Dunkel, und nur auf ihr das Licht eines Sternes, der hoch über ihrem Scheitel immer mit ihr ging. Sie tanzte mehrmals und musste wohl alles vergessen haben. Ihr Mund war in ausgelassener Bewegung, ihre Augen leuchteten, als wäre sie auferstanden … Raffael ward es bange, wie bei einem Wunder.

Da lief Konsul Vermühlen aus dem Spielzimmer herbei. Er lief, und er war erregter, als Raffael ihn jemals gesehen hatte.

»Du hast wohl deinen Verstand nicht mehr«, sagte er, »dass du Walzer tanzt. Das fehlt noch!«

Sie erwiderte, er solle sie in Ruhe lassen. Er wiederholte

immer, dass Française das Höchste gewesen sei, was erlaubt sei. Walzer sei zu viel. Raffael sah: So behandelte der Mann sie; und er knirschte. Sie lehnte sich endlich selbst auf, heute hatte sie Mut. Ihre zornigen kleinen Mienen überkugelten sich in ihrem Gesicht, wie einst; sie tat, im Kampf vornübergebeugt, lauter kurze Schläge in die Luft, mit beiden Handrücken; und in den fremden, von niemand verstandenen Worten, die unter den leidenschaftlichen Windungen ihres Mundes entstanden, rollte das R. Um sie her ward wohlwollend gelacht. Zuletzt lachte auch ihr Mann. ›Er kann nicht anders vor den Leuten‹, meinte Raffael. ›Er muss ins Spielzimmer abschieben. Wenn sie nach Hause kommen, wird er sie umso mehr quälen. Wer weiß, dann gibt er ihr wieder Gift ... Wenigstens jetzt ist sie glücklich.‹

Sie tanzte noch einmal. Dann, in dem Augenblick, als ihr Herr sie allein gelassen hatte, fuhr sie im Sessel auf, furchtbar erbleicht. Sie versuchte, ihre Brust, die arbeitete, mit den Händen zu bändigen, und entsandte dabei Seitenblicke, die sahen aus, als bäte sie um Hilfe, und bäte dennoch, man möchte sie nicht ansehen. Keiner sah, nur Raffael – und da, es war klar, dass sie ihre letzte Kraft zusammenraffte, stand sie auf und ging bis an die nur angelehnte Tür zum Anrichtezimmer. Sie konnte sie nicht einmal mehr aufstoßen, wäre sicher umgefallen; Raffael war's, der sie vor ihr öffnete. Sie taumelte herein, leeren Blicks vorbei an ihm, und fiel auf den Stuhl. Es war der einzige, und er stand in der Mitte des kleinen, fast dunklen Raumes. Da saß sie nun.

Sie war verwandelt und hatte nun Züge und Haltung, als sei sie von langem Krankenlager aufgestanden, um hier unter Raffaels Blicken zu sterben. Er stützte sich gegen die

Wand, gelähmt und ohne einen Gedanken. Lange Zeit hindurch machte er sich gar nichts deutlich von der Gestalt dort auf dem Stuhl. Etwas schien zu drücken, sah er dann, auf ihre armen, sinkenden Schultern. Sie rutschte tiefer in den Sitz, ihre Brust fiel ein, ihr Leib ward herausgedrängt. Allmählich kam es ihm zum Bewusstsein, dass sie zitterte – und als er sekundenlang in einen ihrer zitternden Arme vertieft geblieben war, wie in eine ihn verzehrende Marter, fasste plötzlich sein Auge sie zusammen: zum ersten Mal, nachdem er so lange von ihrem allzu großen Jammer nur Einzelnes hatte begreifen können. Und die Linie dieses nach unten geschwellten Körpers mit den verkürzten, kläglich geöffneten Schenkeln, zwischen denen das Kleid in Falten hing – diese elende Linie machte die Geliebte stärker als einst ihre höchste Schönheit sie gemacht hatte, und Raffael brach zusammen.

XVI

Er kam zu sich, und plötzlich schüttelte ihn ein Fieber von Empfindungen. Er sprang auf, rang atemlos die Hände; er rief sich zu: ›Was tun! Unfähig bis zum letzten Augenblick!

Ein Gegengift! Warum bin ich nicht Arzt!‹

Er sah sich als Retter, hingekniet vor ihr, die die Augen aufschlug, dankbar seufzte und den Kopf auf seine Schulter neigte.

›Immer nur Fantasien. Etwas tun!‹

Aus dem Winkel heraustreten, sich ihr zeigen. Ja, jetzt galt es, sich ihr zu zeigen. Keine Ausflucht mehr. Und ehe er selbst gedacht hatte, wie eine Maschine setzte er sich in Bewegung. Unter ihren großen, starren Augen ging er schweigend und die Augen geradeaus, in dem Halbdunkel durch das kleine leere Zimmer – und das war, als wäre er, ein Einzelner, zum Voraus geopferter Kämpfer, vor zehntausend erbarmungslosen Blicken über ein sonnengrelles Feld geschritten.

Er erreichte den Anrichtetisch; seine Hände warfen Gläser um; er goss Wein aus einer Flasche, wunderte sich, dass das Glas niemals voll werde, und bemerkte zuletzt, dass keins dastand.

›Was nützt das, da sie doch vergiftet ist? Und wie lange bekommt sie schon Gift! Ist da nicht alles umsonst?‹

Und er wünschte, schlaff am Tisch hängend, dass sie rasch sterben möge, damit er sich nicht zu rühren brauche und nichts, nichts mehr geschehe, niemals mehr.

Gleich darauf aber stand er, ein Glas Wasser in der Hand, vor ihr und gab sich ihr preis. ›Da bin ich. Da ist der, an dem du einmal auf einer Treppe vorüberliefst und den du seitdem nie wiedersahest.‹ Er dachte auch, mit schmerzlichem Stolz: ›Ich bin wohl verändert? Ja, das hast du aus keinem anderen gemacht. Nun weißt du alles.‹

Die Angst und die Wonne des sich Darbringenden machten seine Hand zittern, und es fiel Wasser auf ihren entblößten Hals. Sie zuckte auf, stieß fremde Worte hervor, schob ihn weg. Er ward gewahr, dass ihre Zähne klapperten.

›Und ich komme mit kaltem Wasser! Und mache mich wichtig und bilde mir ein, dass sie mich kennt. Als ob sie je wieder an mich gedacht hätte! Wusste ich das denn nicht?‹

Da bemerkte er, dass er, von ihr ungesehen, dennoch

unter den Augen ihrer Seele gelebt habe; sie zur Genossin seiner Erlebnisse gemacht habe; ganz im Grunde das unvernünftige Gefühl gehegt habe, als sehe sie sich manchmal nach ihm um, als wisse sie von ihm … Nein, sie wusste nichts, hatte vergessen, dass sie ihn je erblickt hatte. Kein Hauch von allem, was in ihm gestürmt hatte, war zu ihr gedrungen. Mit keinem Laut konnte er sich ihr, denn er war ein Unbekannter, ins Gedächtnis rufen, nicht einmal mit Weinen.

Das aber nahm ihm plötzlich eine große Last ab. Er vermochte sich freier zu bewegen unter ihren Augen, die ihn gar nicht kannten; konnte handeln. Er wollte zum Arzt gehen und auf die Polizei: sie retten und sie rächen. Er war schon jenseits der Tür, wollte eben aus dem Hause: Da rief die Stimme seines Vaters:

»Raffael!«

Sein Vater kam aus dem Saal.

»Bist du noch nicht im Bett, mein Lieber? Was soll denn das heißen?«

Raffael sah sich langsam um: Dort stand Papa, mit gerunzelten Brauen, und sprach zu ihm wie zu einem Knaben, indes Raffael auf einem der wichtigsten und schwersten Gänge war, die ein Mann tun konnte. Musste Papa das nicht erfahren? Papa hatte Raffael gezeigt, dass er gute Absichten habe und ihn verstehen wolle. Raffael spürte es, als ob Papa ihm über den Hinterkopf streiche. Er bemerkte auf einmal, dass sein Vater ihm, nächst Estela, der liebste Mensch auf der Welt sei und dass er ihn gern zum Freund gehabt hätte. Es stand immer so schrecklich viel dazwischen, zwischen allen Menschen, und auch zwischen ihnen. Man musste einmal ein offenes Wort sprechen. Ihm ward es weich zumute – und im Gefühl von Schicksal und Verantwortlichkeit, aber vor Tränen zitternd, sagte er:

»Papa, hier geschieht etwas ganz Furchtbares.«

»Etwas –: Sag sofort, was du angestellt hast!«

»Ich? Gar nichts. Aber es ist furchtbar.«

»Hör mal, lieber Freund, mach einem gefälligst nicht unnötig Bange. Was ist los? Willst du dich erklären oder nicht?«

»Papa, eine Dame wird hier vergiftet. Ich weiß es ganz gewiss, und wir müssen den Doktor und die Polizei holen. Sie kriegt schon seit langem Gift, und zwar von ihrem Mann.«

»Was sind das für Geschichten? Wer ist die Dame?«

Raffael schluckte hinunter, brachte aber den Namen nicht hervor. Er wies auf die Tür des Anrichtezimmers.

»Drinnen sitzt sie.«

Papa ging hinein; und einen Augenblick später kam er zurück, mit einem Gesicht, das wohl trösten wollte und sich scherzend stellte.

»Siehst du?«, flüsterte Raffael mit feierlichem Grauen.

Papa sah stumm umher. Endlich flüsterte er:

»Es ist gut, mein Lieber. Du kannst zum Doktor laufen. Ich hole ihren Mann heraus. Zur Polizei gehe lieber nicht, das hat keinen Zweck; aber gleich neben dem Doktor wohnt eine Frau, der kannst du vielleicht auch Bescheid sagen. Ihr Name steht auf dem Schild: Frau Schlei, Hebamme … Siehst du, jetzt geht dir ein Licht auf. Du bist ja auch kein Kind mehr. Nun, irren ist menschlich. Deswegen brauchen wir uns nicht so aufzuregen. Hörst du? Mach,

's riecht hier nach Pöbel

bitte, ein vernünftiges Gesicht! – Was ist dir denn? Nimm dich zusammen, keine Dummheiten! Das ist doch keine Sache, um Anfälle zu bekommen und krank zu werden. Stütze dich auf mich – und tue mir den Gefallen, schreie lieber, aber mach nicht solch ein Gesicht. Ich weiß längst, dass deine Nerven nicht in Ordnung sind. Warum hast du kein Vertrauen zu mir? Herrgott, ist es denn so schlimm? Raffael! Raffael!«

Szene

I

Sobald Lea von der Verlobung ihres Geliebten erfuhr, eilte sie zu ihm. Viktor war nicht zu Hause, sie ging in seinem Zimmer auf und ab. ›Ich habe zu spielen – Premiere, und ich bin nicht entschuldigt‹, dachte sie, und dann gleich wieder an seinen Verrat. ›Ich verliere ihn, und ich liebe ihn!‹ Ihr Herz setzte aus, sie sah sich im Spiegel todbleich. Dann maß sie, durchdringend und trostlos, die ganze Gestalt. ›Elegant und schön, eine Schauspielerin, die in Mode ist, so würden die Leute sagen, wenn ich jetzt stürbe. Hat einem Mann alles zu bieten, Liebe, Glanz, befriedigte Eitelkeit, und wird verlassen und nimmt sich das Leben.‹ Sie suchte hastig in der Handtasche, ließ es, irrte weiter durch das Zimmer. Plötzlich fühlte sie ihn hinter sich.

»Ich habe dich erschreckt«, sagte Viktor. Sie fühlte Angst vor dem Kommenden, sagte aber zornig: »Ich nehme an, dass alles Geschwätz ist.«

Er zuckte die Achseln. »Das nimmst du nicht an. Du wusstest von der Sache. Ich hatte sie dir angedeutet.«

»Ich glaubte dir nicht!«

»Schließlich konnte ich nicht bei dir um meine Braut anhalten.«

In ganz verändertem Ton: »Was habe ich dir getan?« Und sie sank hin. Er trat an ihren Sessel, streichelte ihr das helle Haar, seine Hand war verführerisch wie je. »Ich liebe nur dich, Lea. Darum fehlte mir der Mut, offen mit dir zu sprechen. Ich habe den peinlichen Schritt tun müssen, weil ich abhängig und ehrgeizig bin. Nur darum. Ich wollte, ich könnte noch zurück.«

Sie sahen einander im Spiegel. Er sah ihr Gesicht aufleuchten.

»Komm zurück!«, sagte sie mit ihrer schönsten Stimme, hingelehnt, damit er sie küsse. Er küsste sie und sagte: »Wir haben uns schon mehrmals getrennt und wiedergenommen. Jetzt ist eine Heirat notwendig. Sie bedeutet nichts, wir bleiben die Alten.« Da riss sie sich los und sprang auf. Sie starrte ihm wie blind ins Gesicht. »Was wolltest du? Heiraten und mich behalten?« Er sah Unheil kommen, er streckte die Hand aus, aber sie floh bis in den Winkel; schon hatte sie aus ihrer Handtasche einen Gegenstand gezogen und ihn an die Lippen gesetzt. Gerade fing Viktor noch ihre Hand auf. »Lass das!«, sagte er rau.

»Es könnte dir schaden!« Sie lachte schrill auf, bevor sie weinte. Sie weinte, am Boden zusammengebrochen. Er war es jetzt, der hin und her ging, die Stirn in Falten, tief aufgewühlt. Unvermutet hörte er sie sprechen, eine Stimme wie ein Kind. »Ich will dein Unglück nicht«, sagte sie, ach, so demütig, vom Boden her. »Wenn denn ich dein Unglück war. Ich willige in alles, du bist frei.« Das verlassene Kind, das dort lag, weinte.

›Aufgepasst!‹, sagte der Mann sich. ›Die Tränenszene, dritter Akt. Wer sich fangen lässt, verliert.‹

Als nichts von ihm kam, stand sie geduldig auf. Indes sie sich glattstrich: »Ich sehe ein, es war ein Fehler, dass ich hier bei dir das Gift nehmen wollte. Eine bekannte Schauspielerin, auf deinem Teppich tot; es hätte dir geschadet. Verzeih!« Ironie, trotz leise lockendem Blick. Er ward noch unzufriedener anzusehen.

»Es wäre mir nirgends angenehm, meine Liebe. Weder auf dem Teppich noch sonst wo.«

»Das kann ich verstehen«, sagte sie. Die Ironie erklärte sich, hoch dramatisch. »Aber ich weiß doch nicht, ob du um den Polizeibericht herumkommen wirst.« Sie war zum Gehen fertig.

Er stürzte ihr nach, er hielt sie an beiden Handgelenken fest. »Du spielst heute Abend? Versprich mir, dass du spielst!«

»Bist du um die Direktion so sehr besorgt?«

»Es wird dich auf andere Gedanken bringen«, verriet er. »Jedenfalls ist Zeit gewonnen. Versprich es!«

»Ich habe schon versprochen, folgsam zu sein«, sagte sie vollkommen sanft und ergeben. Aber ihr Blick wich ihm aus, verloren und arm.

Seine Unruhe wuchs ins Unerträgliche, er brach aus: »Auf dich war niemals Verlass!«

»Ich dachte, heute könnte ich es von dir sagen«, erwiderte sie sanft und undurchdringlich.

»Liebst du mich nicht mehr?«, rief er in seiner Verzweiflung. »Wenn du mir nur erlaubtest, es dir zu beweisen!« Tragischer Blick.

»Ich begleite dich«, bestimmte Viktor. »Ich gehe bis in die Garderobe mit dir. Ich lasse kein Auge von dir.«

»Dann könnte es nur noch auf der Bühne geschehen«, murmelte Lea.

Er gelangte verspätet auf seinen Parkettplatz. Bis zu ihrem Auftreten hatte er sie nicht allein gelassen. Er überlegte unaufhörlich: ›Wird sie heute Abend jubeln können?‹ Denn sie hatte zu jubeln in dem Stück, so viel wusste er. »Ihr glaubt doch nicht, es ginge ohne mich?« Den Aufschrei hatte sie ihm letzthin mehrmals vorgemacht. Ein heiteres Stück also wahrscheinlich. Wie würde sie das machen heute Abend?

Das Stück erwies sich eher als frivol. Leider schon wieder ein Dirnenstück. Frivol und etwas melancholisch war der Auftakt, und sogleich hatte die Heldin ihren stürmischen Abschied von dem Liebhaber Nummer eins. Er hatte sie geliebt, gequält, betrogen und wieder von vorn. Sie hatte gelitten, sich gerächt, ihn zurückgeholt und mehrmals abgestoßen. Nun war es zu Ende. Sie blieb allein, zerbrochen, verzweifelt, mit Bitternis getränkt bis in den Tod. Schritte. Sie wollte fort; ihr winkte nur der Tod.

Statt seiner erschien der Liebhaber zwei, ein sanfter, junger Kavalier, der sie zu lieben gedachte. Er kam mit Seelentiefen und suchte etwas Besonders an diesem Treffpunkt der Lebewelt. Nach einigen begreiflichen Nieten fand er es nun. Sie war immerhin bereit, noch ein wenig sich aufhalten zu lassen vor ihrem letzten Gang: Bereit aus Müdigkeit und weil es eins war, so sah der ungetreue Geliebte im Parkett.

Wie begegnete sie denn aber der Werbung des Zweiten, das abgebrühte, schwerelose Geschöpf? Am Rande des Diwans sagte er ihr, indes hinten die Kameraden soupierten, seine Seelenwünsche, und sie lag. Geschwungene Linie, lang und schmal im bunt schillernden Futteral der Robe, leicht erhöht die Knie, den Kopf über das Polster hinweggesenkt, sie war ganz Liegen, das ungenützte Daliegen. Die nackte Schulter glänzte ins Leere, vergebens hing der nackte, starke Arm herab. Warum nicht? Sie konnte durchaus eingehen auf die Marotte des Herrn, der Treue suchte und Sanftmut versprach.

Entschluss, sie küsste. Das allzu goldene Lockengebäude an ihrem rückwärts gesenkten Kopf ward erschüttert, die Reiherfedern wippten, zu seinen Lippen hob sie das Gesicht. Allzu weiß, mit groben Bühnenzügen und dem schwarzen Strich der geschlossenen Wimpern malte es den Kuss. Diese Lippen wollten Verlobung vortäuschen? Versprechungen des Lebens küssen? Eine Totenmaske sog sich wild an, knapp vor dem Sterben.

Feiern den Eintritt in die neue Liebe! Dahinten brachen sie auf. Vom Diwan geschnellt – und der große, bewegte Körper wollte mit voran gestreckten Armen über alles fortfliegen, die Zuversicht selbst. »Ihr glaubt doch nicht, es ginge ohne mich?« Es gellte, und der Vorhang fiel.

Dies, das Jauchzen? Es hatte gegellt; lag die große Frau jetzt nicht, zusammengebrochen und alleingelassen, über dem verwüsteten Tisch, dort hinter dem Vorhang? Er ging wieder hinauf, sie und ihre Mitspieler verneigten sich.

Der ungetreue Liebhaber auf seinem Parkettplatz sprach zu ihr durch den Vorhang: »Nun, nun, mein Kind, wir sind

älter geworden, das ist das Ganze. Als ich dich kennen-
lernte, hattest du den naiven Reiz der Anfängerschaft. Ach,
unsere Jugend! Jetzt bist du reif, auch ich bin es, und man
geht auseinander. Obwohl man sich erst jetzt recht ver-
stünde und das Leben einander erleichtern könnte. In der
Jugend erschwert man es sich. Es ist uns ergangen wie dir in
dem Stück mit dem Herrn Nummer eins: geliebt, gequält,
betrogen und von vorn. Jetzt aber uns verlassen? Nun,
deine Schönheit, dein Talent die Höhe erreichen?«

Er seufzte, und in seine Gefühle vertieft, hatte er vergessen, dass er seine Geliebte beaufsichtigen musste, damit
sie nicht Selbstmord beging. Das Haus ward dunkel, da fiel
ihm alles wieder ein. Furchtbare Panik durchjagte ihn. Kam
sie lebend auf die Bühne? Oder lag sie schon da, wenn der
Vorhang aufging? Fiel er gleich wieder, und jemand trat
heraus, um dem Publikum von einer vorübergehenden
Schwäche zu erzählen?

Vorhang. Gottlob, sie lebte! Er zitterte noch immer.

Sie spielte Glück. Selbst Viktor hatte sie nie so glücklich
gesehen wie heute Abend mit dem Liebhaber zwei. Er hatte
das beste Leben, nur sie selbst war ihrer Sache nicht sicher.
Auch dies konnte enden, so aufreibend schrecklich wie das
Vorige – wenn sie auch hier wieder liebte. Sie fürchtete zu
lieben und dann verlassen zu werden. Sie eilte, dass sie ihm
zuvorkomme; nur darum betrog sie ihn mit dem Liebhaber
eins – und ließ sich erwischen. Die Szene. Zwei merkt erst
jetzt, er liebe sie, und hat seinen Ausbruch. Eins hat ihm
Genugtuung angeboten und ist gegangen. Sie selbst besteht
darauf, sie liebe noch immer jenen, nie habe sie diesen geliebt; wird kalt und stumm. Dieser glaubt ihr nicht, zu gut

Dreiklang

weiß er das Gegenteil, weiß es durch sich selbst. Für ihn ward es ernst, auch sie soll endlich gestehen.

So gesteht sie denn: Nein, sie liebt keinen; auch den nicht, mit dem sie ihn zielbewusst betrogen hat. Auch der hat nur wissen sollen, dass sie nun kalt sei – nun kalt sei und bleibe! »Der eine kann mich zu haben glauben, der Zweite, sogar ein Dritter: Wer aber hat mich noch? Das war einmal!« Schaudert es ihn? Es ergreift ihn, er möchte verzeihen. »Damit du mich später umso sicherer davonjagst? Später, wenn ich wehrlos bin.« Da er leugnet: »Doch. Der, den ich liebe, jagt mich davon!«

Frech und schrankenlos agiert sie vor dem Menschen, hat die Selbstachtung abgetan, möchte nacktes Grauen sein, alles, damit es ihr erspart bleibe, noch einmal leiden zu müssen. Er will ihr nichts ersparen, sie entreißt sich ihm, flieht nach hinten und steht, wie gefangen, in einem Vorhang.

Dort nun zeigt sie, wie man leidet, was sie schon erlitten hat, was sie noch erleiden würde – zeigt, was je Leiden war. Ihre schlaffen Arme tasten aufwärts, um zu flehen, aber was hilft Flehen, sie sinken wieder. Das Gesicht sieht niemanden, einsam plant es, verzückt. Die ganze Frau aber, dieser kostbare Körper im reichen Kleid wird arm, wird offen jedem Blick, ja, durchscheinend, ihr seht die Flamme. Ihr hört nicht, welche Sätze sie klagt, seht nur in ihr die Flamme zehren: zehren und sie durchleuchten. »Alle Wetter!«, sagte der Ungetreue. »Mit ihr geht es vorwärts – und mit mir? Ich werde herunterkommen durch meine bürgerliche Heirat. Keine andere Frau als diese kann mir Glück bringen. Die Laufbahn! Um als Mensch zu versinken? Indes sie dort

oben leuchtet. Indes sie mit anderen Männern ihre Seelen-
kräfte übt und davon leuchtet! Das darf nicht sein.«

Die Schauspielerin inzwischen bereitete ihren Abgang
vor. Der Mann war fertig, sie hatte ihn endlich nieder-
gerungen. Er saß, war ganz krank vom ungewohnten Erleben und wünschte sie innerlich zu allen Teufeln. Sie aber
hatte Hoheit bekommen; Abschied in Hoheit und müden
Nachwehen ihrer großen Szene. Ein letzter Händedruck?
Er schlug ihn aus, rückte verwundet die Schultern. Da
hatte sie, über ihn fort, ein Nicken, eine Wendung: »Dann
nicht.« All ihr Wissen in dem Nicken, das ganze Ende in
der Wendung. Sie hatte nicht glaubwürdig gejauchzt heute,
aber ihr stummes »Dann nicht« war restlos gekommen.

Geklatscht wurde mit vereinzelter Heftigkeit, im Ganzen aber mäßig. Diesen letzten Enthüllungen widerstrebte
der gesunde Sinn. Was für das Herz war, schien vorüber;
der erste Akt hatte beinahe im Freudenhaus gespielt. Die
Damen fühlten sich tief getroffen von den Toiletten der
Heldin.

III

Der Liebende war vor allen anderen draußen. Schon vor
der Schauspielerin, die sich noch verneigte, war er in ihrer
Garderobe. Sie fiel erschöpft auf den Stuhl und sagte: »Du
hattest recht, es tut gut.«

Er schluckte hinunter. »Lea«, sagte er, »ich heirate nicht
mehr.«

»Das ist mein größter Erfolg«, rief sie. »Aber du musst

heiraten, Lieber. Denn jetzt bin ich mit dir fertig. Wie froh bin ich!«, sagte sie traurig, aber nur wie in ? Erinnerung der Schmerzen. Ihm ward es kalt.

»Was ist das? Ich sagte doch, dass ich dir alles opfere!«

»Genug!«, sagte sie stark. »Und das nächste Mal? Soll ich, wenn du mich das nächste Mal verrätst, wieder spielen müssen wie heute – und dich vielleicht auch damit nicht mehr halten können? Und mich nicht mehr von dir befreien können? Heute habe ich mich befreit. Bin fein heraus. Ah! Lieber! Jetzt leide du!«

Während er wankte und mit mutlosen Händen noch flehen wollte, rief sie: »Umzug, dritter Akt! Sie müssen hinausgehen.«

Liebesspiele

Gleich wie er sie erblickte, bekam Paul Lissen einen großen Schreck. Er stand nichts ahnend und sanft ge-
stimmt in München an seinem Coupéfenster, da kam diese
große, tiefrot gekleidete Frau mit dem warmen Blond und
den geraden schwarzen Brauen neben dem Mann, der vornehm und verbraucht aussah, den Bahnsteig entlang. Paul
Lissen zitterte, so entsetzlich deuchte ihn sofort dieses
weiße, kraftvoll modellierte, weise gemalte Gesicht; es war
grausam und dabei tot; und erblasst starrte er darauf hin,
wie auf ein weites Leichenfeld, wo jetzt die Reihe an ihm
war. Die Frau bemerkte ihn und sah verächtlich weg.

Dreimal gingen sie den Zug entlang. Der Diener hinter
ihnen suchte umständlich nach einem leeren Coupé erster
Klasse. Es gab keins, da stiegen sie in das, wo nur Paul Lissen war. Er grüßte und setzte sich mit Herzklopfen in seine
Ecke. Er war vorher fast ganz damit zufrieden gewesen,
dass Liane ihn wieder einmal betrogen hatte und dass er
nun, ein wenig beleidigt, ein wenig schmerzlich, eine einsame Erholungsreise nach dem Süden antreten konnte.
Gumbinner und von Eisenmann hatten ihn neulich beim
Rennen geradezu blödsinnig hineingelegt. Er hatte, wie gewöhnlich, sich ängstlich gehütet, merken zu lassen, dass er
den Zusammenhang begriffen habe. Er behielt immer sein

abgefeimtes Lächeln als Versteck für alle seine Schüchtern-
heiten und Zweifel, verschenkte immer Geld und fragte sich
immer: ›Kann ich darum keinen Freund und keine Geliebte
finden, weil ich das viele Geld habe? Wahrscheinlich. Bei
der Heftigkeit meiner Begierden wäre ich sonst, wenn ich
arbeiten müsste, vielleicht ein Künstler, könnte die starken
Abenteuer, die ich nicht wage, wenigstens erfinden, und so
mein Herz den andern aufzwingen.‹ – Während sechs Wei-
ber auf einmal von ihm lebten, starb Paul Lissen, genannt
der Jubeljüngling, insgeheim an lauter schwermütigen Begierden. Er war schon sein Leben lang auf der Jagd nach
Liebe. Aber er hatte es nur ein einziges Mal eingestanden,
unter Tränen der Leidenschaft, als er ganz sicher war, dass
seine Beichte ohne Folgen bleiben würde. Keine andere
Frau konnte, zum Glück, solche Seelenverfassung bei ihm
annehmen. Und nun gar die da, ihm schräg gegenüber!

Sie war furchtbar. Er sah nicht hin, aber er fühlte sie
immer dort, eine bösartige Feindin, die die Macht besaß, durch sein Blut, das sie umwälzte, den sehnsüchtigen
Glauben zu jagen, sie sei die eine, für die er besinnungslos
drauflos empfinden dürfe, und die ihn, ihn lieben würde!
Ach, er mochte sich noch so oft in eine poetische Neigung
zu schmächtigen, süßen Wesen hineinbitten; er mochte sich
vorhalten, es sei unästhetisch, die Liebe nach den Körper-
maßen auszusuchen. Die großen Blonden hatten ihn in der
Gewalt, sie, die etwas wild rochen. Sie erregten auf dem
Grunde seines gutbürgerlichen Diätlebens eine grausige
Ahnung von außergesetzlichen Ungeheuerlichkeiten. Fähig machten sie ihn nicht dazu. Sie waren aus einer andern
Welt; warum reizten sie ihn, es war ungesund. – Und er

hasste jene dort für seine ohnmächtige Erregung. Sie verhandelte mit ihrem Mann auf Französisch darüber, wo man wohl zu Mittag essen werde. Anstatt sie aufzuklären, kaufte Paul Lissen in Rosenheim Lektüre für acht Wochen.

In Zeitungen versenkt, war er überzeugt, dass sie längst alles heraushabe. Sie betrachtete ihn, es war zu fühlen, und sie wollte etwas. Aber er war durchaus abgeneigt, ihr den Gefallen zu tun. Auf einmal tat er es. Sie stießen mit den Blicken zusammen, und im Blicke maßen sie sich, packten an, verschwanden ganz ineinander und beobachteten sich doch wie zwei Ringer auf einem engen Stück Boden mit Gräben und Buschwerk, am Rande eines Morastes, wo man umsichtig kämpfen musste inmitten aller Raserei. In diesem Blick, der eine unmessbare Zeit währte, besaßen sie einander. Sie überlisteten sich, triumphierten abwechselnd, röchelten abwechselnd, zwangen einander auf die Knie, vergingen. Wie Paul Lissen zu sich kam, war er heiß und erschöpft und hatte Lust davonzulaufen vor dieser Frau, die aus ihm er wusste nicht was machte. Der Zug fuhr in Kufstein ein.

Paul Lissen kühlte sich ab, ließ den österreichischen Staat unter der Aufsicht seines Dieners in seinen Hemden wühlen und ging ins Restaurant. Die große Fremde saß oben am zweiten Tisch, sie war überwältigend. Paul Lissen tröstete sich durch die Betrachtung des Gatten, der mit tief gekrümmtem Rücken und die Ellenbogen aufgestützt über dem Tisch lag und mit beiden Händen eine Tasse Fleischbrühe umklammerte. Dieser Gatte erregte überall heitere

Genugtuung. Denn es war ohne Weiteres klar, dass diese Frau ihn betrog, und das schmeichelte allen übrigen Männern, auch Paul Lissen. Als das Paar aufstand, stellte er fest, dass sie immerhin von gleicher Größe seien. Aber er war nur noch das Knochengerüst des Mannes, das der Frau standgehalten hatte.

Der Gatte musste sich um den Hund bekümmern, der im Hundecoupé heulte. Die Frau blieb allein auf dem Bahnsteig, Paul Lissen ging langsam an ihr vorbei, mit einem Gefühl im Nacken, als müsse sie jeden Augenblick über ihn herfallen. Später lehnte sie in der Waggontür und machte ihm nicht Platz. Er musste »Pardon« sagen, anstatt des »Madame, ich bete Sie an, wo kann ich Sie wiedersehen«, das er längst überlegt hatte. Ganz matt gelangte er auf seinen Platz und machte sich mühsam klar, dass er doch zu nichts verpflichtet sei. Bis Bozen hielt er sich meist im Korridor auf, in der Hoffnung, alles sei erledigt. Wie das Paar ausstieg, folgte er ihnen ohne Besinnen kaltblütig bis in den Omnibus des Hotel Bristol. Er hatte keineswegs beabsichtigt, in Bozen zu bleiben. Die Frau empfing ihn feindselig, sie entfernte ungnädig eine Hutschachtel von der Bank. Sie sagte leise etwas zu ihrem Mann, der peinlich berührt aus dem Fenster sah. Der Hund knurrte.

Paul Lissen drehte, als er im Bett lag, die Flamme über dem Nachttisch auf; und er verbrachte in der elektrischen Helle mit offenen Augen eine fürchterliche Nacht. Ihr mit Creme Simon zugedeckter Fleischduft verließ ihn nie. In fünfundzwanzigmal veränderter Fassung dachte er:

›Sie liegt zwei Nummern von hier, das ist doch ungeheuer! Und sie haben zwei Zimmer. Mein Baptist hat vom Stubenmädel alles heraus: Sie schlafen getrennt. Wenn ich gesagt hätte: ›Madame, ich bete Sie an und so weiter‹ – wie weit könnten wir jetzt schon sein … Unsinn, mein Liebling, sie wohnen in Nizza, es ist eine wirkliche Baronin Dubocage, ihr Diener schwört es … Ja, beweist das etwas dagegen? Ihr Gatte ist ein Gentleman, der es nicht hat lassen können. Dass sie eine Vergangenheit hat, ganz abgesehen von der Gegenwart, darüber verlieren wir untereinander doch kein Wort … Himmel, bin ich denn dazu angestellt? Meine Ruhe will ich! – Wenn aber doch dieses das Weib ist, bei dem ich leben, leben, leben könnte – und sterben meinetwegen auch. Wir kennen uns, seit wir uns heute früh in die Augen sahen! Ich habe keine Idee mehr, was es war. Aber ich war nicht mehr schwach, kein schwacher, reicher, angewiderter und sehnsüchtiger Knabe mehr. Alles war da, aus dem Vollen! Ich muss das haben, wiederhaben! – Mach dich also nicht lächerlich, Liebling.‹

Damit erhob er sich, schon um sechs, fand sich erbärmlich aussehend, ließ von Baptist sein Gesicht sehr sorgfältig behandeln, rötete sich ein wenig die Lippen. Die Herrschaften reisten am Abend weiter. Baptist wusste es schon. Paul Lissen sah sie tagsüber nur beim Essen und nur von fern. Wie er im Wartesaal erschien, empfing sein Diener ihn mit einer unglücklichen Nachricht: Sie hatten sich eine ganze erste Klasse reservieren lassen. Paul Lissen betrachtete gekränkt das Schild mit ›Bestellt‹, das am Fenster hing. Dann stieg er nebenan in die zweite Klasse und in einen Qualm von nassen Lodenmänteln. Auf einmal öffnete sich die Verbindungstür: Sie trat hervor, schritt königlich durch den wimmelnden Korridor, an Paul Lissen vorbei, der den

Atem anhielt, und bog um die Ecke, um dem Verbote zum Trotz noch auf der Station das Kabinett zu benützen.

Paul Lissen drehte sich unauffällig so lange umher, bis er hinter jene Ecke gelangt und den Blicken entzogen war. Dort wartete er, die Stirn an der Scheibe. Als sie zum Vorschein kam, machte er kehrt, sie maßen sich herausfordernd, als hätten sie eine alte Sache miteinander auszutragen, und Paul Lissen sagte:

»Madame, ich bete Sie an, ich bin nur Ihretwegen hier, wo kann ich Sie wiedersehen?«

»Das hätten Sie mir gestern früh sagen sollen«, entgegnete sie. »Damals wäre es noch frech gewesen, jetzt ist es bloß lächerlich – und hier.«

»Ich weiß es, Madame, und weiß auch, Sie wollen es, dass ich mich lächerlich machte. Darum schufen Sie diese Lage ... Überzeugen Sie sich, dass es nichts nützt. Wo sehe ich Sie wieder?«

»Sie sind doch schlauer, als ich dachte.«

»Bleiben Sie in Verona? Ja, Sie bleiben, ich weiß es vom Schaffner.«

»Sie wollen mich wiedersehen in einer fremden Stadt, wo ich keine Minute meinen Mann loswerden kann? Das ist weniger schlau, mein Lieber.«

»Sie fahren morgen zum Zahnarzt, Sie leiden zu sehr und wollen keine Begleitung. Seien Sie um drei Uhr im Hof des Benediktinerklosters, hinter dem Dom. Es ist ganz einsam dort, unter dem Boden liegt ein antikes Mosaik, Sie können hinuntersteigen, niemand bemerkt Sie.«

Paul Lissen sagte im Gerassel der Fahrt, eilig und fest, alles her, wie er es sich vorgenommen hatte. Dabei dachte er

Kleine Verstimmung

mit wachsender Unruhe an die dampfenden Lodenmäntel, die dazwischenkommen konnten.

»Ach Sie und Ihr Zahnarzt«, sagte die Frau. »Sie sind kindisch.«

Und sie schob ihn gelassen beiseite.

Er war mit allem einverstanden. »Ich bin nicht mehr ganz so klein, wie ich war«, meinte er. Und er sprach sich das Recht zu, bis Ala keine Umstände mehr zu machen wegen der Frau.

In Ala war es der italienische Staat, der in den Hemden Paul Lissens wühlte. Paul Lissen stand zufrieden dabei, wie die Baronin Dubocage sich über ihren Mann ärgerte, der mit den Zollbeamten nicht verkehren konnte und darum keine Schonung erfuhr. Er fand es süß, ihr nicht zu helfen. Im letzten Moment, als man schon eingestiegen war, geriet die Baronin in Aufregung über den Hund, der nicht gefressen hatte. Ihr Mann musste hinaus und den Diener suchen, der den Hund holen musste. Als alle drei, der Hund, der Diener und der Gatte, auf dem Bahnsteig standen, ging der Zug ab. Die Baronin missbilligte aus dem Fenster die Ungeschicklichkeit ihres Mannes und rief ihm zu, er solle morgen ins Hotel Colomba d'oro kommen; dann zog sie die Scheibe hinauf. Paul Lissen ging sofort zu ihr. Sie mussten noch warten, bis der neue Kondukteur vorübergekommen war; gleich nachher ergriffen sie Besitz voneinander, ohne Umschweife und ohne Zärtlichkeiten.

Wie es getan war, fühlte Paul Lissen sich versucht, eine Verbeugung zu machen und hinauszugehen. Stattdessen verwies ihn die Frau mit verächtlicher Gebärde auf die Bank, von der sie aufstand, und verließ das Coupé. Gehorsam streckte Paul Lissen sich hin; aber sofort sprang er wieder auf und starrte, die Arme verschränkt, in die Nacht, aus der ihr Bild aufflammte. Das weiße, starke Gesicht, blond, mit dem schwarzen Barren der Brauen erschien ihm, grausam und tot wie es war, zum ersten Mal vertraut und als das einer natürlichen Gefährtin. Ihr Raubtierduft, mit Kosmetiken verkleidet, hüllte ihn wohlig ein. Er fühlte sich ihr gewachsen, ihm fiel es nicht ein, den Käfig zu verlassen, in den er mit ihr eingesperrt war. Er hatte nur Lust zu kämpfen, auf seiner Hut zu sein, Genuss zu ertrotzen, sich als der Stärkere zu behaupten. Jetzt erst liebte er sie.

Er hütete sich, es merken zu lassen. Sie gingen in Verona ins Hotel de Londres und verbrachten eine stürmische Nacht. Paul Lissen fand alles an ihr, ihre Brüste, ihre Hüften, ihre Küsse und ihre Schreie, wie aus Kautschuk; alles an ihr, Leib und Seele, stieß alle seine Liebkosungen von selbst zurück und hinterließ keine Spur von ihnen. Paul Lissen äußerte in einer Minute der Abspannung:

»Ich könnte für dich sterben.«

»Das kann sogar mein Mann. Ein schönes Kunststück!«

Er biss die Zähne zusammen.

»Aber ich werde noch Streiche für dich machen, du sollst sehen, die du nicht gewohnt bist.«

»Wer sagt dir, dass ich sie nicht gewohnt bin?«

»Weißt du denn, wer ich bin?«, fragte er.

Und er erzählte ihr die gerissene Gaunerei, die Gumbinner und von Eisenmann erst neulich an ihm begangen hatten. Aber in seiner Erzählung war er selbst der Gauner.

»Damit hab ich mir das nötige Kleingeld zur Reise verschafft«, setzte er hinzu. »Warum es für mich mit dem

Überschreiten der Grenze solche Eile hatte, das sage ich dir lieber nicht.«

Dagegen gestand er ihr, dass er sie eigentlich für sein Geschäft ausersehen habe, denn er sei Mädchenhändler. Augenblicklich behalte er sie sich selbst vor, aber sie solle sich künftig vor Leuten in Acht nehmen, die ihr in dem Hinterraum irgendeines Ladens etwas ausgesucht Schönes zu zeigen wünschten. Sie könnte dort plötzlich verschwinden und in einem gewissen Dorf bei Paris wiederauftauchen, wo die Ware sortiert werde, bevor sie nach Buenos Aires gehe … Er berichtete zahlreiche Einzelheiten, die ihm Eindruck gemacht hatten in Veröffentlichungen der ›Internationalen Föderation zur Bekämpfung der Reglementierung‹. Die Frau lachte ihm, lautlos und hart, in den Mund hinein. Sie erklärte, sie sei im Kloster aufgewachsen, ihr Mann habe sich schwer an ihr versündigt, und es sei ein beklagenswertes Geschick, das sie in die Arme ihres Liebhabers geworfen habe, der noch dazu in gefährliche Sachen verwickelt scheine.

Am Morgen packte sie zusammen, um ins Hotel Colomba d'oro zu übersiedeln und ihren Mann zu begrüßen.

»Ich erwarte dich hier morgen um elf«, sagte Paul Lissen kalt.

»Unmöglich. Es wird jetzt Zeit, dass du meinen Mann kennenlernst. Da hast du ein Brillantkollier. Ich habe es verloren, du hast es im Coupé gefunden und bringst es mir – morgen Mittag.«

Paul Lissen dachte nach, scharf, mit so viel Leichtigkeit und Geistesgegenwart wie noch nie.

»Morgen, nein. Bis morgen kann ich nicht den Besitzer

ermitteln und euren Aufenthalt erfahren. Heute ist Dienstag. Freitag früh bin ich bei dir.«

Vom Hotel fuhr er zum Bahnhof. Er setzte sich in den Zug nach Florenz. In Verona, sagte er sich, wäre es unmöglich gewesen, eine annehmbare Nachahmung des Kolliers zu beschaffen. Es war eine dreifache Rivière, einen Meter lang. Er, der Abenteurer, sollte mit diesem Vermögen durchgehen; dazu hatte sie es ihm in die Hand gelegt. Dann war er sie los, diese Frau, in der er lebte, und war in ihrer Macht! Oder aber, er brachte ihr das Halsband richtig zurück; wie klein war er dann – ein ehrlicher Schwächling, der von ihr nicht fortkonnte. Und in beiden Fällen war er gedemütigt, minderwertig geworden. Oh, sie war stark! Aber auch er war stark.

Er fand in Florenz die Steine, die er brauchte. Achtundvierzig Stunden wurde gearbeitet; am Freitag um acht stand er, das Etui in der Hand, im Hotel Colomba d'oro. Die Herrschaften waren auf, hieß es. Wie er eintrat, legte die Frau die Serviette aus der Hand und lehnte sich zurück, ganz verklärt. Der Gatte erkannte den hartnäckigen Mitreisenden gleich wieder, hörte unlustig die schlecht erfundene Geschichte an und kehrte peinlich berührt zu seiner Schokolade zurück. Die Frau zeigte sich beinahe gütig vor befriedigtem Hohn. Paul Lissen fürchtete fast, sie werde ihn gar nicht mehr wiedersehen wollen. Dennoch bestimmte sie ihm bei Abschied eine Stunde für morgen. So stand ihm ein voller Triumph bevor. Inzwischen entdeckte sie natürlich den Streich.

Tags darauf, im Hotel de Londres, waren sie zum ersten Mal zärtlich. Sie spielten vorsichtig miteinander, schmeichelten einander; sie hatten gegenseitig ihren Wert erkannt, und jeder hoffte den andern im nächsten Augenblick endgültig hineingelegt zu haben. Es klopfte stark an die Tür des Vorzimmers. Die Frau fuhr auf.

»Ist es denn schon – wie viel Uhr ist es?« Paul Lissen erhob sich entgegenkommend.

»Halb zwölf jedenfalls«, meinte er, ohne nachzusehen, und er öffnete. Es waren der Baron Dubocage und ein Polizeikommissar. Paul Lissen hatte dem Gatten anonym geschrieben und des stärkeren Druckes wegen hinzugefügt, dass auch der Kommissar schon benachrichtigt sei und sich zur Verfügung des Barons halte.

Die Frau war sprachlos. Sie empörte sich nicht, behandelte die Herren ziemlich freundlich und sandte manchmal aus ihren geschlitzten Augenwinkeln einen gedämpften Blick nach Paul Lissen. »Das bist du? Ich glaubte noch nicht, dich so sehr bewundern zu müssen!« Sie kleidete sich äußerst langsam an, weigerte sich, das Protokoll zu unterschreiben, zog die Förmlichkeiten in die Länge. Darüber ward es zwölf, es klopfte nochmals, und ein Beamter in Zivil tat sich als beauftragt dar, Paul Lissen zu verhaften wegen Unterschlagung eines der Baronin Dubocage gehörigen Diamantkolliers. Die Baronin wandte sich herablassend an ihren Mann.

»Du merkst nun wohl, mein Freund, warum ich diesem Herrn eine Zusammenkunft gewährt habe. Ich hoffte kaum, ihn noch zu erwischen. Er ist mir doch in die Falle gegangen.«

Und sie sah träumerisch Paul Lissen nach, den man abführte. Er nickte ihr von der Tür her zu, vollkommen kühl.

Er fühlte, sie war nicht die Siegerin. Was er getan hatte, kam ihr so unerwartet und traf sie so gefährlich, wie ihn das, was sie wagte. Sie waren einander gewachsen, und sie liebten sich! Bei dem atemlosen Kampf auf dem engen Stück Boden voller Hindernisse waren sie beide, eng umschlungen, bis an den Morast geschwankt und hatten sich schon die Füße beschmutzt. Paul Lissen atmete tief auf. Was hatte sie aus ihm gemacht! Er empfand in seinem Gefängnis sowohl Grauen als Stolz.

Bevor er sich ernüchtern konnte, öffnete sich ihm die Zelle. Die Frau hatte, eine Stunde nach seiner Verhaftung, eine Menge Leute in Bewegung gesetzt. Sie selbst war bei dem Staatsanwalt erschienen, in Begleitung eines bekannten Juweliers, der für ihr Geld so heilig, wie sie es verlangte, schwur, die im Besitz der Baronin befindliche Kette sei echt, echt, echt. Es lag ein bedauerlicher Irrtum vor, alle entschuldigten sich bei dem distinguierten Fremden, nach dem Beispiel der Baronin. Auch der Gatte tat es peinlich berührt.

Um sechs Uhr abends waren sie schon wieder beisammen; aber nicht mehr im Hotel de Londres, sondern im Hotel Europa.

Gretchen

I

Am Sonnabendmittag hatte Frau Heßling es immer noch nicht ihrem Manne beigebracht, dass Gretchen sich am Sonntag verloben sollte. Beim Essen war Diederich endlich guter Laune; von dem Aal, den er allein aß, warf er Gretchen ein Stück über den Tisch zu. Aber der Aal war groß und fett gewesen; im Mittagsschlaf ächzte Heßling, und nach dem Erwachen verlangte er massiert zu werden. Seine Gattin wisperte Gretchen zu:

»Nun könn' mer 'n wieder dein' Hut und Gürtel nich abluchsen. Aber Geld muss her.« Und sie gab der Tochter einen nützlichen Wink.

Herr Heßling wartete schon in wollenem Hemd und Unterhosen zwischen den Sofakissen. Er überlieferte seinen blonden Bauch der Gattin zur Bearbeitung mit den Handrücken. Angstbeklemmt blinzelte er, indes sie hackte, den drei Figuren in zwei Drittel Lebensgröße und in Bronze zu, die von der Erkerstufe mit erhabener Heiterkeit auf ihn und seine Not herabsahen: Kaiser, Kaiserin und Trompeter von Säckingen. Und während Frau Heßling sich nach allen übrigen Seiten um ihren Mann verbreitete und ihn laut tröstete, kroch Gretchen zur Tür herein, auf den

Knien in ihrem weißen Kleid, umsichtig den langen Hals vorgestreckt und mit Furcht und Hohn in ihren bleichsüchtigen Augen, kroch geräuschlos zum Stuhl mit Papas Hose und griff hinein. Es hatte ein bisschen geklimpert; ihre Mutter sagte umso kräftiger:

»Nu haste's gleiche hinter dir, und morgen wollten mer nach Goschelroda machen, dass du's weißt. Der Herr Assessor Klotzsche geht auch mit, und dich kost es nischt, Alter. Ich hab noch so viel vom Haushaltungsgeld, dass es langt.«

Heßling brummte; aber die Massage hatte ihn erweicht.

Abends am Stammtisch stand er für Deutschlands Weltmacht so sehr in Flammen, dass er zahlte, ohne den Inhalt seines Geldsacks zu beachten; und was an Gretchen neu war, entging ihm am Sonntag, wie immer. Er bekundete nur den festen Willen, nicht durch den Wald zu gehen.

»Da kommt man zwei Stunden zu kei'm Wirtshaus.«

Assessor Klotzsche gab ihm recht, und man beschritt die Landstraße: Gretchen voran mit Klotzsche. Er sah beifällig den Himmel an; sein hinterer Scheitel rutschte dabei in den Kragen.

»T-hadelloser T-hach. Wenn auch mit Hitze verbunden.«

»Papa hat seinen Rock ausgezogen«, sagte Gretchen; und mit Senkblick:

»Wollen Sie es nicht auch?«

Aber Klotzsche lehnte ab. Er als Leutnant der Reserve kannte Schlimmeres; und er fing vom Manöver an. Er sprach sachlich und lange; das erste Haus von Gäbbelchen sah schon aus den Bäumen; Gretchen seufzte. Frau Heßling hatte alles überwacht; plötzlich gab sie einen Schrei von sich. Ein Tier! Ein Tier war in ihrer Bluse.

»A grässliches Krabbeltier. Nu is es schon hier … Nee, Männe, aus 'm Halse kriegste's nich mehr raus, du drückst mir bloß die Luft ab … Nicht anstellen, das sagst du wohl. Wenn es doch aber beißt! Wir haben nun mal andere Nerven als wie ihr. Für so was hat ein Mann aber auch gar kein Verständnis, nicht, Herr Assessor?«

Klotzsche beeilte sich, das seine zu bekunden. Er wollte sogar einen Haken öffnen. Frau Heßling entzog sich ihm.

»Einer nützt nichts; er sitzt zu tief. Da hilft bloß: Alles aufmachen. Gehen Sie nur ein Stückchen weiter mit Gretchen, Herr Assessor. Bei so was kann ich doch wohl bloß mein' Mann gebrauchen.«

Und sie blinzelte Diederich mit unzüchtiger Schalkhaftigkeit an. Der Assessor war errötet; Gretchen hielt den Kopf gesenkt. Sie gingen.

Klotzsche machte unsicher eine Bemerkung über fatale Lebewesen. Sonst aber sei er sehr für die frische freie Natur, besonders für Segelsport … Gretchen seufzte schon wieder. Er brach ab und fragte, ob auch sie die Natur liebe. Ja? Und was sie denn vorziehe: die Berge? die kleinen Lämmer?

»Grünen Salat«, sagte Gretchen, halb im Traum.

Sie sah selber grünlich aus und fiel vor Bleichsucht fast in Ohnmacht, wie es ihr immer geschah, wenn sie sich sehr langweilte; beim Strümpfestopfen oder in der Kirche.

»Grünen Salat?«

Ja. Denn Gretchen hatte am Morgen von ihrem Wochengeld sofort ein halbes Pfund Pralinés gekauft und sie alle

Ein Kind der Liebe

aufgegessen; und jetzt träumte sie von Salat mit Pfeffer und Senf.

Klotzsche war von ihrer Antwort überrascht, aber nicht unbefriedigt. Er sah sie an und rückte an seinem Kragen. Gretchen aber, mit tief herabgelassenen Wimpern:

»Was ei'm die ekelhaften Kiesel die Schuhe ruinieren! So 'ne Sohle is auch heutzutage wie aus Papier.«

Sie klagte nicht über die Schmerzen, die ihr die Steine machten; nur über die Kosten! Da entschloss sich Klotzsche:

»Krätchen …«

»Sophus …«

Als das Brautpaar Hand in Hand vor ihn hintrat, wie erstaunte der Vater! Frau Heßling lächelte sieghaft; denn dass Männe einem Reserveleutnant Krach machen werde, war nicht zu befürchten; dafür ging Männe mit einem zu schlechten Gewissen durchs Leben, weil er nicht wenigstens Unteroffizier war.

II

Wie Klotzsche zur Verlobungsfeier kam, hörte Gretchen ihn vor seinen Freunden ächzen, wie elend ihm doch sei; und dann flüsterten sie: vermutlich Unpassendes. Gretchens Herz klopfte. Bei Tisch spürte sie Anspielungen in jedem Wort. Klotzsche blieb schweigsam. Nur in ein Gespräch des Pastors Zillich griff er ein und erklärte, er glaube an die Auferstehung des Fleisches: Mit rauer Katerstimme und so stolz, als hätte er sich gerühmt, er verdaue zwanzig

Portionen Wurst mit Sauerkohl. Alle nickten ihm beifällig zu. Gretchen biss sich auf die Lippe und versteckte ihre Augen.

Dann war sie sehr verwundert, als alles so anständig blieb. Klotzsche saß jeden Tag, wenn es dämmerig ward, bei ihr im Zimmer mit dem Jugendstil und sagte von Zeit zu Zeit:

»Krätchen ...«

Sie erwiderte jedes Mal, in Lauten, die Gefühl in die Länge zog: »Szaophis ...«

Aber meistens dachte sie dabei an anderes. Er fragte sie, was sie in der Schule gelernt habe. Sie wagte sich mit ein paar Streichen hervor, die sie an Lehrerinnen verübt hatte; spürte aber in seinem betretenen Lachen, dass ihr Rütteln an den Autoritäten ihn für seine eigene beunruhigte, und hörte davon auf. Dann erzählte er, was sich am Morgen im Gericht begeben hatte. Und dann schwiegen sie.

Einmal begann er von der Gnade zu sprechen. Gretchen sei wohl innerlich nicht sehr fromm, das könne er sich schon denken. In ihrem Alter sei er auch nur ein lauer Christ gewesen. Gott sei Dank habe er noch den Anschluss erreicht, und zwar mithilfe des Herrn von Haffke, des pensionierten Generals. Man müsse heute wieder fromm sein; wenn man etwas auf sich halte, sei es auf die Dauer gar nicht zu vermeiden. Auch Gretchen werde noch die Gnade erleben: Auf welche Art und Weise, könne er allerdings nicht wissen. Das sei auch gleich.

»Wenn wir erst vor Gottes Thron stehen, wird er sagen: Ja, mein Sohn, auf welchem Wege du zur Gnade gekommen bist, das is mir ganz wurscht.«

Der Assessor ließ Gott besonders stramm und abgehackt reden. Klotzsches Augen wurden kriegerisch, und er schob den Schnurrbart höher. Draußen hustete Frau Heßling, bevor sie zum Essen rief. Gretchen seufzte für sich: ›Das Gehuste kannste dir sparen.‹

Sie überlegte:

›Klotzsche ist dreiunddreißig, und Säcke hat er auch untern Augen. Er muss doch was erlebt haben.‹

Auch erinnerte sie sich, dass eine Frau jetzt ihres Mannes Freundin sein müsse. Klotzsche durfte das keinesfalls alles für sich behalten. ›Warte nur, mei Luderchen‹, dachte Gretchen. Und dann fragte sie ihn, lieblich und singend, ob er denn vor ihr noch keine geliebt habe. Klotzsche ward rot und verneinte.

»Das gloob ich dir nicht!«, sagte Gretchen bestimmt.

»Denn lässte's blei'm.«

Er runzelte die Stirn, aber Gretchen war nicht zu beirren.

»Heere, Sophus, nu machste mer giedigst nischt vor! Wenn ich deine Frau soll werden, denn muss ich wissen, was is und was nich is.«

Aber es war nichts: Klotzsche wusste von nichts; alles war bei ihm gleich bar bezahlt worden, war erledigt, und es gab nichts darüber zu sagen. Gretchen verzog den Mund und rieb mit den Handflächen die Augen.

»Haste am Ende gar ä Kind?«

Er sah ihren Tränen zu, schnaufte, drehte die Daumen und dachte unbestimmt an die Möglichkeit, etwas zu erfinden, das sich beichten ließe. Aber er brachte sich nicht in Bewegung. Frau Heßling hustete schon; Gretchen murmelte:

»Na, nu kriegste deine Wurst und dei Bier.«

Obwohl sie selbst neun belegte Brote verschlang, nahm sie Klotzsche seine Esslust übel.

Nachher saßen alle im altdeutschen Zimmer bei der Gaslampe; ihr Licht glitzerte auf dem Kaiser, der Kaiserin und dem Trompeter von Säckingen. Die Mutter nähte, der Vater teilte aus der Zeitung die Hofnachrichten mit, der Bräutigam und die Braut taten nichts. Gretchen durfte, solange Klotzsche da war, keine Handarbeit machen. Aber nur der Gedanke, dass sie's nicht musste, war erhebend; sonst langweilte man sich eher noch mehr, als wenn man stopfte. Klotzsche saß da, verdaute und sah sie an; und Gretchen verglich unter keuschen Lidern, wie viel seinem Bauch noch fehlte, damit er so dick werde wie Papas. Ob auch Papa vor der Ehe nichts erlebt hatte? Er sah nach nichts aus. Und Mama kannte es nicht besser, sie war nicht modern, erkannte Gretchen. Drum ließen sie und Papa, der selbst so war, sie ruhig mit Klotzsche allein. Na, auf Klotzsche konnten sie es ankommen lassen … Was hatte Mama eigentlich vom Leben gehabt? Bloß Papa: Das war wenig. Mama hatte sich immer viel zu viel gefallen lassen; und nun saß sie da, beinahe alt, und flickte immer noch Papas Hemden. Wenn sie Papa doch wenigstens einmal betrogen hätte! – Dabei maß Gretchen, voll dunkler Vorsätze, Klotzsches Bauch. Sie wunderte sich oft selbst, wie scharfsinnig und wie kühn sie jetzt war, und dass ihr die Erkenntnisse so kamen, als sei sie gar nicht Gretchen Heßling aus der Meisestraße und allen von Kind auf bekannt, sondern ein Wesen ganz für sich, von ganz woanders. Übrigens entstanden diese Empfindung und alles, was Gretchen sich dachte, immer nur wie ein schwimmender, ziemlich entfernter Stern in dem Zwielicht ihres blutleeren Gehirns. Unaufhörlich gähnte sie durch die Nase, fühlte sich kalt und überraschte sich manchmal, wie sie schon den drehenden Kreisen in der Luft zusah, die immer kamen, bevor es ihr schwarz vor den Augen ward und sie in Ohnmacht fiel. ›Nee, das nu doch nich‹, dachte sie und raffte sich zusammen.

Dann gingen Papa und Klotzsche glücklich zum Bier; nun wollte sie mit Mama alles bereden. Ja, was denn? Schließlich fand sie:

»Du, Mama, muss ich Klotzsche später auch die Strümpfe ausbessern, wenn er sie schon angehabt hat? Papa gibt mir seine immer; und wenn ich sage, ich mag sie nicht riechen, sagt er, ich bin gemütlos.«

III

Bei Elsa Baumann fiel ihr mehr ein. Sie verhieß, wenn sie Klotzsche heiraten müsse, werde sie jeden Tag dreimal in Ohnmacht fallen, so öde sei er. Elsa belehrte sie darüber, dass er wohl mit gewissen anderen Damen auch anregend sein könne; bei Gretchen aber wollte er sich zur Ruhe setzen. Das sei immer so.

Im Halbkreis der Logen, in denen sie auf den *Veilchenfresser* warteten, neigten lauter rosa, weiße, himmelblaue Blusen sich zueinander. Gymnasiasten spähten sehnsüchtig nach ihnen durch Operngläser; aber sie waren bei Wichtigerem.

»Wenn sie sich ausgelebt haben«, wusste Elsa, »dann

»Alter Herr«

kommen sie zu uns. Für uns bleiben egal die Reste. Wie sollen wir daran genug haben. Ich kann mir ganz gut denken, warum Frau Assessor Bautz verrückt geworden ist. Frau Doktor Harnisch sagt selbst, dass sie es auch noch wird. Denke bloß, in sechs Monaten ist Harnisch einmal zu ihr gekommen! Ist das nicht grauenhaft? Ihre Eltern haben ihr geraten, sie soll sich heimlich einen Geliebten nehmen.«

»Grauenhaft!«, bestätigte Gretchen. Sie war völlig aufgewacht. Die beiden Mädchen sahen sich mit hasserfüllten Gesichtern an. Aber sie merkten, dass Rechtsanwalt Buck sie beobachtete, und bekamen, ohne sich darum zu bemühen, ihren blütenhaften Ausdruck wieder, den Ausdruck süßen Dahinblühens. Dann ging der *Veilchenfresser* an.

Nach dem Aktschluss ließ Gretchen sich kaum Zeit, die erst halb zergangenen Pralinés hinunterzuschlucken.

»Dann wollen wir auch unsere Rechte! Dann wollen wir vor der Ehe auch alles dürfen. Nachher, meinetwegen, dann kann das Mopsen losgehen.«

»Lieber gleich gar nicht heiraten«, sagte Elsa. Aber hier trennten sich die Anschauungen. Gretchen bemerkte für sich: ›Nee, meine Gudeste, das sagste bloß, weil du noch kein' hast.‹ Und laut:

»Sieh mal her, was mir Klotzsche für 'n erstklassigen Ring geschenkt hat. Ein Rubin und sieben Perlen. Rot ist die Liebe, hat er sogar gesagt.«

Elsa prüfte ihn flüchtig.

»Ja, wenn wir für so was unser Lebensglück wollen verkaufen –«

»Rede doch nicht«, meinte Gretchen, »du tust es auch noch.«

»Ich, ich gehe nach Berlin und fange ein Verhältnis an.«

Trotz Gretchens Lachen blieb sie dabei. Hatte sie nicht das Zeichnen für Modeblätter, das sie in der weiblichen Fortbildungsschule erlernt hatte, wieder aufgegeben, nur weil es gegen ihre Überzeugungen ging? Denn sie war für Reform. Gegen ihre Überzeugungen würde sie niemals handeln.

… »Nu äben«, sagte Gretchen endlich. Weil gezischt ward, hatte sie diese Antwort während des ganzen zweiten Aktes zurückhalten müssen.

»Aber wie wir die vorige Sessong an der Theatertür auf Herrn Stolzeneck gelauert haben und ich schmiss ihm ein Bukett nach, wo warste da? Da hattste nischt wie Angst.«

»Wir waren noch Gören. Seitdem bin ich in Berlin gewesen, und du bist verlobt.«

Sie seufzten; und sie riefen die Zeit zurück, als sie gemeinsam Herrn Leon Stolzeneck liebten, ihm aufpassten, ihm nachschlichen, ihm anonyme Briefe schrieben, worin sie sich über seinen Kritiker entrüsteten. Auch seine Namensunterschrift hatte Gretchen, auf seiner Fotografie, die sie kaufte, ihm schickte und postlagernd unter ›Sphinx‹ zurückerbat. Voriges Jahr erst war das gewesen? »Ach Gott, es war doch schön!« Die Fotografie hatte sie vor ihrer Verlobung versteckt, sobald ihr etwas ahnte.

»Ich muss sie mal wieder raussuchen. Wenn ich sie nur Klotzsche zeige, was er wohl für 'n Gesicht macht.«

Sie pruschte aus; eine alte Dame sah sich um, und Gretchen wisperte sittsam:

»Soll ich ihm erzählen, ich hätte mit Herrn Stolzeneck ein Verhältnis gehabt? … Er ist reizend. O mein Leon!« –

halb entrückt und mit verschlossenen Augen. »Sieht er heute nicht wieder entzückend aus? Der Veilchenfresser ist doch das Ideal. Und so feine Manieren hat er. Denke dir jetzt mal Klotzsche! Nee, wir müssten von Rechts wegen auch alles dürfen.«

»Wir dürfen auch«, behauptete Elsa. »Wenn du dem Manne, den du liebst, dich hingegeben hast, dann musst du nachher einfach vor deinen Verlobten hintreten und zu ihm sprechen: So bin ich nun mal, da ist nischt zu machen, ich habe mich ausgelebt und bin mir treu geblieben. Nun müssen Sie tun, mein Herr, was Sie nicht lassen können.« Gretchens Herz klopfte vor dieser wilden Aussicht.

»Glaubste denn wirklich?«, fragte sie, und sie lachte, wie über ein Märchen, worin alles gar zu glatt ging. Aber schließlich, mit Klotzsche? Schlimm war er nicht. Sie traten auf den Gang hinaus. Lauter Jugend segelte reihenweise darin umher, kicherte, tat höhnisch und schämte sich voreinander. Gretchen blieb versonnen.

»Neulich hab ich Mama zu Papa sagen hören, dass Frau Staatsanwalt Fritzsche ein Verhältnis mit Herrn Stolzeneck hat. Glaubst du es?«

»Warum nicht, wenn er doch mit Frau Wendegast was gehabt hat.«

»Ich glaube eher, dass Mama es bloß gesagt hat, weil die Fritzsche einen neuen Hut gekriegt hat und Mama nicht.«

Beim Büfett mussten sie sich durchschlängeln und flüstern. Sie tranken Himbeerlimonade und aßen Baisers.

»Und beim Theater«, sagte Elsa, »soll es keine geben, die er nicht schon – du verstehst.«

»Die gemeenen Luder«, zischte Gretchen, erbittert von

Eifersucht. Sollten denn alle durch Herrn Stolzeneck glücklich werden, und nur sie nicht? Sie tat entschiedenere Schritte. Da bog Klotzsche in den Gang – und blütenhaft träumte Gretchen ihm entgegen.

IV

Am Morgen musste Gretchen von Frau Heßling aus dem Bett geholt werden. Noch im Hemd lief sie an den Briefkasten.

»Was haste denn? Was soll denn drinne sein?«

Gretchen wusste es selbst nicht. Sie rekelte sich lange beim Kaffee und dem verstohlenen Roman. Vom Lampenputzen weg flatterte sie mit Petroleumhänden in die Küche und wollte wissen, was es zu essen gäbe. Bloß deutsches Beefsteak und Blumenkohl? Gretchen hatte etwas ganz Merkwürdiges erwartet.

Wie sie endlich ausgehen durfte, fühlte sie plötzlich ihr Herz im Halse schlagen; sie musste Luft schöpfen, bevor sie sich durch die Haustür wagte. Was konnte heute alles passieren.

In den Läden vergaß sie die Hälfte, machte alle Wege doppelt – und da war die Uhr eins, und Gretchen fand sich wahrhaftig beim Theater, wo soeben die Probe aus war. Herr Stolzeneck kam die Treppe herunter; er hatte schon seinen Pelzkragen um; und er lachte laut mit der Roché und der Poppy. Die Roché klopfte ihm auf den Arm. Gretchen aber ging gerade auf ihn zu, lächelte und nickte ein wenig. Wie sie vorüber war, fühlte sie ihr Gesicht noch immer schmerzhaft verrenkt von dem Lächeln und war nicht erstaunt, dass die beiden Damen lachten. Sie lachten, bis sie keuchten. Gretchen dachte, auch das sei nun gleich, und schlich weiter. Da hörte sie hinter sich seinen Schritt. Ihre wurden auf einmal doppelt so lang. Sie flüchtete in die Anlagen, erstürmte den Stadtwall, hatte den Mund offen und entsetzte Leere in den Augen. Herr Wilmar Bautz, Koksbautz, spazierte daher; und anstatt seinen schwunghaften Gruß zu erwidern, starrte sie ihm hilfeflehend ins Gesicht.

Der Schritt des Schauspielers hörte sich näher an, noch näher. Da zuckte sie mit beiden Schultern, denn er hatte gerufen, halblaut hatte er ›Fräulein‹ gerufen. Es war gerade wie früher, wenn Gretchen aus haltloser Albernheit und aus Sensationsbedürfnis einem Lehrer eine lange Nase gedreht hatte, und plötzlich sah sie sich vor der schaurigen Tatsache, dass er's ernst nahm, und dass die Folgen kamen.

Wohin nun? Nur der kleine abschüssige Pfad konnte Gretchen noch retten, und an seinem Ende, über dem Stadtgraben mit den Schwänen, das Bedürfnishäuschen, ließ sich's ungesehen um die Ecke wischen? … Nein: Auch auf den Pfad ohne Ausweg folgte er ihr. Sie war verloren. Nichts mehr als das Häuschen und die Schwäne dort unten, die es kühl und gut hatten. Zu den Schwänen oder in das Häuschen. Gretchen tat den letzten Schritt zum Häuschen. Aber Herr Stolzeneck sagte:

»Mein Fräulein, das ist doch nicht für Damen.«

Gretchen fuhr herum, machte ›Huch‹, und vor Verzweiflung lachte sie. Solche grausame Überlegenheit hatte sie noch auf keinem Gesicht gesehen. Seine Lippen arbeiteten, nun er doch gar nicht mehr sprach, mit einer Gelenkigkeit über seinen ruhigen weißen Zähnen, dass ihr schwindlig ward. Er hob ein wenig den Zylinder und kehrte einfach mit ihr um.

»Wahrscheinlich« – und er wartete verheißungsvoll, beugte sich seitwärts über sie und machte so viele Gesten, dass sie die Augen schließen musste –, »wahrscheinlich fühlten Fräulein sich dorthin gezogen, weil Ihr Herr Vater es angelegt hat? Hab ich recht, Fräulein Heßling?«

Gretchen öffnete die Augen. Dass er sie kannte, machte die Lage etwas gesetzlicher, eine Spur weniger fragwürdig.

»Ja«, sagte sie, nicht ohne Stolz, »Papa hat sie alle angelegt. Er hat es im Magistrat durchgesetzt, wissen Sie, und dann hat er auch gleich selbst den Auftrag gekriegt. Papa versteht es« – und Gretchen nickte wichtig.

»Und obendrein hat er solch eine reizende Tochter, das ist fast zu viel für einen Menschen.«

»Das sagen Sie wohl sicher nur so«, meinte Gretchen, nahezu übermütig. Sie ward auf einmal fortbewegt wie von Flügeln. Was noch kommen wollte: Nichts konnte sie mehr verblüffen.

»Mein heiliger Ernst, da können Sie ruhig Gift drauf nehmen«, sagte Herr Stolzeneck; und Gretchen, den Kopf auf der Schulter, mit Augenaufschlag:

»Wer's glaubt.«

»Sie sind mir doch schon längst aufgefallen. Sie sind doch das kleine Fräulein, das mir neulich in der Gäbbelchenstraße aus dem Fenster zunickte und das Wischtuch fallen ließ.«

Gretchen biss sich auf die Lippen.

»Ach nein, ich wohne in der Meisestraße.«

Aber er sagte unbefangen und bestrickend:

»Nun, Gäbbelchen- oder Meisestraße, auf jeden Fall meine ich Sie, da können Zweifel überhaupt nicht Platz greifen.«

Und Gretchen lachte ihn, eine Träne in den Wimpern, dankbewegt an. Er wich bald aus. Sein Blick war jede Sekunde woanders, seine Hand nun am Rand des Zylinders, nun gespreizt in der Luft; und er wendete sich in der engen Taille seines Überziehers umher, der sehr lange Schöße hatte, und er lachte und machte dennoch einen bitteren Mund. Sein Gesicht hatte Gretchen sich nicht ganz so schmal gedacht, die Nase weniger eingedrückt. Aber die Locke, die der Zylinder zerquetschte, kannte sie. Der Mund blieb unheimlich, er turnte zwischen den engen Längsfäden des Gesichtes wie ein Seiltänzer. Aber was für Augen hatte Herr Stolzeneck! Ihre schwarzen Ränder und schwarzen Brauen traten ohne Übergang, wie mit einem Ruck, aus der bleichen, etwas fettigen Haut. Das war so schön, dass es weh tat. Wenn er auf Gretchen niedersah und über seine nachtblauen Augen die schwarzen Wimpern senkte, sah es aus wie Trauerweiden über einer Wiese. ›Kleene Zwerche‹, dachte Gretchen, ›hubben drunter rum.‹ Eine schmerzliche Landschaft waren Herrn Stolzenecks Augen. Gewiss hatte er vieles Schwere erlitten. Der dunkle Drang, ihn zu trösten, erschütterte Gretchen. Da seufzte er, noch bevor sie selbst seufzte.

»Ach ja, Sie haben sich Ihre Eltern vorsichtig ausgesucht, Fräulein. Sie kennen natürlich nichts als bloß die besseren Familien. Wenn so 'ne Leute wie wir die Nase in 'ne Stadt stecken, dann rufen die Frauen über die Straße: Nachbarin, häng die Wäsche weg, die Komödianten kommen.«

»Das ist zu dumm«, behauptete Gretchen mit Nachdruck.

»Ja, das sagen Sie. Aber bitten Sie Ihre Frau Mama mal, sie soll mich einladen. An dem Tage müssen Sie wahrscheinlich doppelt so viele Strümpfe stopfen.«

Gretchen beugte die Stirn, denn es war so.

»Ich verkehre hier bloß bei der Frau Wendegast.«

»Ach ja«, machte Gretchen schnell. »Das ist so eine …«

»Sehen Sie! Weil sie mit uns Schauspielern verkehrt.«

Gretchen stammelte und verschluckte sich. Frau Wendegast war also gar keine, vor der man in die nächste Straße einbiegen musste? Gretchen, neben der ein Schauspieler über den Wall ging, rückte unvermutet in Gesichtsweite eines Daseins, das sie so lange mit allen andern für höchst gewagt und ganz unzugänglich gehalten hatte.

Welch neues Leben! – Herr Stolzeneck sagte:

»Die Anschauungen sind gottlob nicht überall so rückständig. In Wien zum Beispiel hatte man einen tadellosen Verkehrskreis.«

»Waren Sie dort auch schon beim Theater?«

»Versteht sich, an der Burg. Ich hätte es natürlich nicht nötig, mich hier bei den Schmieren herumzutreiben; bloß dass man als Künstler den Wandertrieb mal in sich hat.«

»Es ist wohl reizend, wenn man Künstler ist?«

»Glänzende Sache, Fräulein. Aber Sie wollen wohl nicht weiter mit mir gehen? Ja, jetzt kommen die Straßen, und da könnte ein Bekannter Sie mit dem Komödianten sehen.«

Gretchens Gesicht flammte. Sie verdrehte die Augen,

wollte sich wehren gegen den schrecklichen Verdacht. Aber es war die Wahrheit, und sie konnte sie nicht ändern.

»Lassen Sie nur«, sagte er inzwischen. »Ich bin nicht empfindlich. Jetzt gehen Sie getrost zu Ihrem Mittagessen, und ich will sehen, wer mir 'n Teller Suppe pumpt.«

»Ach! Haben Sie denn kein Geld?«

»Oh! Im Gegenteil!«, und er lachte. »Es steckt nur grade in Geschäften. Glänzende Sache, Fräulein. Übrigens, können Sie Ihren Herrn Papa nicht mal fragen, ob er keinen Korrespondenten gebraucht? Ich stenografiere prachtvoll.«

»Aber Sie sind doch Künstler!«

»Nun ja. Erschrecken Sie nicht so furchtbar. Ich habe heute Abend im *Fallissement* zu spielen: Man ist dann den ganzen Tag in der Rolle, wissen Sie. Im Übrigen würde schon meine Herkunft mir verbieten … Denn natürlich bin ich von diskreter Geburt.«

Sie sah ehrfürchtig aus. Er sagte herablassend:

»Wir sehen uns schon wieder. Schreiben Sie mir gelegentlich, Fräulein. Sie wissen vielleicht, wo ich wohne?«

Wie oft hatte Gretchen nach seinem Fenster hinaufgelugt! Einmal hatte sie – aber ohne Elsa Baumann würde sie es nie gewagt haben – die Treppen erstiegen und an seiner Tür vor seiner Visitenkarte eine Andacht verrichtet. Gretchens Knie wurden ganz schwach; noch weiß bei der Erinnerung, hob sie die Augen zu ihm. Aber sogleich wich er aus, rückte am Zylinder, hoffte, Gretchen bald wieder zu begegnen – und war, ehe sie innerlich so weit war, elegant und leicht von dannen.

V

»Warum ich so spät zum Essen komm? Ja, Muttchen, die Anprobe hat bis halb eins gewährt, und dann bin ich der Frau Doktor Harnisch begegnet. Du weißt ja, was die für 'ne alte Klatsche ist.«

Frau Heßling vergaß ihren Zorn.

»Was hat sie denn gesagt?«

Gretchen brauchte gar nicht nachzudenken, bevor sie log. Sie war völlig aufgewacht. Das Leben war auf einmal schrecklich interessant; sie hatte ein Geheimnis, ein Gebiet, das nur ihr gehörte und wohin niemand sich getraute – als ob sie auf der Seite des Stadtgrabens Schlittschuh liefe, wo immer das große Loch war. Die Damen Roché und Poppy konnten bei Frau Wendegast von ihr erzählen. Mathilde Bensch konnte aus dem Fenster gesehen haben: Dann wussten alle, dass Gretchen mit Herrn Stolzeneck etwas hatte. Natürlich glauben sie dann, es sei ein Verhältnis; ›ich würde es auch glauben‹, gestand sich Gretchen; und ihr war fast schon zumut, als sei es eins. Das Herz klopfte bei jeder Erinnerung an ihn. Alles, was er zu ihr gesagt hatte, kehrte abwechselnd wieder.

»Was wirst 'n egal rot?«, fragte Frau Heßling. »Papa meint es doch nicht so.«

Gretchen hatte nicht einmal gehört, was Papa sagte, und errötete noch tiefer. Aber dann machte sie Mathilde Bensch mit großer Gewandtheit schlecht: Für den Fall, dass Mathilde sie verklatschen wollte. Mittendrin hörte sie Herrn Stolzeneck sagen: ›Mein Fräulein, das ist doch nicht für

Damen.‹ Zu ihr hatte er das gesagt, mit eben solch flotter Stimme und perfekter Anmut wie der Veilchenfresser; zu ihr allein. Es war, als hätte Gretchen selbst mitgespielt. ›Ob ich nicht Talent hätte? Warum nicht. Weeß mersch denn?‹ Sie hörte sich im Geiste gerade so fein sprechen und sah an sich dasselbe gewandte Benehmen. Was sollte sie jetzt noch mit Klotzsche! Klotzsche, der über seinem Bierbauch Daumen drehte, der immer die halben Worte verschluckte und nicht ins Zimmer konnte, ohne an den Türpfosten zu rempeln. »Du, Mama, mit Klotzsche tanz ich aber nich auf meiner Hochzeit, er schubst ein' immer mit sei'm Bauche.«

»Sei nicht so gemütlos!«, verlangte Herr Heßling aufgebracht, und Gretchen musste sich ducken.

Klotzsche aber konnte ihr nicht mehr imponieren.

Sobald sie allein im Zimmer mit dem Jugendstil saßen, fing Gretchen an.

»Du, Sophus, dass du's weißt, mich wirste nich um den Finger wickeln, ich bin ä modernes Weib.«

Da er hierauf nicht gefasst schien:

»Ich will alles kennenlernen. Glaube giedigst bloß nich, ich will hier immer in der Klappe hocken. Unsere Hochzeitsreise machen wir ganz gemiedlich mal nach Berlin. Nu sag ämal, ob du mich auch egal in alle Lokale mitnimmst. Schitze bloß keine Müdigkeit vor und sperr dei Mund auf!«

Klotzsche verwirrte sich unter Gretchens unnachsichtigem Blick. Aber er musste mit seinen Berliner Kenntnissen heraus. Er tat faul und vorsichtig. Gretchen ertappte ihn:

»Die Hauptsache haste weggelassen. Na? Na? Die Amorsäle doch! Schwörste, dass de mir die zeigen wirst?«

In Form

Klotzsche zögerte, er setzte zu Einwänden an. Gretchen schnitt sie ab.

»Du bist wohl ä Philister?«

Und Klotzsche versprach, Hals über Kopf, die Amorsäle. Ihr eigener Mut berauschte Gretchen.

»Ä Philister, pfui Spinne, den nähm ich nicht. Überhaupt sollten wir Frauen alles dürfen, was ihr dürft. Ihr amüsiert euch egalweg, und kommt ihr zu uns, is nischt mehr da. Davon is dem Herrn Assessor Bautz sei Frau verriggt geworden. Seid ihr ßoo, da müssen wir uns ähm ä Geliebten nähm, und womöglich gleiche. Dir, mei Gudester, müsste das überhaupt ganz Sauce sein.«

»Nee, Krätchen, nee –«

Klotzsche erlangte Haltung.

»Das wär mir nu aber ganz und gar nicht Sauce. Da musste dir en andern zum Manne nähm, nicht en Reserveleutnant.«

Gretchen krümmte die Lippe; aber hier, wo Klotzsches Selbstbewusstsein durch das einer Gesamtheit gestützt ward, fand sie ihn unerschütterlich. Am nächsten Vormittag sagte sie zu Elsa Baumann, die Besuch machte, um zur Hochzeit geladen zu werden:

»Du, Elsa, ob 'ch Klotzsche heirat, muss ich mir noch sehre überlegen. Er is doch ä bisschen weit zurückgeblieben: Er will nich, dass 'ch mich ausleb.«

Elsa fand Gretchens Bedenken voll berechtigt und riet ihr von Klotzsche ab.

»Ich für mein Teil geh nach Berlin und fang ein Verhältnis an«, wiederholte sie.

Gretchen verschränkte und löste die Finger, löste und verschränkte sie. Endlich, berstend vor Mitteilungsdrang:

»Soll 'ch dir was erzählen?«

Und sie sagte alles. Elsa wollte es zuerst nicht glauben; und dann begann sie zu schreien:

»O jemersch!«

»Was is denn, was lachste denn?«, fragte Gretchen betroffen.

»Nichts!«, und Elsa unterdrückte ihre Schadenfreude. »Ich denke bloß an Klotzsche. Dem gönne ich's.«

»Es wird ja doch nischt draus« – mit tiefem Seufzen.

»Wieso nicht? Mach dich fort mit dei'm Leon! – Ja, da kuckste. Wenn ihr aber erst durchgegangen seid, müssen sie euch wohl heiraten lassen, und Klotzsche hat's Nachsehen und alles brüllt.«

Gretchen lächelte geblendet; sie sagte nichts mehr, sie wagte kaum zu denken. Die Nacht hindurch kämpfte sie. In ihrem stürmischen Halbschlaf schimpfte Papa in Ausdrücken, die Gretchen nie gehört hatte, rang Mama die Hände wie eine Schauspielerin und stieg Klotzsche in Uniform und hinter sich die ganze Stadt drohend vor Gretchen auf. Aber da glänzte langsam Herrn Stolzenecks Gesicht hervor – und seine Hand, die den Zylinder lüftete, wischte alle anderen Visionen weg. Gretchen stand auf und schrieb ihm. Sie fühlte das unabweisbare Bedürfnis, ihn schon heute wiederzusehen. Er werde verstehen. ›Wo?‹, überlegte sie. Es musste draußen und abseits sein. Nein, etwas Passenderes gab es nicht. Und dann die schöne Erinnerung, die daran hing. Die Stimme ertönte wieder, mit der er gesagt hatte: ›Mein Fräulein, das ist doch nicht für Damen.‹ Und sie schrieb:

»Wieder bei dem Häuschen.«

Sie sagte, sie brauche Benzin, bezahlte mit dem Geld

einen Dienstmann und kehrte zurück: Die Flasche sei ihr zerbrochen. Schon um halb war sie am Ort des Stelldicheins. Aber auch um eins kam er noch nicht. Als sie ihn um halb zwei nicht sah, weinte Gretchen. Vielleicht liebte er sie schon nicht mehr? Um zwei beschloss sie, trotzdem mit ihm zu fliehen. ›Er wird es gewiss tun, denn Papa hat Geld, und die Liebe kommt in der Ehe, sagt Mama.‹ Um halb drei war sie dafür in völliger Zerrüttung. Als sie aber um drei ihre Handschuhe ausgezogen und sie glattstrich, um sie zu schonen: Da stand er vor ihr und lächelte.

»Ich glaubte weiß Gott nicht, dass Sie noch da wären. Pardon, Pardon. Die Probe hat nämlich heute bis drei gewährt. Unliebsame Sache.«

Gretchens Inneres schmolz auf einmal vor Glück, ihre Miene ward gerührt. Nur die Probe! Alles war gut. Sein Blick aber wich aus, ging zerstreut umher, und Herr Stolzeneck räusperte sich oft. Er erklärte, wenig Zeit zu haben. Plötzlich wollte er mit Gretchen im Restaurant essen, besann sich sogleich darauf, dass es nicht gehe, und lachte übermäßig klangvoll.

»Es ist zwar ’ne komische Frage, aber Fräulein, können Sie mir zufällig zwanzig Mark leihen? – Gott! Wie Sie sich erschrocken haben. Allerdings soll man ’ne Dame, die man verehrt, nicht anpumpen. Ärgerliche Sache … Na, wir können wohl umkehren: heeme laatschen, würde man hier sagen, nicht?«

Er griff heute noch häufiger nach seinem Zylinder, drehte sich rascher in der engen Taille seines Überziehers, und sein Mund turnte, auch wenn er schwieg, unablässig in seinem blassen Antlitz mit den dicken Trauerrändern der Augen.

»Haben Sie eine hübsche Hand, Fräulein!« – er blieb stehen und nahm ihre Hand an sich, als gehörte sie ihm.

»Ein feiner Ring!«

Er zog ihn ab und schob ihn sich auf den Finger.

»Finden Sie, dass er mir steht?«

Dabei lachte er; und Gretchen wurde tiefrot. Gewiss erriet er, dass sie den Ring von Klotzsche hatte, und machte sich lustig.

»Soll ich heute Abend damit auftreten? Sie müssen mich sehen in dem Stück, Fräulein, es ist furchtbar unanständig. Also abgemacht, ich trete mit dem Ring auf. Adieu. Weiter dürfen Sie nicht mitkommen, sonst werden wir abgepasst. Adieu.«

VI

Gretchen hatte manches einzuwenden gehabt. Überrascht sah sie ihm nach; dann betrachtete sie die Stelle an ihrem Finger, wo der Ring gesessen hatte; und dann seufzte sie beklommen. Da ging er hin und spielte in dem unanständigen Stück. Er hatte gut lachen. So waren die Männer. Daran dachte er nicht, wie Gretchen es zu Hause erklären sollte, dass sie drei Stunden zu spät zum Essen kam und keinen Ring mehr hatte. Mit bedrückter Miene zeigte sie sich und berichtete, sie sei bei Klärchen Harnisch geblieben. Klärchen sei sehr krank, auch den Abend müsse Gretchen an ihrem Bett verbringen. Sie weinte sogar; Mama mochte nur trösten. Herr Stolzeneck war nicht nett gewesen, Gretchen hatte vom Durchgehen kein Wort sagen können. Er war zerstreut und eilig gewesen. ›Hat er sich bei mir gelangweilt?‹ Ihr war sehr bange. ›Ich weiß wohl, ich bin ein dummes Ding, und er ist ein berühmter Mann.‹ Mit leidender Stimme verlangte sie Geld, um für Klärchen Tokaier zu kaufen, und dann ging sie ins Theater. Die Unanständigkeiten hörte sie gar nicht und merkte nicht, dass sie das einzige junge Mädchen war und besprochen war. Sie saß ganz vorn, und unverwandt starrte sie auf Herrn Stolzeneck. Er musste sie sehen; aber er wollte nicht. Und an seinen Fingern staken mehrere mächtig funkelnde Brillantringe, aber keiner mit einem Rubin und sieben Perlen.

Betäubt, verlassen und arm ging Gretchen zu Bett. Sie war zu matt zum Weinen. Er machte sich über sie lustig. Morgen kam nun einfach der Ring zurück, und vielleicht lag ein Zettel dabei, worauf in genialen Schriftzügen hingeworfen stand: »Fräulein, wie haben Sie sich gestern im Theater unterhalten?« Und dann war's aus. Den ganzen Morgen schlich Gretchen zwischen ihrem Zimmer und dem Briefkasten hin und her. Also geschah nichts? Herr Stolzeneck war noch grausamer, als Gretchen ihn sich vorgestellt hätte. Er konnte sich doch denken, welche Not sie damit hatte, bei jedem Handgriff den Finger wegzubiegen. Der tat schon ganz weh. Im Zorn verfasste sie einen Brief. Schon am Abend fragte sie auf der Post nach Antwort; aber noch tags darauf war keine da. ›Nu versteht sich. Muss ich ihn auch beleidigen, ich dummes Luder ich. Ein großer Künstler wie er, soll egal an mein' Ring denken. So was verbummelt er ähm.‹ Und sie schrieb noch einmal sehr demütig. Da flog ihr wirklich aus dem Schalter ein Brief zu: Vor Erregung griff Gretchen daneben. Die Schriftreihen zogen sich zusammen wie Harmonikafalten; sie musste warten, bis sie wieder am rechten Fleck standen. Nun las sie:

»Geehrtes Fräulein!
Bezüglich bewussten Ringes handelt es sich keineswegs, wie Sie anzunehmen belieben, um Irrtum oder Vergesslichkeit meinerseits, sondern haben Sie mir denselben ausdrücklich geschenkt. Sie sagten noch: ›Er steht Ihnen besser als mir, tragen Sie ihn zum ewigen Angedenken.‹
Ich warne Sie daher, mich wegen des Ringes fernerhin in irgendeiner Weise zu belästigen, sonst müssten Sie allerdings gewärtigen, dass ich mein schonendes Verhalten aufgebe und Ihre unerlaubten Beziehungen zu mir publik mache.
Unsere Zusammenkünfte wären leicht zu beweisen, und außerdem sind Sie nicht die Erste.
Mit vollkommenster Hochachtung
Leon Stolzeneck.«

Jaja: Die Buchstaben standen alle schön und schwungvoll da und bedeuteten wirklich dies. Nur Gretchen hatte das Herz nicht mehr am Fleck und zitterte an allen Gliedern. Der Boden war gewichen, und schaurige Abgründe verlangten von Gretchen, dass sie hineinblickte. Die Hand vor den Augen, verließ sie die Post; und draußen schlich sie an den Mauern hin, als sei sie selbst der Dieb. Er war ein Dieb! Herr Stolzeneck war ein Dieb! Das wusste keiner außer Gretchen, und gewiss wäre auch keiner darauf verfallen: ebenso wenig wie auf den Gedanken, dass Herr Stolzeneck ein Gespenst sei. Zwischen Lebenden und Toten war kein tieferer Graben als zwischen ehrlichen Leuten und Dieben. Gretchen hatte bis heute von Dieben nicht den Begriff gehabt wie von Menschen, die Deutsch sprächen und Bemmchen äßen. Dort oben in der alten Stadtvogtei saßen sie, eine Schildwache ging davor auf und ab, und sie gehörten gar nicht dazu. Gretchen schielte, entsetzt durch ihre neuen Einblicke, hinauf. Derselbe Herr Stolzeneck, mit dem sie über den Wall spazieren gegangen war, der war also eigentlich dort oben zu Hause. Oder vielmehr, man konnte ein Dieb sein und doch nicht dort oben sitzen, sondern über den Wall spazieren gehen.

Alles verwirrte sich und machte Kopfsprünge. Die sittliche Welt erlitt ein Erdbeben. Angstvoll rang Gretchen, sich aufrecht zu halten. Dieser Dieb war vielleicht nur aus der Stadtvogtei ausgebrochen und hatte Theater gespielt, um Gretchen ihres Ringes berauben zu können? Das war der Zweck des Ganzen gewesen? – Nein, so ging es wohl nicht. Verstört setzte Gretchen sich zu Tisch; wie konnten Papa und Mama nur so gemütlich sein. Wussten sie nicht, dass dergleichen vorkam? Sie versteckte ihren Finger nicht mehr, sie fand es, in der Auflösung aller Dinge, nicht mehr der Mühe wert. So, nun hat Mama es gesehen!

»Wo hast du dei'n Rink?«

»Ach!« machte Gretchen unerschrocken. »Ich habe mir die Hände gewaschen, er liegt auf dem Waschtisch.«

»Hol ihn gleich, dass er nicht wegkommt. Man soll kein' Menschen in Versuchung führen.«

Gretchen stand auf, aber Papa rief:

Aufsichtsrat

»Nicht vom Tisch weglaufen!«

›Dann nicht‹, dachte Gretchen.

Nach dem Essen ging sie in ihr Zimmer, warf die Tür zu und machte Fäuste. Sie war in Empörung. Das Schicksal war gemein, und die Menschen waren gemein. Klotzsche ein duckmäusiges Trampeltier, und Herr Stolzeneck ein Dieb: Das hatte das Schicksal sich für Gretchen ausgedacht. Herr Stolzeneck hätte schließlich ebenso gut ehrlich bleiben können, da Gretchen doch für ihn schwärmte! Und er drohte, sie für seine Geliebte auszugeben. »Du Lumich! Aber das woll'n mer dir schon austreim.« Ein Skandal kam freilich immer heraus. Oh! Herr Stolzeneck war schlau, schrecklich schlau – und heiß wallte es zu Gretchens Herzen. Er blieb doch der einzige Mann, den sie geliebt hatte! So schön, so fein und so gewandt! War's denn wirklich so schlimm, dass er gestohlen hatte? Am Ende konnte das vorkommen. Gretchen selbst hatte sich für Spiritus und Tokaier Geld geben lassen und es sozusagen unterschlagen. Ja, sie hatte welches aus Papas Hose stibitzt … Aber das hatte Mama so gewollt. Und überhaupt war das ganz etwas anderes; das blieb in der Familie, und niemand sah es. Herr Stolzeneck aber strich dort draußen umher und stahl. Gretchen schrak zusammen: Sie hatte gemeint, eine schwarze Vagabundengestalt recke sich vor dem Fenster auf und spähe in ihr geheiztes Zimmerchen … Als sie aber sah, dass es nichts war, legte sie die Hände vors Gesicht und weinte. Sie beweinte Herrn Stolzeneck, und dass er so allein von einem Ort zum andern zog und Verbrechen beging. Gewiss war ihm nicht wohl dabei; er hätte sogar lieber in Papas Geschäft stenografiert.

›Bin ich nicht schuld, weil ich Papa nichts gesagt habe? Herr Stolzeneck hatte Hunger, ich sah es doch; und wie nervös war er! Und wenn ich ihm den Ring nun schenke? So, nun gehört er ihm, und Herr Stolzeneck hat nichts getan, als was er durfte. Ich hab in Papas Hosentasche hineingelangt, das war reichlich so schlimm …‹

Aber Gretchen mochte wollen oder nicht, sie zuckte zurück. Ihre kleine, zahme, behütete Sünde lief vor seiner wild schweifenden winselnd davon, wie ein Mops vor einem Wolf.

›Nee, nu aber, ich wer wohl noch verriggt? Er gehört nu ähm in die Stadtvogtei; und wenn's nich wegen dem Krach wäre, müsste 'ch ihn, weeß Knebbchen, einsperren lassen.‹

Gretchen holte ihr Anschreibebuch hervor und notierte ihre Ausgaben von dem Geld, das sie übrigbehalten hatte, als sie statt des Tokaiers ein Theaterbillett gekauft hatte. Darauf fühlte sie sich besser. Was vorhin in ihr so unheimlich weich geworden war, hatte wieder feste Umrisse. Das Gute und Tüchtige war in Gretchen wieder obenauf.

Schon war es dämmrig, und Klotzsche trat ein.

»Seit 'ner Stunde laure ich auf dich, mei' Zuckertierchen«, sagte Gretchen und fiel ihm, so sehr er auch erschrak, um den Hals.

»Du bist und bleibst doch mei' kleener einzcher Sophus.«

Und verführerisch an seinem Ohr:

»Szaophis? Ich muss dir was gestehen.«

Gretchen schloss die Augen und schluckte hinunter.

›Jetzt hätt ich ihm mehr zu gestehen als er mir‹, dachte sie; aber sie sagte:

»Dei Ring is nämlich futsch. Wo er is, das kann ich dir nich sagen; nee, das kann 'ch nu nich. Ich weeß es nämlich selbst nich. Aber Mama hat es schon gemerkt, und wenn ich ihn nicht wiederkriege, wird sie tückisch. Sophus: koof dei'm Krätchen en andern, ähmßolchen!«

Klotzsche blinzelte, es war ihm nicht recht; aber Gretchen koste verzweifelt.

»Wir machen auch keene Hochzeitsreise nach Berlin. Nischt is mehr mit Amorsälen, ich will reine gar nischt kennenlernen, mei Klotzschechen kann nur ruhig sein. Und wenn de's mit dei'm Krätchen ache ßo machst wie Assessor Bautz mit seiner Frau: Ich werd noch lang nich verriggt. I wo werd ich denn, 's wär doch gemiedlos.«

Darauf entschloss sich Klotzsche, und sie gingen zum Goldschmied. Als Gretchen den Ring wieder am Finger hatte, brach sie aus:

»Dies isch erscht der richtche. Er glänzt viel mehr, und der Rubin is auch größer. Da kann der Mann drinne nu sagen, was er will: Der kost eichentlich 's Doppelte, und er is egal reingefallen. Na, wir werden's ihm nich unter die Nase reiben. Ach, du mei einzcher Klotzsche, ich mecht dir ja auf offner Straße ä Kuss gäm.«

Klotzsche fand Gretchen an seinem Arm ungewöhnlich schwer, aber er war stolz darauf. Ein Stück weiter verlangte sie, auf die andere Seite zu gehen. »Da kommt die ekelhafte Elsa Baumann rangelaatscht. Dass de sie mir nicht grüßt! Das is nämlich ä ganz hinterlistches Luder. Aber ich durchschau sie. Sie is mir bloß neidisch wegen mei'm Sophus.«

Klotzsche ward rot.

»Und zu unserer Hochzeit wird se nich eingeladen«, schloss Gretchen.

Eine Zeit lang blieb sie wortlos angeschmiegt. Dann, gelispelt:

»Szaophis? Jetzt fiehl ich egal so was; ich gloob, 's die Gnade.«

»Siehste? Das hab ich mir doch gleiche gedacht, dass mei Krätchen zur Gnade kommen würde. Na, nu sag doch ämal, wie biste denn hingekomm?«

»Nee, Sophus, nee, das kann 'ch dir nur nich sagen, das kann 'ch nu nich. Ich weeß es nämlich selbst nich«, setzte sie aus Vorsicht hinzu. Aber Klotzsche war nicht neugierig.

»Na, nu haste glücklich hingefunden«, sagte er, »das is die Hauptsache. Wenn wir erst vor Gottes Thron stehen, wird er zu uns sprechen« – und Klotzsche schnarrte abgehackt:

»Ja, mein Sohn, auf welchem Wege du zur Gnade gekommen bist, das is mir janz wurscht.«

Suturp

I

Ein Mann, der noch jung ist, geht durch eine lange, lange Buchenallee. Hinter ihm liegt die Stadt, ein Rad seines Wagens ist gebrochen, und er eilt. Er kann am Ziel sein, bevor der Wagen ausgebessert ist. Er wird ungeduldig, er hat in Suturp ein Geschäft, aber die Bäume nehmen kein Ende. Er hatte nicht mehr gewusst, dass es so viele sind. Ihre alten Stämme krümmen sich zueinander, das helle junge Laub lassen sie tief hängen, er sieht nicht hindurch, und immer noch mehr kommen.

Jetzt zeigt rechts sich der Wald, er könnte abbiegen, aus Knabenzeiten kennt er den kürzeren Weg. Er eilt hinein. Nach wenigen Schritten wird er langsamer, der Ginster blüht. Woran erinnert der gelbe Duft? Er war ein Schüler mit schwellender Seele, daraus wurde dann doch ein Rechtsanwalt. Später, »im Süden«, wie sie hier oben sagen, fand er denselben Ginster in einem Pinienwald. Wieder Erinnerungen, er setzt sich. Die Sonne fällt durch Laub auf diese würzige Erde. Im Norden, nahe der See, ein solcher Frühsommer, er will es nicht glauben. Er lebt nun schon die Jahre seit seiner Rückkehr und Niederlassung einzig Geschäften. Ihm liegt an dem Ansehen, daher der Eifer. Hier aber ist er versucht zu fragen, ob das Ansehen nicht älter macht. Sogar schon Stadtverordneter ... und keine Geliebte mehr ... in Vorsorge für die gute Heirat, auf die er hinzielt.

Nein! Nicht älter werden. Er ist erschrocken, er hat die nahe Grenze der Jugend erblickt. Er springt auf, atmet, sieht den Wald blühen – und vergisst. Eine Verzauberung befällt ihn. Ihm schwinden aus den Augen das zu erwerbende Vermögen und alle bürgerlichen Ehren. Die Seele schwillt ihm, wie einst dem Schüler. Er hält auf einmal wieder die Welt für offen und alles für erlaubt. Vor ihm her schwebt eine luftige Schönheit: das Unvorhergesehene. So verlässt er den Wald.

Zuletzt ist das Nadelholz verkrüppelt, er geht durch Sand. Unter seinen Füßen ist noch Waldboden und schon Meeressand, ihn empfängt Jodgeruch des Tangs auf feuchtem Lufthauch. Die See, da erscheint sie wie eine Gestalt. Da ist sie, hell, leise, bläulich, er denkt an unlängst zerschmolzenes Eis. Über die Bucht ist Himmel gespannt, wässrig blau, ein Kranz Vergissmeinnicht, am blassesten hoch oben, und Rosenwölkchen ziehen. Hinter Suturp glüht und zerfließt der Abend.

Er steht, indes es hell bleibt bei sinkender Sonne. Verschleierte Helligkeit bleibt zurück auf grauem Strand. Der Strand von Suturp ist eng und so kahl. Im Sand liegt Gestein, hartes Gras weht still, zerrissene braune Netze sind aufgehängt über die ganze Breite. Jetzt werden auch sie verklärt vom Abendschein, der Sand entleiht ihm sanft gemalte Spuren wie von Schritten höherer Wesen ... Wirklich, dort fährt eins von ihnen ans Land, eins jener Wesen, deren Füße rosige Spuren lassen. Sie steigt aus dem Boot, leicht zieht sie es auf den Strand, sie wird scheiden ... Nein, das Boot ist schwer, er läuft hin, er hilft ihr.

Sie dankt und geht schnell vor ihm her ins Dorf. Er spricht zuerst noch etwas, sie antwortet im Gehen. Dann entsteht zwischen ihnen Abstand, die weiß gekleidete Gestalt verliert ihren Umriss an den Abendschein, der sie umgibt. Er sieht sie dahineilen, sich auflösen, er fürchtet ernstlich ihr Verschwinden, er holt sie ein.

Zugleich betraten sie das Wirtshaus. Zwei Herren begrüßten das junge Mädchen. Des Rechtsanwalts bemächtigte sich der Wirt. Er war auch Bürgermeister, er wollte schon von dem Geschäft der Gemeinde anfangen, dann fiel ihm selbst ein, der Herr werde essen wollen. Aber mit den Schauspielern? – Der Fremde antwortete, dass er nicht gern störe. Das junge Mädchen wandte sich her, sie bat ihn zu kommen. Er nannte seinen Namen: Belling. Sie hieß Franziska, mehr verstand er nicht.

Er erfuhr zunächst, dass die drei Kollegen hier den Sommer verbrachten. Sie hatten im Winter am Stadttheater mitgewirkt, auch für die nächste Spielzeit waren sie verpflichtet. Die beiden männlichen Künstler betonten die Sonderbarkeiten dieses Ortes, wo weißer Sand den Holzboden bedeckte, Öllampen brannten und an der Hauptwand gleich unter dem Balken der Decke ein fahnenschwingendes Bildnis des Generals Bonaparte hing. Aber sie bevorzugten Einsamkeit und Wildnis, daher ihre Wahl. Hier war kein schöner Badestrand, dafür fauchte durch die Lücken der schiefen kleinen Häuser des Nachts der Sturm. »Hat er noch nie getan«, sagte das Mädchen. »Aber hier ist es billig.«

Um dies zu sagen, drehte sie den Hals her, dann sogleich wieder fort, und wie vorher sah sie unbeteiligt hinaus. Belling versuchte: »Fräulein, ich durfte Sie mehrmals auf der Bühne bewundern« – was nicht stimmte, er hatte sie nie gesehen, aber sie nannte sofort die Rollen, er brauchte nur zu nicken. Der Schauspieler Krauter äußerte zum Schauspieler Rebbin: »Es wird Zeit, sie hatte schon eine halbe Stunde nicht vom Theater geredet.« Dann ergriffen auch sie beide den Gegenstand und verließen ihn nicht mehr.

Der Rechtsanwalt vollbrachte Wunder, damit nicht ein falsches Wort ihn in seiner Unwissenheit entlarve. Er staunte über die Ausdauer dieser Menschen, sie behandelten ihre Angelegenheiten wie die Weltachse. Allmählich überzeugte ihn aber die Sicherheit, oder war es das Gesicht Franziskas? Ihre Züge arbeiteten mit Leidenschaft beim Sprechen, wie auch wenn sie hörte. Noch stumme Ablehnung gab sie ausdrucksvoll zu erkennen. Nichts an ihr war durchaus schön, nur das Ganze wirkte, als sei sie es. Bis jetzt durchschaute er seine Eindrücke noch, sah aber voraus, er werde es nicht mehr lange vermögen. Er fühlte, bevor sie noch da war, das Nahen der Liebe.

Von seinem Seiltanz in Theaterdingen ward er gerötet. Das Mädchen Franziska rauchte jetzt unbeteiligt, wenn nicht wegwerfend. Auch ihre Kameraden verlangsamten das Gespräch. Plötzlich begann der Ältere von etwas anderem. Daran erkannte Belling, dass er selbst sich verraten haben müsse. Umso mehr achtete er darauf, in nichts den Ton zu ändern, obwohl er jetzt der Unterrichtete war, es handelte sich um die Stadt. Hier half ihm Krauter, der ältere der Schauspieler. Er zeigte gediegene Aufmerksamkeit für die Wirklichkeiten des Lebens. Der jüngere Rebbin versuchte anfangs Ironie, woraus aber bald das Lächeln des Zweifels ward. So hatten die Gestalten der Straße dennoch eigene Bedeutung, es ging ihm auf. Hinter gering geschätzten Fenstern spielten Szenen, er hätte es nicht gedacht. Dieser Rechtsanwalt wuchs, er baute auf, er schuf Bewegung.

Er selbst musste sich fragen, warum er so gut nicht einmal in jener Generalversammlung gewesen war, als viel davon abhing – und ob hier mehr davon abhänge. ›Ja‹, antwortete es in ihm stark, da sah sie her. Sie ließ ihre Kälte fallen, ein Ruck, es war nur noch Maske gewesen – jetzt achtete sie ihn. Die Achtung, mit der sie hersah, ging aber über in Schmerz, er begriff nicht, warum und was hier schmerzte. Gleichwohl ergriff ihn ungeheure Freude.

Hier trat der Wirt dazwischen. Die Ältesten der Gemeinde warteten schon längst auf den Rechtsanwalt. Er ging hin. Als er zurückkehrte, waren die drei Schauspieler schlafen gegangen. Der Wirt brachte ihn mit der Talgkerze in seine Kammer. Das Bett stieß oben an das Fenster, unten beinahe an die Tür. Er setzte sich auf das kleine Fenster, es war dunkel, leise Wellen klappten. Die warme Luft streichelte, er schloss die Augen, überzeugt, er sei schläfrig – fuhr aber auf, wie von einer Warnung. Schnell sah er sich um, sein Fenster war in der Reihe das letzte. Kam der Pfiff um die Ecke? Übrigens war es kein Pfiff gewesen. Niemand warnte ihn, wenn nicht er selbst. Er beugte sich vor, das Fenster daneben war dunkel. Er lauschte, kein Atem. War sie es? War sie auch nur – allein? Er wusste von ihr nichts außer einem, dass sie unbesiegbar war.

Er fragte: Kann ich fliehen? Oder versuchen, ein flüch-

Innere Stimme

tiges Abenteuer in ihr zu sehen? – Nein. Fest steht, ich habe mich einzusetzen. Vom ganzen Leben wird nichts übrig bleiben, fürchte ich. Er sagte hörbar: »Hoffe ich.« Noch einmal wehrte er sich. ›Muss es sein?‹ Als Antwort erschien ihm ihr Gesicht. Er sah es unter der Lampe des Gastzimmers, als sei es zugegen. Es zeigte die tödliche Aufmerksamkeit, die an Schmerz grenzte, jetzt verstand er sie – erschüttert vom Abbild seines eigenen Herzens.

»Ich bin ehrgeizig«, sagte er, als es Morgen ward. »Das große Vermögen, ohne das ich mich nicht sehe, verlässt mich wahrscheinlich in diesem Augenblick für immer. Ich hätte es erheiraten müssen als Grundlage für meinen Ehrgeiz. Jetzt werde ich eine Art Abenteurer sein.« Dies, solange es noch graute. Da erhob sich die Sonne, nicht schnell genug war er draußen. Sie kam! Sie musste gewacht haben wie er, diese Stunde erwartet haben wie er! Nicht sie beide, aber ihre Schicksale waren verabredet miteinander.

Sein Wagen stand vor dem Haus. Beim Anspannen half dem Kutscher ein Mann, der sorgenvoll schien. Er sollte es nicht lange mehr sein! Nur das Boot verloren auf See? Was weiter, er sollte sich ein neues bauen. Kein Geld? Hier ist Geld. Der Mann sagte: »Wie heißt Ihre Liebste? So soll auch das neue Boot heißen.«

»Franziska!«, jubelte der Verliebte, da kam sie selbst. Beide erstarrten in der Bewegung, als sie einander erblickten, aber kein Wort fiel. Sie raffte ihr Reisekleid, sie stieg ein.

Das Schweigen währte bis in den Wald, dort sagte er: »Hier ist der Gürtel unserer Verzauberung. Wir überschreiten ihn, schon ist er überschritten. Jetzt beginnt die

Wirklichkeit. Wer sind wir nun? Ich für meinen Teil gestehe, dass ich, obwohl es gerade heute anders aussieht, nur ein gewöhnlicher Mensch bin. Ich habe schon vieles versäumt. Als ich ganz jung war, hielt ich die Mädchen für Wesen aus anderen Welten, daher tanzte ich auch schlecht. Seit gestern begreife ich wieder alles, was ich längst vergessen hatte, muss aber jetzt handeln, als hätte ich das nüchternste Geschäft vor. Sonst wären wir verloren.«

Sie erschrak mit ihm – über das Wort, und dass es fallen konnte. Er sah ihr blasses Gesicht in dem frühen Morgen, der noch einsam, noch frisch und würzig war. Sie sah das seine. Beide sanken aufeinander zu.

II

Sie heirateten, die Frau blieb weiter im Engagement. Sie hatte gesagt: »Du wirst enttäuscht sein, ich bin auf der Bühne nicht gut … Nicht besonders gut«, berichtigte sie, da es ihn schmerzte. Sie begriff ihn. Seine Frau sollte nicht die kleine Schauspielerin sein, ihm lag nur die zukünftige große Künstlerin, die er entdeckt haben musste. Er versprach: »Als meine Frau bekommst du hier jede gute Rolle. Du zeichnest dich aus, wirst nach Berlin berufen, wir übersiedeln.«

Sie gab ihm recht. Er heiratete keine Außenseiterin, damit sie ihn in der Welt herabdrückte; sie hatte die Verpflichtung, ihn zu beflügeln. Für sich seufzte sie: »Schade. Ich könnte sehr gut Hausfrau sein und zwischen meinen vier Wänden leben anstatt bei einer offenen Wand, durch die

Zuschauer hereinsehn.« Aber sie erkannte an, auf so viel Bequemlichkeit habe sie kein Recht. Liebe zu ihrem Mann eröffnete ihr sogar ein neues Gefühl für ihre Aufgaben, sie erreichte mehr als im Vorjahr.

Auch ihm glückte viel. Elchem, jener geborene Erbe, ließ ihn an die Spitze seiner Gesellschaft gelangen. Belling wusste den Erben richtig zu nehmen, das große Vermögen, ohne das er sich nicht sah, rückte nahe wie noch nie. Im Vorhinein baute er sich das Haus, das dem Vermögen entsprach. Der Erbe glaubte es zu seinen eigenen Ehren errichtet. In diesen Sälen spiegelte sich wider nur die Elchem'sche Größe, sogar sein Syndikus konnte Sultan mimen mit einer Schauspielerin, mit Routs und ständig gedecktem Tisch ... Was alles in Wahrheit nur die Dekoration eines zielbewussten Arbeiters war. Des Abends vor einer seiner Gesellschaften sagte er zu seiner Franziska:

»Du bist müde, Liebste? Und ich erst. Du kommst aus deinem Geschäft, ich habe zwölf Stunden lang Sätze gesprochen, die irgendjemanden Geld kosten. Jetzt Nachtschicht, das ist hart. Nun, es gibt Gewächse der Champagne, auch diese kleinen Pillen können uns helfen. Gute Laune, wir werden dafür reich! Sie sehen unser Glück, nur aus Kriecherei, glaube mir, lassen sie uns immer mehr verdienen. Aber Vorsicht mit Elchem! Solch eine Missgeburt von einem Erben verlangt von uns tiefe Erwägung der in ihm streitenden Neigungen. Er weiß selbst nicht, ob er uns lieber in zwei möblierten Zimmern sähe als hier. Er wäre manchmal für schlechte Behandlung dankbar. Ich rate dir dennoch, ihn zum Schluss immer fühlen zu lassen, dass er eigene Verdienste hat. Etwas Selbstentäußerung ist unumgänglich – bis wir draußen unser Landgut haben und für alle unerreichbar werden. Ach! Meine Liebste, könnte es rechtzeitig so kommen!«

Rechtzeitig? Was fürchtete er? – Sie erwiderte: »Alles geht vorzüglich, Werner. Sei unbesorgt, ich lasse nicht nach. Ich lerne meine Rolle, bevor wir schlafen gehen, um fünf Uhr früh, und mir fehlt nichts. Es wird ein großer Erfolg, vielleicht findest du Zeit, mich anzusehn? Oh! es macht nicht viel, wenn du wieder zu spät, sogar erst nachher kommst. Alle wissen, dass wir uns lieben und unzertrennlich sind. Auch Herr von Elchem wird es beherzigen, verlass dich auf mich!« Denn sie hielt ihn für nicht ganz ruhig in Hinsicht Elchems, sosehr er ihr vertraute. Er traute dem Erben nicht – und trug Bedenken wegen der Voraussetzungen, auf denen hier ihr Dasein ruhte. »Nächstes Jahr gastieren wir anderswo«, schloss sie voll Zuversicht.

Sie blieben, wo sie waren, und trieben es fort. Die Verpflichtungen wuchsen ungeheuer, mit ihnen hielt Schritt die aufreibende Vervielfältigung ihres Betriebes. Man sah sie noch immer auf der Höhe und hochgemut, nur etwas außer Atem. Der Frau war genau bekannt, was über sie das Theater sagte: »Hat nie viel gekonnt. Nachts pokert sie jetzt, gähnt dann auf der Probe – kriegt aber jede Rolle, die gut und teuer ist. Der Mann sitzt im Theaterausschuss. Sie spielt die Dame und schleppt ihm Kunden zu.« Dies war die unverblümte Meinung des Theaters.

Die Stadt sagte von Belling, der es sich denken konnte: »Alle Achtung, er bringt Leben hinein, es kann sogar kommen, dass er auffliegt und mehrere mit. Sein Vater hätte das sehen sollen. Ein stiller Mann, die Familie hatte früher genug getan, sie schlief schon ein, da erscheint solch ein Wildling. Niemand hätte es ihm angesehen – war ein Bummler, las Bücher. Was die Frau aus dem Menschen herausholt! Es ist aber auch die Richtige.« Hier schmunzelte die Stadt und sprach leiser. Sie schloss: »Er kann von Glück sagen, dass er einer von uns ist. Einem Fremden gäben wir nicht so lange Zeit. Wir ließen ihn vielleicht schon nicht mehr frei laufen.«

Es war das dritte Jahr ihrer Ehe, als sie diese Stimmen hörten. Sie waren mehrmals dem großen Vermögen ganz nahe gewesen, saßen jetzt bis an den Hals in Schulden – aber ein Wort aus dem Munde Elchems hätte genügt, sie wieder auf eine beneidenswerte Höhe zu schleudern. Franziska war unterrichtet, der Mann allein beherrschte die Lage nicht mehr. Auf sie kam es an, denn Elchem liebte sie. Nach Jahren war es ihm eingefallen, nicht ohne ihre Schuld, wie sie zugab. Sie konnte schon längst nicht mehr anders, als zu verführen, was ihr nahekam. Es ging von selbst, nie hätte sie an dies neue Unglück geglaubt. Jetzt ward sie geliebt von dem, der Werner fallen lassen oder groß machen konnte. Ihn groß machen aber hieß ihn retten, keine Wahl. Er war verloren, wenn sie ihm Elchem zum Feind machte.

›Mein Werner!‹, fühlte sie. ›Er weiß alles. Er ist eifersüchtig. Der Gedanke, ich könnte die Geliebte Elchems werden, quält ihn furchtbarer als selbst der Zusammenbruch. Mich auch! Mich auch! Warum gehen wir beide trotzdem immer noch einen Schritt weiter? Er tut, als erlaubte er mir gnädig, Elchem hinzuhalten. Eigentlich fleht er: Noch hinhalten! – und sieht er mich nur ratlos, entfesselt es seine ganze Verzweiflung. Lieber will er das Ende! Aber in seiner Verzweiflung stellt er das Ende, das er meiner Untreue vorzieht, so schrecklich hin, dass ich begreife: Er will es doch nicht lieber – nicht lieber als das andere. Was tun?‹

Sie erfand etwas Drittes, einen harmlosen Liebenden, die Schwärmerei des jungen zarten Offiziers, der nichts forderte, nur seine Liebe erlebte unter ihren Augen. Für ihn sich entscheiden, sein hoffnungsvolles Gefühl zu teilen scheinen, sofort war Elchem machtlos. Er konnte nicht mehr an ihren Mann hin, die Eifersucht auf den Dritten beschäftigte vollauf auch ihn. Er musste auf sie warten, ob der Knabe ihr verging. Ihr Werner bekam Frist.

Hier lachte sie über die trostlose Gestalt des Elchem, er war unmäßig lang, was ihn hilflos machte. Nur diese Hilflosigkeit wirkte krüppelhaft. Trotz allem saß er, sooft sie spielte, im Theater. Er hatte keine Schrecken mehr. Er machte flehende Kalbsaugen, von dem schwachen Erben fiel ab, was seine Gebrechen sonst verkleidete, der Abglanz der Geldmacht. Er ward zum Gespött … Auch Werner. Ach!, es traf auch ihn. Er hatte eine Frau, die jenen nur vertröstete, wenn sie Laune für den Dritten zeigte. Jetzt standen zwischen ihnen zwei, Werner rückte umso viel weiter von ihr fort. Sie dachte an ihn jetzt genauer, unbestochener.

›Er verliert Haltung. Ich höre von Geschäften, die er voriges Jahr doch lieber nicht gemacht hätte. Er ist reizbar bei mir. Begreiflich, es sind ihrer zwei. Ist er nicht auch reizbar, weil ich falsch wähle? Mein armer kleiner Leutnant verlängert nur zwecklos den Winter seines Missvergnügens … Kurz, Werner erzieht mich zur Dirne. Merkwürdig, das kommt auch in Stücken vor, ich habe es schon gespielt. Dort wäre unfehlbar meine Rolle, dass wir uns nur noch näherkommen durch unser gefährliches Einverständnis.

Nein, wir kommen uns nicht näher, sosehr ich ihn geliebt habe. – Liebe ich ihn nicht mehr?‹, fragte sie entsetzt. ›Doch. Ich danke dir, Gott. Doch, ich liebe ihn noch immer. Denn auch ihm liegt seine Rolle nicht. Er kämpft wie ich. Wir haben gleichzeitig erfahren, was, glaube ich, Leid heißt. Das Wort wird bei uns nie genannt, aber so heißt es.‹

Dies alles entdeckte sie in dem Durcheinander am Ende eines Festes. Sie gaben es ohne Geld, so gut wie als Betrüger. Mehrere Lieferanten hatten bis in die Nacht, sie wusste es, drunten auf Bezahlung gewartet. Viele Gäste gingen schon, Elchem aber wich nicht von ihrem Mann. Er umklammerte ihn zäh mit den Augen. In seinem schon entarteten Händlergesicht stand deutlich das letzte Wort – der Unglückliche, der es hören musste, hob die Schultern. Nie hatte sie so mit ihm gefühlt, aber in demselben Augenblick ermutigte sie den Offizier. Der Leutnant verabschiedete sich klagend und ehrerbietig wie immer. Da schlug sie den kühnen Ton an, den er nicht fand. Ehrlich wenigstens mit dem einen! Er gefiel ihr, wahrhaftig gefiel er ihr besser als die beiden Händler. Hätte er gewollt, sie verließe mit ihm das Haus!

Er war allein fort, sie stand und lachte unsinnig. Ihr Mann trat ein, sie sah auf einmal, dass um sie her schon alles leer war.

»Verwirrung«, sagte er, ob ihr Lachen oder der Zustand der Zimmer gemeint war. »Etwas müde«, sagte er noch. »Morgen ist ein wichtiger Tag, wir sollten schlafen.« Denn Elchem hatte ihm Geld angeboten, die Beteiligung an einem außerordentlichen Geschäft, wenn er ihm seine Frau verkaufte.

Er machte einige Schritte – schon bei dem Tisch mit halb herabgerissener Decke fiel er auf einen Stuhl. Er hob noch ein Glas auf, das hinuntergerollt war, dann verlor er die nächste Umwelt aus den Augen. Seine Frau setzte sich ihm gegenüber, stützte die Arme auf, und das Gesicht dazwischen hängend, betrachtete sie ihn. Er hatte Furchen bekommen; aber für sie einstmals nicht da gewesen war auch dieser Unterschied im Wesen der Stirn und des Kiefers. Sie hatte nicht gemeint, gegen seine geliebten Schläfen sei das Untergesicht dieses plumpe Gegengewicht. Sie sättigte sich mit dem bitteren Anblick. Er hob zuletzt seine müden Lider zu ihr auf.

»Ich liebe doch eigentlich das Geld nicht«, sagte er wie mit dicker Zunge. »Für Geld das Hundeleben? Für Geld auch noch in so etwas kommen?« Er ließ sie erraten, in was. Er selbst bewegte den Kopf: »Verstehe nicht.« Hier erst bemerkte er seine Frau wirklich, auf einmal erwachte er ganz, die Miene ward von höchster Dringlichkeit. »Achtung!«, stieß er hervor, als begegneten sie sich unvermutet an der gefährlichsten Stelle. »Elchem ist stärker, als ich glaubte.«

»Jaja«, sagte sie, aber nur ihr Blick war aufmerksam.

»Zähigkeit gibt dem Schwachen Kraft. So ein Krüppel lebt ständig in der furchtbarsten Angst vor Misserfolgen, das macht ihn zu allem fähig. – Was habe ich morgen zu gewärtigen?«, fragte er, seine Gedanken irrten sichtlich ab. »Jaja«, sagte seine Frau. Plötzlich war er wieder zugegen. »Glaube nur nicht, dass der dich liebt! Der ewig Sterbende liebt ausschließlich das Leben, darauf verlass dich! Wer dir gehört, willst du wissen? Noch immer derselbe. Ich.«

›Dies wäre beinahe seine bezaubernde Stimme von einst‹, fühlte sie und träumte. Er sah in ihrem armen Gesicht die Spuren dieser Jahre, getrübt sogar der Blick, wenn sie nicht daran dachte, ihn glänzen zu lassen. ›Diese Augen haben auf mir länger gelegen als alle anderen Menschenaugen.‹ Die Ahnung kam ihm, was er getan habe. Er half sich dagegen mit starken Worten. »Für dich – sogar Verbrechen!«

»Nein!«, rief sie. »Tue es nicht! Für mich nicht!« Sie war aufgesprungen des größeren Nachdrucks wegen. Wollte sie sagen: ›Ich bin es nicht wert?‹ Meinte sie vielmehr: ›Bei mir würde es dir nichts mehr nützen?‹ Er hörte das ›Zu spät‹, auch er stand auf.

Er wollte einen Entschluss äußern. Mit allem brechen! Er äußerte ihn aber, wie er wohl unterschied, theatralisch. »Wohin dann?«, fragte sie. »Alles soll werden wie früher«, behauptete er, worauf sie: »Suturp.« Hier schwiegen sie erschrocken.

Am folgenden Vormittag hatte er die entscheidende Zusammenkunft. Schon aufbrechen musste er unter schlimmen Vorzeichen. Der kleinste aller Lieferanten passte ihm auf. Er konnte selbst dies nicht bezahlen, er fand wahrhaftig in allen Taschen nichts. Das reiche Haus, aber keiner aus der Dienerschaft, der auslegen wollte – der Geschäftsmann schlug Lärm, unter dem Geschrei flüchtete Belling, bevor sein Wagen vorfuhr. Vielleicht auch hätte der Kutscher gestreikt.

Dies alles, während er Geld haben konnte, so viel er wollte. Du unterzeichnest einen Vertrag, der dich in ehrenhaftester Art wieder auf feste Füße stellt. Stillschweigend gilt dann auch die mündliche Abrede mit, eine einzige

Bedingung, diese weniger ehrenhaft, auch nicht ganz so erhebend. Aber du wärest gerettet.

Sie waren schon zur Stelle und gerüstet, Elchem mit seinem Notar. In feierlicher Trockenheit verging eine Stunde. Der alte Notar konnte nicht wissen, weshalb der Rechtsanwalt einen Einwand nach dem andern erhob. »Herr Kollege«, bemerkte er, »Sie haben hier einen Eventualvertrag, er tritt in Kraft erst, wenn sowohl Sie wie Ihr Herr Gegner sich überzeugt haben, dass alles in Ordnung geht.«

»Dass alles in Ordnung geht«, wiederholte Elchem mit schiefem Lächeln und wälzte einen blassen Blick aus dem Profil.

Da die Verhandlung stockte, ließ Elchem eine Pause eintreten. Inzwischen nahm er das Geld entgegen, das der Notar ihm mitbrachte. Belling trat fort – sah aber auf dem Tisch die Banknoten sich häufen. Er begriff, auch dieses Schauspiel gehöre zu den Mitteln des Gegners … Dem Papier folgte Gold. Ein Goldstück fiel zu Boden. Sie suchten es unter dem Tisch, Elchem wie der Alte krochen auf den Knien danach. Es war aber bis zu Belling gerollt. Er bückte sich und steckte es ein.

Er tat es mit Gleichgültigkeit, unter der höheren Verantwortung des Schicksals. Er sah sich selbst dabei zu, als einem Fremden. Jene beiden gaben es auf zu suchen. Er erklärte ihnen, dass er sechs Stunden Bedenkzeit brauche. Alles verlassen, dachte er planlos. Auf und davon! Klar empfand er allein die Befriedigung, jetzt einen Wagen nehmen zu können, den kleinen Gläubiger, wenn er noch immer wartete, entlassen zu können.

Auf der Straße holte der Notar ihn ein. »Ich habe es

gesehen«, sagte er mit Vorsicht – aber schon fester, als Belling sich unwissend stellte: »Kollege! Machen Sie sich nicht unglücklich.« Er war hager, er kannte das Lachen nicht, ehrenfest jeder Schritt, Belling hatte verspielt. Der Alte ergänzte unerwartet: »Auch Herr von Elchem kann es gesehen haben, ich weiß es nicht. Gleichviel, im Hinblick auf unsere Standesehre übernehme ich, ihm zu sagen, das Goldstück sei mir in die Kleider gerutscht. Sie haben es in der Uhrtasche. Geben Sie es her!«

Belling zögerte noch, er sah dem andern in die kalten Augen, die nicht auswichen. Regungslose Sekunden, dem, der stürzen sollte, lief Grausen den Rücken entlang. Sein Körper sträubte sich gegen das, was er tun wollte. Er tastete zögernd nach der Uhr, er schien es darauf ankommen zu lassen, was er fände, aber er tat es. Er zog das Goldstück hervor, er gab es hin. Gleichzeitig erschien an der Straßenecke Elchem mit einem Schutzmann.

»Sie haben gehört und gesehn«, sagte er. »Verhaften Sie den Mann!«

III

Der Angeklagte Belling verteidigte sich damit, dass der Zeuge Elchem sein Feind sei. Das große Geschäft, dessen gemeinsame Ausführung sie zuletzt berieten, sei von Anfang bis Ende sein eigenes Werk, Elchem habe es ihm aus der Hand nehmen wollen. Erreichte er denn nicht gerade dies, wenn er einen Unschuldigen zum Dieb stempelte? Elchem habe ihm das Zwanzigmarkstück in die Tasche ge-

Krise

spielt. Hierbei blieb er. »Ich hielt den Kopf weg, er hat es mir zugesteckt.«

Die Stadt sah zu und dachte, dass Elchem auch noch der Feind Bellings sei, weil er ihm die Frau nehmen wollte, aber hiervon war laut nicht die Rede. Übrigens hatte der Notar den Diebstahl gesehen, er beschwor es. Auch Elchem schwor. Der Rechtsanwalt ward verurteilt. Ins Gefängnis für zwanzig Mark, ein Herr aus erster Familie, es ging doch über die Begriffe, sah aus wie Mutwille des Glücks, es beschäftigte die Stadt noch lange. Nachrichten drangen aus der Zelle, bittere Scherze: »Für zwanzig Mark wohne ich schon die zweite Woche.«

»Ich hätte hier für Bäder sorgen sollen«, sagte der frühere Stadtverordnete. Von seinen ernsteren Gedanken ward nichts gehört. Dann wurde es langsam still von dem Gefangenen, als spräche er nicht mehr.

Zur gleichen Zeit ging seine Frau an ihren Plan.

Die ersten achtundvierzig Stunden nach seiner Verhaftung lebte sie bei verschlossenen Türen und Fensterläden, in seelischem Tod. Dann kamen Eindringlinge, sie trugen die Einrichtung fort. Im leeren Haus erschien wahrhaftig Elchem, mit dem Ausdruck seines Bedauerns. Sie wies ihn hinaus. Erst als sie zwei möblierte Zimmer bezogen hatte, versuchte er es wieder. Er berief sich auf die Tätigkeit im Theaterausschuss, nur ihm verdanke sie, dass sie trotz allem auftreten durfte.

Sie verdankte es noch mehr der Neugier. Gemäßigte Neugier immerhin, nur starke Zwischenfälle hätten belebend gewirkt. Erst bei ihrem dritten Auftreten und von der Direktion beraten, fiel die Schauspielerin auf offener Bühne, wenn auch kurz, in Ohnmacht. Dies war nun wieder mehr, als der Ausschuss für zulässig hielt. Sie hatte damit gerechnet; gern gab sie es auf, sich nochmals zu zeigen. Ohnehin war Elchem nach der Szene mit der Ohnmacht die halbe Nacht um ihr Haus getappt. Ihn hielt sie – wenn anders ein misstrauischer Schwächling je haftete. Es galt, seine Mitwisserin zu werden und in die behüteten Tiefen einzudringen, die so einer barg. Der Hass befähigte sie dazu.

Ihr Hass auf Elchem war kaltem Hohn verwandt. Er versah sie sogar mit Kraft. Sie war nicht sicher, den Verlust ihres Mannes zu ertragen, hätte sie nicht Elchem gehasst. Sie erwartete ihn wie das tägliche Brot, aber nur in entlegenen Stadtteilen durfte er ihren Spuren folgen. Sie fragte ihn, wohin jetzt seine Macht sei. Er wäre noch immer die große Gefahr, wenn ihr Mann noch frei wäre. Jetzt habe er sich verausgabt. Er antwortete kläglich, er könne ihr die Einrichtung zurückkaufen, ja, das Haus. »Ohne den Mann!«, sagte sie – worauf er um Verzeihung flehte.

Sie reiste ab, und er folgte ihr. Bei ihrer Wiederbegegnung in der anderen Stadt behauptete sie, seinen Anblick nicht ohne Grauen zu ertragen, nur seine teuflische List habe einen armen Menschen ins Verderben gelockt. »Ich schwöre Ihnen –« wollte er vorbringen.

»Still!«, befahl sie. »Ihresgleichen schwört kalten Blutes sogar vor Gericht.« Hier erschrak er merklich. Auch sie verstummte scheinbar vor Schrecken. Sie wartete, dass er sich widersetzte, aber er vergaß es. Da bestätigte sie leise und dringend: »Sie haben getan, was er behauptet. Ihr Geheimnis gehört jetzt mir mit!«

Vielleicht wusste er nicht, wie ihm geschah. Oder er ließ

sie reden, weil der kühne Schurkenstreich, den sie ihm zutraute, doch schmeichelte. Es hatte ihm keineswegs vor Gericht geschmeichelt, dass er der Teufel sein sollte; er hatte mit überzeugtestem Gewissen die Lügen des Schuldigen von sich gewiesen – kühne Schurkerei ward verführerisch erst durch die Frau, der es schauderte vor ihm. Seine Haltung war plötzlich weniger gebeugt, sie beobachtete es gespannt. Er wuchs. Da kam der ihr bekannte eitle Blick aus dem Profil. Sie erwiderte ihn mit offener Bewunderung, wie außer sich. Gleich darauf lief sie davon, er mit seinen behinderten Beinen blieb zurück. »Um Gottes willen!«, hörte er sie noch ausstoßen. »Was tue ich!« Befriedigt hielt er an, er hatte verstanden: In diesem Augenblick verließ die Frau in Wahrheit den Mann, der versagt hatte, und ging zu ihm selbst über. Denn er, so meinte sie, war vor nichts zurückgeschreckt, damit sie sein ward!

›Sollte ich es nicht wirklich glauben?‹, fragte sie sich allein in ihrem Gasthaus. ›Dieser Mensch vergeht in Angst vor Misserfolgen, er könnte bei aller Feigheit es doch gewagt haben. Werner wäre unschuldig. Wie viel Mut mehr hätte ich, wenn Werner unschuldig wäre!‹

Ohne es zu bemerken, setzte sie sich hinter den Tisch, stützte die Arme auf, der Kopf hing dazwischen – und wie in jener letzten Nacht betrachtete sie das Gesicht ihres Mannes. Es war zugegen, sie sah es. Kein Zweifel blieb übrig, er hatte getan, wofür er damals reif war … Sie seufzte auf. Sie hatte nur sich selbst, nur ihren Hass – nicht ihn, der jetzt büßte, ihn, dem am Ende jetzt leicht war. Auf ihr lagen Hass und Rache, wie die Pflicht zu leben selbst. Sie war entschlossen zu leben.

Der andere ließ sich melden, er wollte noch warm seinen Vorteil verfolgen. Er war beinahe rosig, er hatte gute Manieren, wie vor Abschluss eines Vertrages. Er sagte »Liebe Freundin«. Sie beobachtete alles mit dem ganzen Triumph des Abscheus. Die Stimme sanft und vertraulich zu machen ward ihr zum brennenden Genuss.

»Sie sehen alles richtig, lieber Freund. Meine Mittel sind erschöpft, niemand konnte diskreter darauf anspielen als Sie. Ich bin ohne Anstellung, mein Mann sitzt im Gefängnis. Trotzdem kann ich nicht Ihre Geliebte sein – noch nicht.« Er hatte darum nicht gebeten.

Er setzte sich, um ruhig weiter zu hören. Sie begann zu fürchten, sie tue dem Schwächling nur einen Gefallen mit ihrer Weigerung. Was wollte er dann von ihr? »Oh! Keine Rücksicht auf den Verunglückten«, begann sie wieder. »Er hat mir genug geschadet. Sie aber sind mir bis jetzt noch zu stark«, sagte sie mit ihren schönsten Lauten. »Mein Schicksal wäre, Ihnen zu unterliegen, Ihre willenlose Sklavin zu werden.« Was er schlürfte mit Lippen, die sich verschoben und ihr Inneres zeigten. »Wie viel Sie gewagt haben!«, rief sie. »Gewagt mit Erfolg. Denn wo wären Sie jetzt, wenn es Ihnen misslungen wäre.«

Hier ward er misstrauisch, er schielte nach den Türen des Gasthauszimmers. »Das wissen nur wir«, sagte sie schnell. »Wir aber schweigen. Vielleicht, wenn ich Ihnen einst erlaubte, mich zu lieben –«, schloss sie entschwebend auf heißem Atem. »Würden Sie mir ins Ohr sagen, dass Ihr Sieg ein unschuldiges Opfer verlangt hat?«

Jetzt war er sichtbar errötet, das gekreuzte Bein schlang er jetzt mehrmals um das andere, er schützte sich – lächelte aber glücklich. »Sie spielen so schön«, stammelte er, ihr unvermutet. »Als ob ich an Spielen dächte!«, rief sie.

Er verriet: »Ich möchte spielen können wie Sie.« Da hielt sie an. Sie vergaß sich sogar, sie bekam ein unverstelltes Gesicht, er hätte erschrecken müssen. Dank seiner schamhaften Begehrlichkeit sah er aber nicht auf.

»Wir werden zusammen spielen«, flüsterte sie, wie etwas Unkeusches. »Ich erlaube Ihnen, mir in dieser Stadt eine Wohnung zu mieten. Es muss eine sehr einfache sein, und weiter nehme ich von Ihnen nichts an. Versprechen Sie, dass Sie mir nie etwas aufdrängen wollen?« Wie gern versprach er! Ihre Uneigennützigkeit machte ihn erst sicher.

»Ich werde Kostüme kaufen«, verhieß er. »Ich weiß, wo ich es heimlich kann. Sie sollen sehen, dass Kostüme mich kleiden.«

Er ließ sich gehen, zutage kam, dass er bei aller Eitelkeit, in der sein Geld ihn erhielt, sich ganz im Grunde als traurige Figur fühlte. Sie wusste, dass dies hätte rühren können – wusste es noch und genoss umso schrankenloser ihren vollkommenen Hass. Er nahm Abschied, küsste ihr die Hand, und sie ließ die Hand auf seinen Lippen, als er den Kopf wieder aufrichtete. Sie führte ihre Hand um seine Wange, seinen Hals, die Haut des Dreißigjährigen war trocken wie Papier. Ihre Hand fand nicht fort, sie konnte sich nicht ersättigen.

Die Wohnung war in acht Tagen fertig. Beide hatten Eile. Die Kostüme brauchten auch nicht viel länger. Alles Weitere aber ging langsam. Er war freilich beglückt, sich als Sultan zu kleiden, er schien darin geübt, vielleicht trug er dies auch zu Hause heimlich. Ihn an ihre Gegenwart zu gewöhnen, das war es, was schwer blieb. Wie umständlich, bis der Sultan seiner Sklavin erlaubte, ihm die Füße zu küssen. Sie brachte es dahin. »Bin ich eine gute Schauspielerin?«, fragte sie hierauf ihr eigenes Spiegelbild. »Ich hatte doch niemals Talent. Woher jetzt?«

Auf weitergehende Einfälle kam er selbst, sie hatte die Geduld, so lange zu warten. Sie musste auf den Ofen steigen, er brachte drunten ein Ständchen. Dann holte er sie über eine Leiter herab, und die Leiter musste mit ihnen umfallen. ›Noch nicht den Hals brechen!‹, dachte die Odaliske. ›Ich habe noch mehr vor.‹ Sie hielt ihn fest in seiner lasterhaften Fantasie. Ihre Gefügigkeit ward nach einigen Versuchen so traumhaft glatt, dass er vergaß, er sei nicht mehr allein. »Wie schrecklich!«, murmelte sie ergeben in einem Winkel, wenn er als grausamer Tyrann maskiert vor sie hintrat. »Nicht den Kopf abschlagen, bitte! Für diesen großen Mann schmachten lauter unschuldige Opfer im Kerker!« – Wozu er aufgeblasen lächelte.

Mit Vorliebe sah sie ihn schlafen. Er hatte sein Misstrauen so weit verlernt, dass er sich nicht mehr einschloss, sooft er bei ihr übernachtete. Sie betrachtete gierig dies kleine, in der Bewusstlosigkeit verfallene Gesicht, die Zipfelmütze auf dem dünnen Schädel, seine vom Schlaf gekrümmten Knochen. Das war der rechnende Sieger dort draußen im Erwerbsleben, der Nutznießer der Tatsachen, verhängnisvoll vielen. Hier wurde daraus ein Narr, der sich für schön und furchtbar hielt. Dies stak dahinter, so enthüllte sich der, an dem sie und ihr Geliebter gescheitert waren. Was für Geheimnisse! Glichen alle Herren des Lebens dem einen? Erhielten die Welt noch gerade im Irrtum über sich, heimlich aber brüteten sie Irrsinn? ›Komödie! Nur wir beide sind im Ernst gescheitert.‹

Sie baute, indes er schlief, am Fußende seines Bettes eine Figur auf, aus sich selbst machte sie eine zweite Puppe. In dem Augenblick, als er halb erwacht und noch unsicheren Blickes war, steckte das eine der Geschöpfe dem anderen, das nichts merkte, ein Goldstück zu. Bevor er zu sich kam, war sie fort mit allem Zubehör … Hiervon sprach er später nicht, ein Zeichen, dass er Zweifel hatte. Die Zeit war vorbei, als er log, sooft er mit Lächeln und Winken zugab, dass er sein Opfer ruchlos betrogen habe. Er log nicht mehr, er zweifelte schon selbst. Sie sagte plötzlich in der Stille:

»Wohin bringst du mich? Du machst mich zur Verbrecherin.« Sie sprach dumpf und duzte ihn, sofort begann er zu schielen. »Ich bewundere dich«, sagte sie, »ich diene dir. Dabei weiß ich ganz genau, welches Ungeheuer diese gesittete Maske bedeckt. Ich kenne dein grausigstes Verbrechen«, schloss sie kaum hörbar. Er fuhr auf wie ertappt, die Augen stoben schuldbewusst durch den Raum. Sie musste ihn erst daran erinnern, dass er stark und ohne Gewissen war.

Das nächste Mal, als sie ihn wieder im Schlaf betrachtete, öffnete er die Augen. Er war ganz wach, saß da und kreischte: »Jetzt hab ich Sie! Sie hassen mich!« Sie konnte nichts vorbringen. Beide vollkommen weiß, starrten sie aufeinander. Die Frau schlich rückwärts hinaus, ihn sah sie noch umfallen und in seinen Kissen zittern.

Sie glaubte, er werde abreisen. Stattdessen kam er, sie um Verzeihung bitten. Das Glück des Triumphes stieg in ihr auf so heiß wie Liebe. Eine Sekunde lang wusste sie nicht, was sie fühlte. Sie wusste es alsbald wieder. Er konnte die Täuschung nicht mehr entbehren, er war in ihrer Hand. Sie durfte zudrücken.

Sie ließ sich dennoch Zeit, ob des verlängerten Genusses wegen, oder weil er auf jedes neue Wagnis selbst verfallen, auch noch den letzten Schritt freiwillig tun sollte. So selbstverloren sie ihn hier bei sich kannte, sie vergaß keinen Augenblick, dass er jenseits ihrer Schwelle erwachte und seinen vollen Teil Wirklichkeit wiederbekam. Sie nahm nicht leicht, was geschehen wollte, wartete, dass das Ereignis sich erklärte, und sicherte jeden Fußbreit. Als er endlich damit herausrückte, dass er Belling sehen müsse, hatte sie schon Vorkehrungen getroffen.

Was er wollte, war ihm seit Langem anzumerken. Er sprach nur noch von Belling. Keiner der Menschen, mit denen er weiter die vorteilhaftesten Geschäfte machte, schien für ihn dieselbe greifbare Nähe zu haben wie der unzugängliche Gefangene. Er lebte geistig am Fuß der Mauern, in den Höfen, den Gängen, die zuletzt einmal zu jeder Zelle führten – kam aber nie hin. Sie sah ihn schmachten. Um hinzukommen, hätte er getauscht mit dem Gefangenen.

Er wäre hineingegangen, der andere herausgetreten, und im Vorbeigehen hätte er alles erfasst. Er hätte endlich, er, der Sieger, genossen, was aus seinem Opfer geworden war. Hätte die eigene Größe, so Bange sie ihm machte, ganz ermessen. Hätte sein verruchtes Herz gespürt – ein Schlag mit dem anderen, besiegten Herzen. In der Zelle wäre dann selbst noch das Herz des Feindes seins geworden, er hätte mit dem Herzen des Geschlagenen gefühlt, was sicher leichter gewesen wäre als dieses Herrenleben.

In der Maske des Furchtbaren vor sich selbst nur immer groß dazustehen war aufreibend, wer hätte es gedacht. Seine Kostüme, er hatte sie mehr geliebt als Geld, geschweige Menschen. Sie waren wütende Freuden gewesen, jetzt kleideten sie ihn in Angst. Auf dem Gipfel aller Pracht erblickte er doch nur sein immer müderes Gesicht. Alles verschenken können! Das ging nicht, er durfte auch nicht einfach fortbleiben. Er war der Gefangene seiner Leidenschaft und derer, die sie benutzte.

Die Frau durchschaute ihn: So stand es. Er hasste mittlerweile sie nicht weniger, als er gehasst ward – nur, dass er sie auch noch liebte. Sie sah ihn, um sich von ihr zu befreien, fähig jedes Wahnsinns, darauf baute sie bei dem letzten Streich, den sie plante. Eines Tages verließ er sie wie gewöhnlich, fuhr nach seiner Stadt, seinem Haus, trat in sein Zimmer – und mitten in ebenjenen Auftritt, der einst hier gespielt hatte, jetzt aber Jahr und Tag in seinem Inneren weiterspielte.

Am Tisch der Notar zählte Geld. Belling ging beiseite, Elchem nahm seinen Platz ein, er handelte mit, wie gewohnt. Das Goldstück fiel hin, alle bückten sich. Elchem aber kroch diesmal auf den Knien unhörbar nahe an Belling, dem Angewendeten steckte er das Goldstück zu. Im gleichen Augenblick erhob sich der Notar, er sagte: »Ich habe es gesehen.« Dann warteten alle.

Elchem selbst beschloss: »Begleiten Sie mich zum Gericht, meine Herren!«

Alle drei verließen auch wirklich das Haus, wenigstens glaubte dies der eine. Erst hinter der Straßenecke sah Elchem sich plötzlich allein. Aber selbst allein ging er weiter.

Nach der Natur

Die beiden anderen entfernten, bevor sie gesehen wurden, ihre Maskierung. »Wenn es nur gutgeht«, sagte der Jüngere.

Der Ältere sagte: »Bis jetzt hat sie recht behalten. Sie kannte sein schlechtes Gewissen.«

»Sollte er aber doch von uns sprechen?«

»Er wird von uns nicht sprechen, wir haben ihm nur geholfen, sein Gewissen zu erleichtern.«

Beide waren darin einig, dass sie diese Tat des Gemeinsinnes ihrer früheren Kollegin geschuldet hatten – sie als die einstigen Zeugen ihrer Verlobung. Das durch einen Schurken gestörte Glück wurde dank hilfreichen Künstlern wiederhergestellt. Sie bekam ihren unschuldig verurteilten Mann zurück.

IV

Die Meinung der beiden Schauspieler ward nach einigen Übergängen auch die der Stadt. Elchem beschuldigte sich, er bestätigte gerade die Darstellung, mit der Belling als Angeklagter vor zwei Jahren sich verteidigt hatte. Zeugen des Vorganges selbst gab es nicht, der alte Notar war tot. Der Schutzmann hatte nachträglich den Eindruck, dass Belling von dem Goldstück, als er es aus der Tasche zog, nichts wusste. Man konnte zweifeln; der Rechtsanwalt war damals mit allen Hunden gehetzt gewesen – wohl aber auch Elchem, aus Leidenschaft für die Frau. Die Tat des einen wäre so unglaubwürdig gewesen wie die des andern, wenn nicht doch einer schuldig sein musste. Zwei Herren wie diese, welchen wählen? Die Stadt konnte zuletzt einzig den Richtern beistimmen, sie verurteilten den Geständigen, sie entließen den, der leugnete wie je.

Von der Frau sprach niemand, sie hatte sich rechtzeitig in Vergessenheit gebracht. Seit ihrem Fortgang aus der Stadt schrieb sie nicht einmal Briefe in das Gefängnis. Jetzt erwartete sie dort hinten für sich allein das Wiederaufnahmeverfahren. Die Zucht der vergangenen zwei Jahre befähigte sie, auszuhalten, stumm den Erfolg zu tragen, wie sie das Unglück stumm hingenommen hatte, und ihr Geschick nur in der Zeitung zu lesen. Sie las nicht ohne Spannung; Elchem konnte sie nennen.

Sie hätte nicht gewollt, dass Gefahr ganz ausgeschlossen wäre. Sie dachte: ›Acht gegen zwei, dass er schweigt. Wenn er mich nennt, habe ich verloren, aber ich kenne meinen Elchem.‹ Sie dachte mit Wonne ›meinen‹. – ›Er wird lieber auf sich nehmen, was er nicht getan hat, als dass er gestände, was er hier bei mir wirklich trieb. Er schämt sich. Er hat sich satt. Er ist so mürbe wie damals mein Mann, bevor er sich fallen ließ.‹

Ihre Spannung war unbeschwerlich, obwohl sie nicht aß und nicht schlief. Dies war nur der Vorraum des herrlichsten Glücks. Nun auf, es ist vollendet. Elchem hat bis zuletzt geschwiegen. Er tritt ab, taucht in die Untergründe der Gesellschaft fort. Weiß aber! Weiß, dass er nichts getan hat, und ergibt sich. Unübertrefflicher Triumph, das Opfer stimmt zu! Das Opfer gibt dem Feind recht!

Auf und in die Arme des Geliebten! Sie fuhr zu dem vom Leiden und von ihrer eigenen Tat Umglänzten wie zu einem höheren Wesen. Ihr klopfte das Herz. Was sie gewagt hatte und schon nicht mehr ganz begriff, kreiste in ihrem Kopf, ihr schwindelte. Sie fürchtete, die Fahrt nicht zu überstehen.

Bald wünschte sie aber, damals wäre sie gestorben. Die Gatten begegneten sich zuerst unter Fremden, die den Freigesprochenen nach Hause brachten. Der Erfolg machte alle zu seinen Freunden. Man überbot sich in Ratschlägen an Belling, wie viel er von Elchem fordern könne. Seine Stellung, die entgangenen Verträge, Berufsstörung und guter Name – nicht auszurechnen schien die Entschädigung, die dem Freigesprochenen sicher war. Elchem musste höchstwahrscheinlich seine Geschäfte verkleinern, um so viel herauszuziehen. Davon abgesehen, ruinierte ihn das Gefängnis. Sie beglückwünschten seinen Gegner – der ihnen dankte und laut ihre Genugtuung über den Zusammenbruch des Schuldigen teilte. Seine Frau und er waren gefasst, vom Ernst des ertragenen Unrechts mehr umwittert, als das Glück gleich klären konnte, sie zeigten Würde und Kraft. Der Eindruck ließ nichts zu wünschen. Die meisten, vorher nur durch den Erfolg gewonnen, begannen zu glauben, Belling sei wirklich unschuldig.

Jetzt küssten die Gatten sich, unter dem Beifall der abziehenden Freunde. Beide hatten gefühlt, bevor man sie allein ließ, müssten sie sich küssen. Der Kuss fiel theatralisch aus. Als dann die Tür sich schloss, hatten sie einander den Rücken gewandt. Jeder dachte: ›Jetzt müssten wir aufeinander zufliegen. Jetzt käme der richtige Kuss.‹ Aber er blieb aus.

Als das Schweigen schon zu lange währte, bemerkte der Mann: »Wie lästig, im Hotel. Ich werde unser Haus zurückkaufen.« Sie hoffte, dass er es sage, um sie an ihre erste Zeit zu erinnern. Auch äußerte er es gewiss, weil niemand horchen durfte, wenn sie endlich sich eröffneten. »Wir sind ganz ungestört«, erklärte sie. »Beide Nachbarzimmer habe ich belegt.« Sie ging sogar in das Badezimmer und öffnete den Wasserhahn, es wurde vollends unmöglich, zu hören, was sie sprachen. Dennoch sprachen sie nicht.

Der Mann reckte sich endlich, fiel in den Sessel, redete an ihr vorbei in die Luft. »Hat er doch gestanden«, hörte sie deutlich.

»Wie meinst du?«, fragte sie trotzdem, worauf er sie bat, den Wasserhahn zu schließen.

»Hat die Kanaille Elchem ihre Gemeinheit doch eingestanden«, wiederholte er.

Sie fragte: »Du glaubst wohl noch immer, wir würden belauscht?« – worauf er schnell über sie hinsah, sie fühlte: mit Misstrauen. Sie selbst war es, die er fürchtete!

Sie ging hin, ließ sich zu seinen Füßen auf den Boden nieder, sanft und dringlich flüsterte sie: »Gerade ich habe ihn dazu gebracht.« Seine Antwort war ein langsames Erröten und dass er fortsah. Ihr ward es kalt, jetzt war er überzeugt, sie habe ihn betrogen. ›Ich durfte nicht sprechen‹, dachte sie, fuhr aber fort: »Durch Suggestion – aus der Ferne. Oh! nur von Weitem, ich habe ihn nicht ein einziges Mal gesehen. Du kannst in der ganzen Stadt fragen.« Dabei stand sie auf, räumte Sachen ein und beobachtete ihn geheim.

Er war, was aus ihm das Gefängnis gemacht hatte, misstrauisch, unaufrichtig, wohl auch geschwächt. Das hätte vergehen können, aber er brauchte sie nicht mehr. Das

Schlimmste war, dass er unter dem Druck der Hoffnungs-
losigkeit zu entbehren gelernt hatte. Jetzt entbehrte er
schon ohne Schwierigkeit sowohl Vertrauen als auch sie, die
es anbot. Aufschreien: ›Du liebst mich nicht mehr!‹ Nein,
sie ward zum Schweigen gebracht von seinem Gesicht, so
kalt und voller Hinterhalte. Auch fiel ihr ein: ›Ich aber, die
ihm jahrelang nicht schrieb?‹

›Aus Liebe!‹, behauptete ihr Innerstes. ›Um ihn zu rächen!‹ Da erkannte sie, dass schon längst die Rache sich vor
die Liebe gedrängt hatte. Auch sie hatte, in ihr Geschäft
versenkt, ihn zu entbehren gelernt. Ihre schöne Liebe war
ihr aus den Augen gekommen, sie blieb nun übrig tief
innen, wer konnte auch nur bezeugen, dass sie dort noch
lebte. Wenn man so müde ist? Wenn man nun dies Gesicht
hat, in das der Geliebte mit Argwohn blickt? – Angstvoll
suchte sie es im Spiegel – dann wieder seins, ob der Eindruck, den sie ihm machte, übereinstimmte mit dem, was
sie selbst sah, ein hartes und unreines Gesicht, zu verknif-
fen, als dass Liebe es jemals mehr bewohnt hätte, nicht ihre
Liebe von einst, nicht ihre Liebe!

Sie beklagte ihre Liebe, nicht aber den, der sie verloren
hatte. Vielmehr stand sie und betrachtete ihn mit neuen
Augen. Dieses Menschen wegen sich verbraucht zu haben!
In Lug und Trug gelebt zu haben, zwei Jahre lang – und
vorher? Jetzt kamen Zweifel sogar an der Zeit, als sie beide
noch, verbunden durch alle Gefahren ihrer Laufbahn, nach
dem Abgrund fuhren. Was war es gewesen? Liebe – oder
nur rasende Fahrt?

Trauer befiel sie, dass sie hätte am Fleck hinsinken mö-
gen. Das Schauspiel wenigstens sollte er nicht haben, sie

Unbeschriebenes Blatt

lechzte nach Kraft – da ward ihr Kraft in Gestalt des Hasses. Sie konnte ihn hassen, den Räuber ihrer Jugend, das gab dennoch Leben. Gierig blickte sie nach ihm aus, er war aber vom Stuhl auf, er brachte hervor mit eben der Stimme, die in diesem Augenblick auch die ihre gewesen wäre: »Wegen so einer gestohlen zu haben!« Dann verzerrten beide den Mund, dann atmeten sie laut und schnell, dann suchte jeder die Tür, die er hinter sich zuschlagen konnte.

Sie hassten, bis es dunkel war. ›Jetzt hat er doch gestanden‹, bedachte sie am Abend in ihrem Zimmer. ›Er hat aus Hass gestanden. Hass ist so schlimm nicht wie Lügen.‹ Er in seinem Zimmer sann: ›Selbst wenn sie mich hasst, wen habe ich denn sonst?‹ – So gingen beide aufeinander zu, in der Mitte fanden sie sich.

Dies Zimmer bekam nur von der Straße Licht, sie ließen es so. Wo der Lichtschein nicht hintraf, saßen sie, jeder in eigene Trauer versenkt. »Wozu die Mühen?«, fragten sie abwechselnd. ›Wozu denn eigentlich damals die vielen Mühen, der falsche Glanz, all das erjagte Geld? Was war es mit mir, dass ich über so viele andere hinwegging, um endlich doch nur hierzusitzen?‹ Der Mann sagte: »Ich war im Gefängnis« – da war es der Frau, als käme auch sie von dort. Jedes seiner Worte begriff sie wie selbst erlebt.

»Ich war im Gefängnis«, sagte er. »Ich glaubte sogar, es wäre bis zum Tode, denn ich ward krank durch Mangel an Luft und Bewegung. So sah ich zwischen mir und dem Tode einzig Gefängnisjahre – das hereingetragene Essen, den dürren Baum im Hof und Gedanken, die nichts bringen, nur Leben mitnehmen. Endlich fragte ich mich in der Not, wie es denn draußen gewesen war, und fand:

Nicht anders, obwohl es anders hätte sein können. Aber das wissen wir nicht, solange wir draußen sind. Wir sind fast immer stumpf und kaum zugegen, während das Leben verstreicht. Wir gehen zwischen Maskierten umher und sehnen uns, arbeitend und Unrecht verübend, im Grunde nur nach Schlaf. Unsere reicheren Stunden machen sich teuer bezahlt.« Sie wussten, was sie meinten, die Stunden ihrer Liebe.

Der Mann beschloss: »Wir sind Gefangene überall.«

Die Frau begann: »Ich aber habe einen andern ins Gefängnis gebracht. Auch kein Unschuldiger, obwohl er nicht gestohlen hatte. Er hätte uns helfen sollen. Er hat uns nur immer versucht. Ist darum er allein schuldig?« Sie antwortete selbst: »Ihn versuchten wieder andere. Es bleibt dabei. Wir haben getan, was wir getan haben.«

»Und wenn wir es überhaupt wiedergutmachen könnten?«, fragte er.

»Hätten wir den Mut nicht«, entschied sie.

Die Nacht verstrich ihnen in diesem dunklen Zimmer. Am Morgen waren sie der beanspruchten Entschädigung wegen zu ihrem Anwalt bestellt. Sie gingen aber, ohne sich zu bedenken, an dem Hause vorbei, zur Stadt hinaus und durch die lange Buchenallee. Herbstwind fuhr unter entlaubten Kronen her, sie beugten sich, sie sahen ihren Weg nicht. Erst im Wald war es still.

Der Wald roch modrig, auf einmal schien dem Mann, er spüre den Geruch von Ginster. »Hier steht gelber Ginster«, sagte er an einem schon verwüsteten Platz. »Es duftete damals.« Bei dem Wort hielten sie erschreckt den Schritt an. Sie lauschten auf andere Schritte, die man nicht sah, sie meinten: vergangene. Nein, nur Blätter raschelten, sie gingen weiter durch nasse Blätter. Sie gingen träumend.

Zuletzt drang Sand ein samt Jodgeruch des Tangs auf feuchtem Lufthauch. Die See, da erscheint sie wie eine Gestalt. Da ist sie wieder, hell, leise, bläulich. Rückwärts verwandelte Welt! Frühlingshimmel wässrig blau überspannt für ihre Blicke, nur für sie, die Bucht. Der Strand von Suturp ist eng und kahl, hartes Gras weht still, zerrissene braune Netze sind aufgehängt über die ganze Breite. Sie erkennen alles, beide erkennen, was doch nicht da ist, das Schmeicheln der Luft, in klares Licht gefasst jeder Stein. Wie baden sie in dem Licht, das, ach, nur ihre selbstherrliche Sehnsucht erschafft! Verklärte Spuren ihrer selbst sind, indes sie fort waren und verwandelt wurden, hier zurückgeblieben, ihr eigenes Gedächtnis verweilt noch am Ort wie Fabel höherer Wesen … Dem Wasser nahe liegt ein Boot, von Weitem lesen sie seinen Namen, Franziska.

Gemeinsam schieben sie es hinaus, sie besteigen das Boot, sie stoßen ab. Jetzt sitzt untätig jeder für sich allein. Der Kopf sinkt in die Hände. Er sieht nicht auf. Er weint nicht, denkt auch nicht. Er rastet stumm.

Das Boot wäre umgeschlagen, der Mann muss nach den Rudern greifen. Sie sind weit draußen, der starke Wind treibt sie ins Leere. Entschlossen kämpft der Mann, die Frau umklammert angstvoll beide Ränder des Bootes. Wohin sind auf einmal die wiedererkannten Spuren? Frieden, Bläue und der selbstgeschaffene Lenz? Betäubt vom kalten Sturm, schwanken sie im Boot ›Franziska‹ mühselig über den geöffneten tobenden Abgrund, und schwarzer Himmel fliegt her von Suturp. Sie sind erwacht, Jahreszeit und ihr Leben, alles kehrt rau zu ihnen zurück. Hinter eisern dunklen Wellen jenen helleren Strich, der ein Strand ist, sie müssen ihn erreichen. Sie müssen weiterleben. Sie müssen sich hinkämpfen, um weiterzuleben.

Eine Liebesgeschichte

Die Liebe bringt auf Ideen und in Gefahren. Als Beispiel will ich einen einfachen Kaufmann – nicht so einfach wie man denkt, aber doch immer ein durchschnittlicher Mitgänger des Zeitalters, das Verwandlungen durchgemacht hat: Während es noch Frieden zu haben glaubte, trug es in seinen Falten schon den Krieg. So auch der mehr oder weniger – eher weniger – imaginäre Kaufmann, Sohn eines Kaufmannes und von ihm der Jurisprudenz bestimmt.

Warum nicht. Die Familie hatte dem Eisenhandel en gros lange genug obgelegen. Es wurde Zeit, nach öffentlicher Ehre zu geizen anstatt nach Geld. Der Doktor juris führte zu allem. Sein Inhaber war nach dem Herkommen für sein Leben versorgt. Wer das Staatsexamen hatte, musste nicht ununterbrochen dienen. Er konnte aussetzen, Reisen machen, Musik treiben: Sobald er wieder eine Anstellung verlangte, war sie ihm geschuldet. Er stieg umso schneller im Rang, wenn man ihn bemittelt wusste, wie diesen jungen Kaufmannssohn.

Indessen, so weit kam es gar nicht, die Liebe zerriss die Rechnung. Gleich sollte er das Gymnasium hinter sich haben, da, kurz vor dem Abiturium, verführte ihn seine Kusine. Sie war um sieben Jahre älter als der Siebzehnjährige, sie wusste, was sie wollte, ihm dagegen ahnte nichts. Als

Waise, die sie war, lebte sie im Haus, sie bewohnte sogar das Zimmer neben seinem. Dem Kaufmann, ja, seiner gesellschaftlich geschulten Gattin verstand sich das Moralische von selbst. So bleibt man trotz Erfahrungen, wenn die früheren Eindrücke vom Leben den Anstand als das Natürliche hingestellt haben.

Alice besuchte ihren Vetter wohl einmal, wenn er über seinen Aufgaben saß: Es war kein Geheimnis. Man kannte ihre Neugier hinsichtlich der unfassbaren Wissenschaften, denen so ein Junge sich näherte. Sie verhehlte keineswegs ihr Erstaunen, dass er Griechisch las! Damit er sie in einige seiner Künste einweihte, wenn noch so flüchtig, stand sie nahe hinter ihm, schlang um seine Schulter den Arm, ließ ihn ihren Atem spüren, und an seiner Schläfe schwirrten ihre langen Wimpern.

Sie war bis jetzt größer als er, ihre vollgeformte, leichte Büste stützte sich von selbst auf seine Schultern, die schlanke Taille, die gebauschte Tournure waren fortgebogen. Er erhob den Blick nicht vom Buch, dort lag aber ihre schön gestaltete große und nackte Hand. Sie fingerte an den gedruckten Zeilen: ein Fingern mit Anspielungen auf Kenntnisse – oh! kein Gedanke, dass er ihr Wissenschaften hätte vermitteln können wie sie ihm. Um ihrer Hand zu entgehen, richtete er seine Stirn seitwärts hinauf gegen sie.

Ihr Anblick beruhigte ihn einigermaßen, der harmlose, ungewandte Eifer, den sie zur Schau trug. Ihr kindlich guter Wille machte, dass zwischen den Zähnen, aus dem feuchten, starken Munde die Zunge schlängelte. Ihr ovales Gesicht hatte Farben, glatt wie nur auf kolorierten Bildnissen von Damen, die es einst gegeben haben soll. Aschblonde Haarfransen fielen von der hohen Frisur herab, in Abschnitten, dazwischen schimmerte die Stirn. Sie blieb gesenkt, die veilchenblauen Augen in den dunklen Wimpern begegneten mitnichten den seinen. Er war darauf angewiesen, ihre Nase zu bewundern, ihm klopfte dabei das Herz.

Ihre Nase, aufwärts gebogen, weit vorgestreckt, wäre von ihrem ganzen Körper das Stück, das er küssen mochte, gesetzt, die Versuchung übermannte ihn. Das Einzige, was er weiß, ist vielmehr: Zwei Zoll von mir ab, aber unerreichbar, existiert Alice, die schönste der Frauen. Der Frauen nur? Nein. Alles, was die Erde hat an Begehrenswertem, ihr Endzweck, der ganze Sinn des Lebens – Alice! Wie geschieht es, dass sie sich hier befindet?

Dies ist eine kleine, alte Handelsstadt, mancher verlässt sie nie. Alice könnte überall die Schönste, die Erste und Einzige sein, was geht vor, dass sie es nur bei mir ist? Ich wäre sie niemals wert, kein Mensch ist ihrer würdig. Überdies bin ich zu jung, fünf Jahre werde ich an Universitäten studieren müssen, Zeit genug, dass sie mich vergisst bis auf das Aussehen. Hat sie überhaupt schon bedacht, wie ich beschaffen bin? Es würde nicht lohnen. Ich bin ein gewöhnlicher Schüler.

Dabei hielt er von sich mehr, ihm waren seine schmalen, energischen Züge bewusst – energisch nur, wenn sie nicht zusah. Er erinnerte sich wohl, dass ein Geschäftsfreund seinem Vater zugeflüstert hatte: »Der Junge hat schöne Augen«, denn sein Blick verriet die Fähigkeit zu lieben, bevor es statthaft war. Sie betrat sein Zimmer um der Wissenschaften willen einmal, zweimal, dann lange nicht. Als sie dennoch eines Tages den Arm um ihn legte, hatte er aufreibend nachgedacht, es wurde unerträglich, er musste endlich in ihr Gesicht blicken und sie in seines. Hier, Kopf an Kopf, allein und im Ernst. Am Familientisch fand man keine wirklichen Blicke.

Plötzlich richtete er sich auf, nach dem Spiegel an der Wand. Sie bemerkte genau gleichzeitig den Spiegel. Niemand weiß, ob eine Sekunde oder mehrere Minuten, Tatsache ist, sie erkannten einander sehr tief und endgültig. Nachdem dies geschehen, streckte sie ihm lang die Zunge heraus und verließ das Zimmer.

Er blieb zurück mit seinem Entschluss, der gefasst war. Er wollte sie besitzen, sie wollte, dass er sie besaß. Obwohl aber die beiden Zimmer nebeneinander lagen, kam der Vollzug nicht von selbst, bei weitem nicht. Die Kühnheit des Siebzehnjährigen reichte nicht bis an sein Verlangen, im Gegenteil hemmte ihn sein übermächtiger Wunsch. Er fasste das Hindernis von einer anderen Seite: Er verkaufte seine Schulbücher. Von ungefähr begründete er es damit, dass er doch nie studieren werde; es war noch nicht seine Überzeugung, nur die vorläufige Ausrede, die er brauchte, eine Geste, als bräche er Brücken ab.

Die Händlerin kam, sie war eine beleibte, nicht übel erhaltene Figur, das ungepflegte Gesicht faltig, aber lüstern. Haarfransen hatte auch sie. Statt des ›Goldfuchses‹, den sie für seine Habe bot, nahm er sie selbst, und sie war es zufrieden, doppelt sogar, da sie mit ihrem geretteten Geld wieder abzog. Jetzt, merkwürdigerweise, störte ihn nichts mehr in seinem Vorhaben.

Nur gedulden musste er sich, bis im Haus alles still war.

Da präsentierte er sich heftig und tatbereit, mit Schwung und Sprung, übrigens ohne eine Faser von Bekleidung, seiner Kusine. Sie saß, gleichfalls entblößt, vor ihrer Toilette. Sie streckte ihm diesmal nicht die Zunge heraus, das nicht; sie erschrak sogar, wenn auch mit Anstand. Sie konnte erschrocken sein, weil das vergebens Erwartete endlich doch eintritt. Er, blind von seiner Wut, sah nicht sie, nicht was sie taten, und so verbanden sie sich.

Sie empfing ihn jeden Abend, eine Woche lang. Beim achten Wiedersehen sagte sie: »Jetzt etwas anderes.« An ihm wäre hier das Erschrecken gewesen; aber er wusste sich sicher, zu genau fühlte er: Alice ist mein. Das ganze Leben mit Alice. Er hatte es das erste Mal noch nicht erkannt, beim achten musste er gar nicht nachdenken. Unversehens lag sie nicht mehr, die hingebreitete Schönheit und immer nehmende, gewährende Liebe, die sie für ihn war. Hochgestützt, die ziselierten Finger an der bläulichen Schläfe, forderte sie ihn auf, mit ihr zu überlegen.

Die Zukunft natürlich, denn wir leben nicht für eine Woche, und wäre es die seligste. »Ich meine« – ihre Aussprache war »iesch«, eine mädchenhafte Geziertheit –, »iesch bin offenherzig.« Hierbei lachte sie. Das Wort ›offenherzig‹ wurde in bürgerlicher Gesellschaft verübelt, es konnte auf einen freigelegten Busen anspielen. In ihrer gegenwärtigen Haltung, mit ihrem Herzen über ihm, versenkt in seines, und er dem ihren ergeben auf immer –: Beide lachten. Dann folgte das Überlegen.

Es bestand darin, dass sie ihm ihren Willen eröffnete. Er studierte nicht, das war vorbei. Nach bestandener Abgangsprüfung – aber was konnte ihm die Schule noch nützen –

trat er alsbald in das väterliche Geschäft. Mit seiner Bildung und Tüchtigkeit genügten ihm wenige Monate bis zur Erreichung eines Gehaltes, von dem sie beide leben konnten. Sie heirateten noch dieses Jahr. Er hörte dies wie eine Offenbarung, obwohl er dasselbe als Vorsatz und Möglichkeit selbst schon erwogen hatte. Hier war es ein Wille, ihr Wille, er betete ihn an, weil er die Frau anbetete. Jeder ihrer weiteren Sätze kehrte Schwierigkeiten weg, zuletzt wunderte es ihn, dass etwas im Weg gewesen sein sollte.

Sie sagte, tiefer auf seinen Körper geglitten, ihre Wimpern kitzelten sein Gesicht: »Zusammen sind wir die Stärkeren. Dich verstoßen oder nach Amerika schicken kommt nicht infrage. Deine Mutter ist schüchtern aus Wohlanständigkeit. Du weißt, ich bin nicht anständig«, sprach sie ruhig. »Daher sehe ich die Dinge, wie sie sind. Dein Vater wird seine Pläne aufgeben, nachdem er uns etwas gedroht hat. Sein Sohn wird nicht Minister werden, aber Nachfolger in seinem Geschäft. Er wird noch froh sein, dich hineinzunehmen.«

Der Junge unterbrach sie nur, um einzustimmen. »Erst recht, da ich jung genug bin – minderjährig sogar, und dürfte gar nicht heiraten. Aber mein Vater hat Einfluss, er ist nicht reich, nur sehr wohlhabend.« Hier stimmte wieder sie ein: »Das habe ich dich selbst sagen lassen. Deine Minderjährigkeit wird uns nicht stören. Seine Wohlhabenheit haben wir nötig, ja, sie ist unsere Bedingung.«

Nunmehr lag sie vollends auf ihm und sprach ihm von dem, was zuletzt kommt: Geständnisse, die nur gewährt werden, wenn die Liebe erprobt und ein für alle Male gegeben ist. Sie nannte mit Namen den Vorsprung, den ihr

Alter ihr sicherte: Sieben Jahre mehr als er – und er hatte wohl nicht bedacht, welche Erfahrungen in diesen sieben Jahren ein Mädchen erwirbt? Die Enttäuschungen, die sie sammelt? Ihre Einblicke in die Entschlüsse, zu denen sie gelangt?

Sie war natürlich geküsst worden, in einem oder zwei Fällen noch etwas mehr als das; der ernsteste Bewerber war ein verheirateter Mann. Man lässt sich nicht scheiden, das ist kein Anfang. Übrigens war die Auswahl hier in L. gering und allbekannt; sie konkurrierte mit allen Mädchen ihres Jahrgangs, bei derselben begrenzten Zahl von Direktoren, Agenten, Firmeninhabern gesetzten Alters. Keiner hatte den Mut oder Geist, über die im Leben erreichte Stufe hinauszugehen. Einen Mann ertragen, wenn er bis in die Verkalkung hinein zu bleiben gedenkt, was er vorher schon gewesen war? Danke.

Hier folgten die Worte, die man nicht vergisst, und würde man hundert Jahre alt. »Dich habe ich gewählt und gewollt, weil du mich liebst wie nur ein Jüngerer, wie gerade nur du, und weil die Liebe auf Ideen bringt. Auch in Gefahren, hör ich. Du, mein lieber Junge, stößt um meinetwillen deinen Stundenplan um, das heißt etwas. Du sollst ein ganz anderer sein als vorgesehen, nun, das macht stark, es führt hoch hinaus, oder man lässt es. Du liebst mich, um ein großer Mann zu werden. Glaube mir, beinah in dieser Absicht bist du mein. Ich – in dem zarten Jüngling, nicht zu zart bekanntlich, liebe ich im Voraus den großen Mann. Sei ruhig, ich liebe auch den zarten Jüngling.«

Kuss, und in nächtlicher Stille der geraunte Rest: »Dein Vater ist sehr wohlhabend, auch das muss sein. Nicht um uns auszuruhen. Aber der reichste Kaufmann, weiterhin als nur hierorts, könntest du ohne gesunde Grundlage nicht werden. Unsere geradezu meisterhafte Leidenschaft füreinander täte manches, nur zu langsam. Du siehst, alles muss zusammentreffen: So glücklich sind wir.«

Sie kamen von selbst dahin überein, dass morgen, Sonntag, ›die Bombe platzen solle‹. Beim Nachmittagskaffee war die Familie ohnehin versammelt, man ersparte die Einberufung eines Familienrates, der unvermeidlich schien bei so widergesetzlichen, wenn nicht widernatürlichen Vorgängen. Ihre Berechnung erwies sich als richtig. Die erste Reaktion der Versammlung, Eltern, Tante, Onkel, Großmutter, war Geschlagenheit. Alle wurden auf ihren Stühlen kleiner, als stellte sich bei den jungen Leuten eine giftige Krankheit heraus – noch schlimmer, sie hätten sich einer Verbrechergesellschaft angeschlossen.

Im Vordergrund, dem ganzen Halbkreis vollauf sichtbar, stand das entartete Paar, zwei Hände fest ineinander, jeder auf jedem die Augen treu und unverwandt. Der Vater versäumte zu verbieten, was er fertig vor sich sah. Die Mutter flüsterte ratlos über seine Schulter, die sie umklammerte. Die Tante ließ vernehmen: »Die alte Person – das Kind!« Dem Onkel fiel das ›Raue Haus‹ ein, wo man abgeschweifte Knaben auf den rechten Weg zurückbrachte. Indessen setzte er selbst hinzu: »Sie sollen dort gänzlich verdorben werden.«

Der Vater, ein Mann von Welt und von Humor, lachte unvermittelt auf. »Das Raue Haus! Er kann die Zöglinge in Latein unterrichten.« Die Mutter unternahm ihren solange aufgeschobenen Versuch; sie fand sich selbst fehlerhaft, wenn sie laut vorging gegen eine wahre Wirrnis von Unstatthaftem. »Ihr werdet freiwillig zur Einsicht gelangen«, sagte sie nur, obwohl ihr gewesen war, als werde sie länger reden.

Das Beispiel seiner Frau erinnerte den Vater an seine Pflicht. So erhob er sich denn und sprach: »Erstens ist euer Altersabstand natürlich unpassend, damit ich nicht sage anstößig. Er beträgt nicht sieben Jahre, sondern vierzehn, die du mehr haben müsstest, mein Lieber. Ferner bist du auf eine Karriere vorbereitet und wärest fahnenflüchtig. Ein Überläufer taugt auch im Kaufmannsstande nichts. Du weißt schon zu viel aus abgelegenen Gebieten, du würdest scheitern. Es bleibt dabei: Du beziehst die Universität. Das genügt.« – Er schloss sogar gütig: »Wir brauchen einander.«

Trotzdem enthielt das Schlusswort die Drohung, auf die beide Schuldige sich gefasst gemacht hatten. Sie waren sofort einig. Der Junge berichtete heftig: »Meine Bücher habe ich verkauft.« Dem Onkel wurde die Antwort überlassen. »Man kauft andere«, murmelte er. Jetzt Alice mit ganz klarer Stimme und einem Blick über den Halbkreis hin: »Wir haben ein Verhältnis.« Der Vater setzte sich wieder.

Die Tante behauptete: »Es war ihnen anzusehen.«

Dennoch zeigten alle sich zerschmettert wie bei der ersten Ankündigung des Unheils, diesmal aber endgültig. Die Großmutter, eine fromme Dame, wollte das Äußerste nicht gehört haben, ihr herzlicher Vermittlungsvorschlag ging darauf nicht ein. Der junge Mensch prüfte sich ein Jahr lang unter fleißigem Studieren. Das Mädchen inzwischen wartete ab, ob ihre Gefühle die nächste Ballsaison überstanden.

Fett schwimmt oben

Dieser wohlgemeinte Unsinn, den die Großmutter selbst wohl schwerlich ernst nahm, fiel einfach zu Boden.

Während die ganze Gesellschaft am Ende ihres guten Rates war, wussten nur die Liebenden, was zu tun sei. Sie umschlangen einander, und sie küssten keinen dezenten Kuss von Verlobten, zum Besten einer andächtigen Familie. Sie küssten wie im Schlafzimmer.

Ohne einen anderen Aufschub als den von der Minderjährigkeit des Bräutigams verursachten wurden sie verheiratet; die Tatsache ihrer ohnedies vollzogenen Verbindung hatte dies bewirkt. Zu sagen, dass sie glücklich waren, genügt nicht. Sie triumphierten. Sein schneller Erfolg im Geschäft war der ihre; dies verdoppelte ihn. Er hatte wirklich Ideen und hatte sie wirklich, weil er liebte, Alice liebte, und sie ihn – jede Stunde und Minute, die nicht dem Geschäft gehörte.

Im Zweifel zwischen Liebesstunde und Geschäftsstunde siegte immer das Geschäft. Die Kraft, vernünftig zu handeln, war ein Ergebnis seiner Leidenschaft. Wahrscheinlich brachte er die diplomatischen Talente eines neuartigen Geschäftemachers schon mit. Ohne Alice und seine Liebe hätte er sie weder entdeckt noch entwickelt. Seine einzige Leidenschaft war sie, war ihr Ehrgeiz, reich zu sein, ihn groß zu sehen. Seinen unwandelbaren Sinn für ihren Körper, ihr Gesicht unterschied er keinen Augenblick von seiner Aufgabe, Vorrang und Macht zu erwerben.

Sie blieben die langen Jahre vereint ihren Gliedern, ihrem Atem, so vollkommen wie damals in der heimlich seligen Woche, als er ein Schüler gewesen und sie die entschlossene Person, die ihn sich aussucht. Ihr eingefleischtes Interesse aneinander verstärkte sich immerfort durch den Nutzen, den es brachte. Sie war ihm treu.

Übrigens alterte sie nicht, bei so viel Liebe. Indessen hielt sie sich gegenwärtig, dass er der Jüngere und vielbegehrt war. Bei den ehelichen Sicherungen der Fürstin Pauline Metternich ließ sie es nicht bewenden. Diese Botschafterin entwendete jeden Morgen ihrem Gatten die Bereitschaft für die Künste der Frauen am Hof der Kaiserin Eugenie.

Alice ging die Gefahr nicht ein, dass ihr einziger Mann im Lauf des Tages dennoch Stimmung sammelte, um Verführungen entgegenzukommen. Sie setzte durch und er selbst erreichte, dass jede andere ein mehr oder weniger angenehmes Gebilde ohne betontes Geschlecht war: einzig für Alice entflammte er, und dies bei jedem Wiedersehen.

Natürlich veränderte sich mit fünfzig Jahren ihre Linie, er fand sie nur schöner. Ihn erhielt die Frau jung, da auch sie es mit allen Sinnen war. Ihr Schritt wurde schwerer, er aber erbebte, sooft beim gemeinsamen Betreten einer Gesellschaft ihr Schenkel sich senkte den seinen entlang. Er hätte ihre vorgestreckte Stumpfnase küssen wollen, als Herausforderung all der aufmerksamen Augen, die dem Auftreten des Paares beiwohnten. Sie hätten einander so wenig dezent geküsst wie einst vor dem Halbkreis der entgeisterten Familie.

Damit man anschaulich erkenne, wer am Arm des reichsten Herrn daherkam, behängte er sie mit fabelhaften Kleinodien. Sie wusste Bescheid und trug die Pracht, die sie beide kleidete, nach Verdienst, wie Generäle ihre fünfzig Orden, worüber auch niemand lacht. Ihre Kleider und Mäntel waren Modelle, einzige Exemplare: Die Männer, außer dem ihren, bemerkten das nicht. Die Frauen – das ist etwas anderes. Sie machen sich beim Anblick ihrer Gestalt und ihrer Bewegung, sonst nichts, Gedanken, die nie erklärt werden.

Alice stieg aus einem ihrer Wagen, sie war an der Stelle grell beleuchtet. Eine Unbekannte, die vorüberwollte und aufgehalten wurde, wahrscheinlich neigte sie ohnedies zur Entrüstung, sagte hörbar: »Das triumphierende Laster!« Alice sah nicht hin. Das Sonderbare: dass sie sich auch nicht wunderte.

Dies war 1913, das Jahr vor dem Krieg, für die Gemüter schon ein Kriegsjahr. Manche, um nicht zu sagen die meisten, hatten irgendetwas gründlich satt, es zu beschreiben war ihnen nicht gegeben. Sie rochen Fäulnis, die Geruchshalluzinationen aber sind dauerhaft, sind sehr lästig; um sie zu vertreiben, willigt man in das Unwahrscheinliche. Der Krieg versprach eine Erfrischung, er sollte reinigen – sowohl die Luft als auch die Fantasie, da er die Wirklichkeit stark untermalt – *high colored*, mit einem wenngleich feindlichen Ausdruck – und da er endlich allein ehrenhaft die Tat macht.

Ein Geschäftsmann, der den Eisenhandel monopolisiert hat und seinen Erfolg in Gestalt einer anspruchsvollen Gattin mit sich umherführt, oh, er war nicht einmal im Preis gesunken, Geld bleibt Geld. Früher als er entwertete sich seine Legende. Mit siebzehn Jahren, wie bekannt, hatte er den Grund seines riesigen Vermögens gelegt. Heute bekam er als Gegenspieler siebzehnjährige Helden. Wenige Monate, sie brachen auf, sie siegten, starben, machten sich unsterblich. Der Erwerb ist nichts Unsterbliches, die Frage erhebt sich vielmehr, ob ihm nicht Grenzen gesetzt sein sollen. Für gewisse Fälle errichtet sie der Krieg.

Der erste Eisenhändler der Welt hatte, noch zu der Zeit seines Vaters, damit angefangen, dass er, einen nach dem anderen, alle Abnehmer schwedischen Eisens verdrängte. In welche Länder es immer geleitet wurde, unfehlbar nahm es den Weg über seine Bücher, seine Frachtschiffe. Seine langfristigen Verträge hätten nach festem Gesetz und Recht keine Wendung des Geschickes erlaubt; man nennt es Bruch, es wäre strafbar, die Gerichte jedes Landes verfügten den Erlag von Entschädigungen, die nicht auszurechnen wären, aber der Anspruch aus den Verträgen bestände fort.

Dies die strengen Sitten eines Zeitalters, das sich indessen selbst veruntreute, da es Krieg machte. Der Monopolinhaber stand damals vereinzelt wie ein Geschäft. Sein Vater war ausgetreten, als der Sohn es auf die nie geahnte Höhe gebracht hatte, und gestorben war er, als der Nachfolger in sein fünftes Jahrzehnt trat. Die Mutter, der neuen Stellung des Hauses nicht gewachsen, zog sich in eine Waldeinsamkeit zurück. Ihr Sohn besuchte sie, bis sie unter dem Waldesboden ausruhte, und auch dann noch.

Er nahm einen Juniorpartner auf: kein Geschäftsmann, ein Adliger von gutem Aussehen. Sein vornehm eingeschätzter Teil war das Auftreten, die Empfänge von Gästen, die nur distinguiert waren, die Repräsentation bei Versammlungen und auf Reisen, wo flüchtige Sachkenntnis genügte. Plötzlich überschritt er seine Kompetenzen: Der unerfahrene Zugelassene wies den Chef offen darauf hin, dass die Lieferungen an das feindliche Ausland aufhören müssten.

Er wusste es. Er hatte vorerst eine kurze Pause einge-
legt; Stockung und Verwirrung des Verkehrs machten sie
anfangs unvermeidlich. Inzwischen überlegte er mit seiner
Frau: Er hatte allein sie. Sie hatten einander, wie nur ein
Mensch den anderen, von allem Besitz der gründlichste.
Noch immer verständigten sie sich in liegender Stellung.
Der Unterschied gegen früher: Sie waren für die Nacht be-
kleidet und beide locker aufgestützt; es sollte sich erst entscheiden, wozu. Ihr Gespräch konnte in eine Umarmung
oder in eine Meinungsverschiedenheit übergehen.

Nun hatte das Leben lang dieselbe Anschauung, ein niemals abgewichenes Interesse sie bestimmt. Wenn sie es sich
sogar vorgesetzt hätten, keiner der beiden war nachgerade
noch stark genug zu widersprechen. Der Zweifel und War-
nungen wenig gewohnt, ließen sie sich ungern darauf ein,
von dem Selbstbewusstsein des anderen, und vom eigenen,
etwas abzuhandeln. Gewiss waren sie überzeugt, dass
Deutschland siegen müsse und auch werde: Sonst entfiel
das Eisenmonopol, und alles andere stürzte mit ein.

Beiseite bemerkten sie, dass die einzelnen Sterbefälle,
mochte man im Schützengraben noch so zahlreich fallen,
vorübergehend zu hoch bewertet würden – ganz natürlich
unter den neu geschaffenen Umständen. Für weitere Sicht
wog der Bestand des internationalen Eisenmonopols eine
Armee auf. Es dahingeben unter dem Vorwand eines mit-
telmäßigen Patriotismus und einer unechten Gesetzlichkeit
wäre mehr als ein Verbrechen, es wäre ein Fehler gewesen.

»Erfüllen wir wirklich nicht mehr unsere klaren Verträge«, sagte Alice, »die Schweden werden keinen Grund
sehen, den Schaden zu tragen. Wenn auch ohne unser Zu-

tun, die Feinde bekommen todsicher das Eisen, das sie brauchen; und heute brauchen sie mehr, benötigen es dringender als in all unserer Zeit. Es ist etwas viel verlangt, dass wir uns aus dem Geschäft zurückziehen sollen genau beim Einsetzen der großen Konjunktur, die eigentlich unser Werk ist. Unser fünfundzwanzigjähriges Werk«, wiederholte sie und ließ von ihrer aufgestützten Haltung etwas nach, ihr Schlafanzug öffnete sich.

»Nicht nur das Eisen ist auf der Höhe«, erwiderte er. »Du bist herrlicher als je.« Er küsste. Sie liebten. Der einige Beschluss im Geschäftlichen war gefasst. Die Schiffe, mit Eisen beladen, fuhren unter neutraler Flagge, ohne deutsche Häfen zu berühren, nach den Empfangsstationen der Kriegsgegner. Diese verfertigten mit einer Hilfe, die niemandem unerwartet kam, die besten Waffen gegen ihren gemeinsamen Feind. Das ging gut – obwohl gemunkelt wurde und die Behörden aufmerkten –, bis einer der Kapitäne dennoch hierorts anlegte; zuerst behauptete er, wegen eines Maschinendefektes.

Dann kam er darauf, seine Sache zu verbessern durch die Heranziehung seines vaterländischen Gewissens. Ein verhängnisvolles Wort: Einmal in Umlauf gesetzt, verkehrte es die Meinung der Kaufleute und der Ämter ins Unerbittliche. Bis dahin hatten sie widerstrebend noch zugegeben, dass ein verdienter Mann das Recht auf zeitgemäße Maximalverdienste besaß. Zwei Rechtsauffassungen, die altanerkannte und die neue des Krieges, standen einander entgegen. Solang möglich, war davon abgesehen worden.

Man bedenke, was alles einbegriffen ist in die unbeschränkte Bereicherung eines Einzelnen, wie hier. Zahllose

Existenzen hingen an seiner, das wirtschaftliche Gleichgewicht einer Stadt, ja, des Landes, waren, schwer unterscheidbar von dem seinen, gesichert oder bedroht. Beziehungen von allgemeiner Bedeutung schützten ihn. Das wusste er selbst am besten und hatte darauf vertraut – auf alle seine Vorteile, um einen Augenblick zu lange. Versäumt hatte er dennoch nichts. Keine vernünftige Frist, denn sie war nicht gestellt gewesen.

»Apfelsinenschalen, über die man ausgleitet«, erklärte er seiner Frau, »liegen niemals da, wenn man hinsieht. Dieser Kapitän musste nicht notwendig ein dunkler Ehrenmann sein. Wir haben uns nichts vorzuwerfen.« Er wollte vor allem, dass Alice sich nichts vorwürfe. Seine eigene Schuld – nach Nietzsche die Bezeichnung für etwas Schiefgegangenes – war ihm bewusst.

Seine Verhaftung war schon in aller Mund, als er darüber noch die Achseln zuckte. Indessen besprach er mit seiner Frau, wie sie, gesetzt, er wäre einmal abwesend, sich zu verhalten habe. Es schien, dass man ihm gerade hierfür noch die Muße ließ: Dann wurde er wirklich verhaftet.

Es lag nicht im Sinn ihrer Beziehungen von jeher, dass sie weinend ins Gefängnis lief. Im Zweifel zwischen Liebesstunden und Geschäftsstunden hatte noch immer das Geschäft gesiegt. An ihrem Wohnort unternahm sie nichts, vergab sich nichts. Diese Leute mussten selbst entscheiden, ob sie eine Verurteilung ihres Gatten wagen wollten: Schon dass er angeklagt war, stellte alle bloß, es setzte die Stadt herab.

Sie verreiste – ohnehin *jetzt* das Angenehmere; sie hielt sich an ihre Standesgenossen, die reichen Familien außerhalb. Sie wurde, wie sonst, von Ministern empfangen, privat natürlich. Einer war verheiratet mit einer ihrer Verehrerinnen, wenn nicht Verehrerin des Reichtums überhaupt. Alice wurde zum Diner geladen, hatte den gewohnten Erfolg, verändert erwies sich bisher nichts, obwohl ihr Mann in Untersuchungshaft saß. Man gab vor, den Irrtum zu belächeln: Widersinnigkeiten liefen einer zwar großen, aber auch verbiesterten Zeit natürlich mit unter. Soweit das Gesellschaftliche, es klappte.

Amtlich wurde ihr Hoffnung gegeben, die Verurteilung für nicht wünschenswert erklärt, aber außer Frage blieb eine Überschreitung der Zuständigkeiten. Sie sah durchaus: Das Aufsehen, das ihre Angelegenheit machte, wuchs an sich selbst, aufzuhalten war es nicht. Allein ein Machtwort, das militärisch sein musste, beendete den Skandal. So ließ sie denn den Juniorpartner nachkommen.

Wenn jemals, konnte er seine Daseinsberechtigung hier erhärten. Der Herr von historischer Abkunft und gutem Aussehen machte Eindruck überall, nur nicht bei den Befehlshabern, denen jetzt die Macht gehörte. Seine Vettern dritten Grades nannten ihn scherzweise ›Koofmich‹, ihre Ansicht der Sache klang deutlich mit. Ein hochgestellter Onkel sprach endlich das Wort, das gemeint war: Vaterlandsverrat.

Damit schien die Aufgabe dieses Mitgliedes der Firma gescheitert, wenigstens hielt er sie dafür. Allerdings fehlten in dem Gesamtbild gerade die Personen, die ihr eigenes Verhalten dem Beschuldigten – nicht annäherten, wer wird das zugeben. Immerhin wären die Generäle und Ministerialdirektoren, die um des Mammons willen ihre früheren

Büros mit denen der Schwerindustrie vertauscht hatten, die geeigneten Vermittler gewesen. Es lag zu nahe, um erwähnt zu werden. Wenn ihr Gehilfe keinen Anlass nahm, schwieg auch Alice davon.

Sie hielt nur noch Besprechungen mit dem berühmtesten Verteidiger, einem Champion der mitreißenden Beredsamkeit, überführte Mörder gingen aus seinen Händen rein hervor. Sie reiste; am Vorabend der gerichtlichen Verhandlung war sie zur Stelle. Der Landgerichtspräsident wartete nicht, bis sie ihn aufsuchte: Er kam selbst.

In leichter, gesellschaftlicher Form, die ein Richter als Mann von Welt einfach mitmachen musste, erwirkte sie die Erlaubnis, ihren Gatten bis in den Sitzungssaal zu begleiten. Das Gespräch gab ihr Gelegenheit, Namen auszusprechen: die Personen von Rang, die nicht das geschäftliche Verhalten des Angeklagten, wohl aber das Verfahren gegen ihn für staatsgefährlich erachteten. Der Richter stutzte, obwohl eine Stirnader ihm anschwoll.

Als sie ihren – sichtlich gealterten – Mann im Gefängnis abholte, war das Erste, was vorging, eine leidenschaftliche Zärtlichkeit: Beide ließen sich überwältigen, ungeachtet des Beiseins der Beamten. Umso kühler besprachen sie alsdann den bevorstehenden Tag – ein Tag wie andere, mit den gewöhnlichen geteilten Ansichten, nur dass die besseren die wahrscheinlichen waren, gemäß Regeln und Erfahrung.

Wie sie übrigens, jeder für eigene Rechnung, wirklich denken mochten, die Beweisaufnahme als erste Prozedur des Gerichtshofes verdarb bestimmt nichts. Die Tatsachen waren nachgerade bekannt, sie waren abgeleiert. Jeder im

Hause glaubte der Einzelheiten mehr zu wissen, als die Akten enthielten. Der Kapitän mit seinen belastenden Aussagen erregte bei dem Publikum entschiedenen Widerwillen. Zuerst sich bezahlen lassen, dann denunzieren, zum Schaden eines Gemeinwesens, ja, mit Folgen, die noch offenblieben.

Der Angeklagte und seine Frau, zwei Schritte vor ihm am Rand einer Bank, verständigten sich mit den Augen über die Eindrücke, die auch das Gericht empfing. Unlust an der Sache war das Geringste, was sich ablesen ließ. Schon entstand die Frage, warum es zum Prozess gekommen war. Derselben Stimmung, seiner eigenen, passte der Vertreter der Anklage seine Forderungen an. Für den Fall, dass auf eine Freiheitsstrafe verzichtet wurde – dem Staatsanwalt hätte es keinen Kummer bereitet –, beantragte er eine Buße in barem Geld, so ungeheuer hoch, dass jeder erschrak – bis man sich erinnerte, wer den Monsterbetrag zahlen sollte: Da wurde still gelächelt.

Der berühmte Verteidiger beging den Fehler, dass er nicht einmal heut und hier von seiner Berühmtheit absah. Er musste sich nur kleinmachen und hatte schon gewonnen. Stattdessen ritt er die hohe Schule, warf die Reitpeitsche in die Luft und grüßte mit dem Zylinderhut – was noch harmlos gewesen wäre. Aber er bestand auf der unverantwortlichen Haltung des Staates gegen Wirtschaft und Nation. Er geißelte den Missbrauch des Krieges als einen Vorwand, um die Autorität zu übertreiben.

Obwohl persönlich nichts weniger als revolutionär, ging er bis an die Grenze, wo der Krieg nicht mehr mit nebensächlichen Nachteilen belastet, sondern um seiner selbst willen verworfen wird. ›Der Übermut der Ämter‹ ist von Shakespeare, ein Gericht aber erträgt keine Maßregelung durch Dichterworte. Den Verteidiger musste an dem Tage seine erprobte Weltläufigkeit verlassen haben, oder hielt er den Fall für entschieden und erlaubte sich, ins Leere hinein zu glänzen? Da er mehrfach sein Gesicht abzuwischen hatte und seine Augen bald nach der Decke himmelten, bald eingedrückt wurden, entging ihm seine Wirkung: Sie war beklagenswert.

Der Beifall, den seine Kunst natürlich errang, veranlasste den Vorsitzenden, einzuschreiten. Die Replik des Staatsanwaltes nötigte jeden Hörer, auf gründlich berichtigte Auffassungen zu schließen. Nicht mehr um den bekannten Konflikt ging es – hier hohe, eigentlich geheiligte Interessen, hier ein Verbot, das nicht der Nation, wohl aber anderen nützte. Nein, die Nation war verletzt in der vornehmsten ihrer sittlichen Betätigungen: Das ist der Krieg. Verletzt hatte sie der Angeklagte, nach dem eigenen Geständnis seines Verteidigers.

Während das Gericht beriet, begleitete seine Frau den so gut wie Verurteilten in das vorbehaltene Zimmer. Sie sprachen nicht. Der Verteidiger sprach und bekam keine Antwort.

Alice erhielt an den folgenden Tagen der Beweise genug, dass die Verurteilung ihres Mannes missbilligt wurde. Die gute Gesellschaft nannte sie barbarisch, vernunftwidrig, eine Niederlage der deutschen Sache: staatliche, ja, auch militärische Stellen äußerten sich wenig anders. Bei ihren Besuchen im Gefängnis erfuhr ihr Mann von ihr noch einmal, was ihm auch sonst zugetragen war. Etwas Neues gab

Schwarz-weiß-rot bis in den Tod

es nicht. Dies machte, zum ersten Mal im Leben, ihr Zusammensein unfruchtbar.

Keinem vorigen hatte die volle Vertraulichkeit gefehlt: Nicht die körperliche allein verstand sich von selbst, immer auch ein Projekt, das nur sie beide kannten. Hier gab es, unerhörterweise, nichts zu beraten, nichts zu tun. Den Kaiser um Begnadigung angehen, nun ja. Aber gerade der Kaiser war gehalten, den Krieg hoch zu achten, mit allen Opfern, die er forderte: von den Armen das Leben, von den Reichen den Verzicht auf gewisse Arten des Gewinnes.

Der höchste Herr erriet, dass man sich lieber drückt, sowohl vorm Sterben wie vorm Geldverlust. Im Gegenteil verzeichneten das Leben und der Profit eine merkliche Zunahme an unwiderstehlichem Reiz. Worauf es ankam: nicht ertappt zu werden. So weit war es damals nicht, wie zwanzig Jahre später, als ein Ministerpräsident und Marschall dasselbe schwedische Eisen einem Feinde, der spanischen Republik, verkaufte, und hatte es seinem selbst regierten Staat unterschlagen. Für dies und mehr dergleichen wurde er Reichsmarschall. Andererseits konnte er, derart in die Geschäfte eingeführt, den gesamteuropäischen Trust begründen. Einer seiner Vorgänger, bisher Inhaber des Eisenmonopols, erschlaffte in seiner tristen Einzelhaft, obwohl er Goethe las. Die Besuche seiner Frau begann er zu fürchten, während er sie doch herbeisehnte.

Bei jedem ungewöhnlichen Geräusch hinter der Tür seiner Zelle klopfte ihm das Herz, um nur müder zu schlagen, wenn nichts erfolgte. Er war unterrichtet, dass ihr allmählich seltener erlaubt wurde, ihn zu sehen. Aber äußere

Schwierigkeiten beseitigen keineswegs die selbst verantworteten – weder seine noch ihre.

Es stand derart, dass beide einander leidenschaftlich umklammert hätten mit allen ihren Gliedern, sobald ein Umschwung der Dinge stattfand. Je weiter aber der Coup de théâtre, an den sie ohnedies nie geglaubt hatten, ihren Blicken entschwand, umso peinlicher wurden ihnen die Begegnungen, entfremdet der Leidenschaft, wie sie sein mussten. Dies nicht nur, weil für Aufwallungen kein Raum, noch mehr, weil sie ungefühlt waren.

Im Einklang mit ihr – und mit der Außenwelt – bemerkte der Gefangene, dass sein Geschick sich eingliederte unter die landläufigen, zeitgemäßen. Es hörte auf, ihn auszuzeichnen, weder im Sinn der Entrüstung noch des befriedigten Neides. Sein Geschäft war ruiniert, alle Beteiligten hatten sich umzustellen: nur natürlich, dass sie auch hinsichtlich seiner Person anders disponierten. Er war kein Gegenstand mehr, wurde voraussichtlich nie wieder ein Gegenstand ihrer Anhänglichkeit und Furcht. Der Tag erschien, als die Ehegatten sich aussprachen über die wirkliche Wahrheit. Sie war durchaus neu, das erste Neue, das sie seit der Katastrophe einander zu bieten hatten.

Alice begann: »Mein Lieber, wir sind Realisten« – was er bestätigte, mit einem angstvollen Vorgefühl; aber so weit wie die wirkliche Wahrheit gingen seine Ahnungen denn doch nicht. Sie stellte fest, dass seine internationalen Verträge unwirksam geworden waren – infolge höherer Umstände, ohne sein Verschulden, aber so gut wie aufgelöst. Andere hatten die Lieferungen übernommen, Ausländer, die gegebenenfalls bei den Gerichten im Vorteil waren. Es wäre denn, dass die deutschen Heere zuletzt noch im Triumph den Sieg davontrügen. Danach sah es immer weniger aus.

Er war einverstanden: Danach sah es nicht aus. Ob man es bedauern sollte? Sogenannte Vaterlandsverräter wie er selbst wurden am ehesten durch die Niederlage und den Umsturz in Freiheit gesetzt. Alice gab es freudig zu. Wenn es so weit wäre! Eine oder zwei Minuten raunten die beiden Angehörigen der herrschenden Klasse, mit Blicken nach der Tür, staatsgefährliche Wünsche.

Indessen waren es fromme Wünsche. Bis jetzt war Krieg. Von dem überführten Verräter kauften weder Deutschland noch seine Verbündeten das Eisen, das ihm abzunehmen ihre verbürgte Pflicht gewesen wäre. Die Firma erfüllte beständig ihre Verbindlichkeiten in Schweden, das unabsehbare Eisen häufte sich an. Ein Teil musste mit Verlust abgegeben werden, an neutrale Händler. Es bildete immer noch einen Schatz ohne Ende – wenn der Krieg erst aus und Deutschland geschlagen war. Bis zu diesem Zeitpunkt war es eine Last: Das Haus trug an ihr schwerer und schwerer. Sein verhinderter Chef zog selbst das Ergebnis: »Ich sitze hier, bis ich in aller Stille ein armer Mann geworden bin.«

Zwei Minuten eines unheilschwangeren Schweigens. Die Augen der Gatten streiften einander, sie hafteten nicht. Die Ahnungen des Mannes gewannen während der Pause an Inhalt. Sie waren furchtbar konkret geworden, als Alice ihr Wort sprach. »Du musst das Geschäft abtreten.« – »An meinen Juniorpartner«, vollendete er. »Zum Schein« – dies holte er versuchsweise nach. Sie belehrte ihn, obwohl es kaum nötig war, dass eine fiktive Übertragung sich verbiete:

Sie war genau informiert. Was aber dann? Ebenso gut, wollte er meinen, war ein geduldiges Abwarten des Endes.

Er gab sich überzeugt, während er doch wusste: So leicht resignieren wir nicht. Am wenigsten sie, und sie hat zu verfügen. Ich – für wie viel zähle ich noch? Das sollte er jetzt erfahren. Sie sagte, dass sie seine Gefährtin sei und niemand lieben werde als nur ihn. Sie sprach es im Ton einer geschäftlichen Erörterung. Er hatte genug. Das Übrige nahm er ihr aus dem Mund – um ihretwillen. Sie sollte nicht genötigt sein, es auszusprechen.

»Unser Freund wird Alleininhaber der Firma, unter der Bedingung, dass er dich heiratet. Deutschland und der Balkan kaufen wieder, du bleibst die Frau, die du bist. Bemerke wohl, dass ich es will. Dir in den Weg treten, nie. Aber es gibt einen anderen, du wirst meinen Vorschlag in Betracht ziehen, wie ich den deinen. Ich habe im Ausland beträchtliche Guthaben. Wir sind nach Abtretung der Firma persönlich noch immer reich genug, um unsere Stellung – deine Stellung – zu behaupten.«

»Du vergisst deine eigene Lage«, erwiderte sie schonend und traurig. »Meine Stellung, solange mein Mann hier sitzen muss?« – »Nicht lange« – zum ersten Male bat er, seine Stimme wurde flehentlich. »Vielleicht nicht einmal für die Dauer des Krieges. Wegen meiner guten Führung – und aus anderen Gründen werden mir Hoffnungen auf Abkürzung der Strafe gemacht.« – »Sehr möglich«, sagte sie, immer schonend, »aber wir wissen es nicht. Inzwischen werden wir älter.«

Er verstand: Sie selbst alterte. Sie hatte um sieben Jahre mehr. Sie fürchtete das Alter. Hier sah er sie voll an, ein

langer Blick, berauscht von Liebe – dermaßen, dass sie auf-
weinte. »Du bist schöner als je« – er atmete stark. »Schöner
als in unserer besten Zeit, und sie war nicht die beste. Ich
verspreche dir mehr. Denn ich begehre dich mehr.«

»Dich liebe ich. Dich allein werde ich immer lieben.«
Sie stöhnte wie er. Wo blieben die geschäftliche Erörterung
und ihr Ton? Im Zweifel zwischen Geschäft und Liebe
siegte die Liebe. Alice sank an seine hingebreitete Brust.
Nach ihrer Vereinigung trennten sie sich, um nie einander
wiederzusehen.

Statt ihrer betrat seine Zelle ihr Arzt, um ihm mitzutei-
len, dass sein Juniorpartner ein kranker Mann sei. Ein Herz-
klappenfehler, die herrschenden Umstände machten ihn
schneller kritisch, als er sonst wohl gewesen wäre. Frage:
»Wie lange?« Antwort: »Sie werden ihn bei Ihrer Rückkehr
kaum noch vorfinden.« Hiernach verging dem Gefangenen
jeder Zweifel nicht gerade an dem Gesundheitsbefund des
gutaussehenden Herrn. Nur was Alice beschlossen hatte,
war im Reinen. Nach dem pünktlichen Abgang ihres zweiten Gatten brachte sie ihrem ersten das gerettete Geschäft
in eine neue Ehe mit.

Er begriff, dass sein Widerstand unnütz und dass er ver-
derblich gewesen wäre. Er willigte in die Scheidung – die
wegen gegenseitiger unüberwindlicher Abneigung ausgesprochen wurde. Sie ließ bis zu ihrer Wiederverheiratung
die Anstandsfrist vergehen, er wartete sie ab; erst als er sie
auf der Hochzeitsreise wusste, erhängte er sich. ›Aber die
Liebe bringt in gewissen Jahren dem Geschäftsmann erst
die wahren Gefahren‹, wäre die Inschrift auf seinem Stein
gewesen, aber sie hätte sich indiskret ausgenommen.

Als nicht der Herzkranke, sondern Alice ihm in Bälde folgte, hätte man über dies wirklich gebrochene Herz die Worte setzen können: ›Aber die Liebe verführt die armen Frauen, immer blond zu bleiben, nie zu ergrauen.‹ Auch das unterblieb.

Die Verräter

Liane Vanloo ging durch die Halle dem General von Pfaff entgegen.

»Exzellenz, ich muss Sie leider darauf vorbereiten, dass Sie den Herrn Rabener bei uns finden.«

»Bei Ihnen?«

»Er konferiert drinnen mit meinem Mann und Herrn Krall.«

Von Pfaff schwoll rot an. »Nur gut, dass ich schon einen Zylinder trage. Dann kann ich endlich einem solchen Kerl meine private Meinung sagen. Glauben Sie, ich habe Angst?«

»Wie sollte ich? Aber die Schwierigkeit liegt darin, dass er eben kein Kerl ist. Eigentlich gehört er zu uns.«

Frau Krall kam herbei und sagte: »Solch ein Sozialdemokrat gehört überhaupt nie zur guten Gesellschaft. Kommt her und hetzt unsere Arbeiter auf. Mit dem Auto totfahren müsst man ihn dürfen, sagt mein Mann.«

Auch Frau Krall rötete sich. Der General beglückwünschte sie zu ihrer Gesinnung. Die Gräfin Terwang lächelte ironisch. Liane sagte: »Wir haben ihn in Sankt Moritz getroffen. Er war tadellos. Von seiner Tätigkeit wussten wir freilich nichts.«

»Dann sind Gnädigste entschuldigt«, erklärte von Pfaff.

Die Gräfin fragte beiseite: »Und wusste denn der Herr, dass Frau Vanloo beim Theater war?«

Da ging die Tür auf. Krall fing, sobald er den General sah, beglückt zu dienern an. Im Vorübergehen flüsterte Vanloo seiner Frau zu: »Nichts zu machen«; aber sie hatte es ihm schon angesehen, sie kannte diese künstliche Spannkraft. Rabener verabschiedete sich. Vanloo drückte mit beiden Händen seinen Arm. »Sie bleiben doch noch? Das Geschäftliche ist fertig, aber wir sind auch Menschen!« Und er führte ihn zum General von Pfaff. Rabener verbeugte sich leichthin, mit müdem Gesicht. Von Pfaff grüßte tiefer, als vorauszusehen gewesen war, ward röter und sagte: »Sehr angenehm.«

Liane trat zu Rabener.

»Wir gehen dieses Jahr ans Meer, in die Nähe von Ostende wahrscheinlich. Und Sie?«

»Sie sehen, wie beschäftigt ich bin.«

Liane unvermittelt: »Ich verstehe jetzt, was Sie mir damals sagten.«

Er wusste es sogleich: »Ich sagte Ihnen, Sie irrten sich in Ihrer Welt. Sie täten unrecht, sich zu Aristokraten und reichen Leuten halten zu wollen. Sie selbst seien so viel vornehmer.«

Liane: »Sie sagten es, weil Sie für das Volk sind und dies für Ihre Vornehmheit halten.«

Und er: »Ich sagte es, weil Sie verstehen, mit der Seele zu leben.«

Sie wandte ein: »Ich war ehrlicher als Sie. Ich gestand Ihnen, dass ich in der Welt meines Mannes nicht geboren sei. Sie aber – «

Er schloss: »Bei Ihnen habe ich einfach vergessen, ich stände im Dienst einer andern, der Partei.«

Drüben zeterte Frau Krall, fett atmend: »Solch ein Streik ist eine glatte Gemeinheit. Geht es die Schufte an, was wir verdienen?«

Vanloo lächelte skeptisch; er hielt dafür, die Beteiligung der Arbeiter am Gewinn sei nur eine Frage der Zeit. Aber von Pfaff, der fast erstickte, nannte dies gottvergessen. Das Militär sei auch noch da. Krall stimmte ihm begeistert zu. »Da fahren wir drein!«, grollte der General; und der Fabrikant dankte ihm mit Hundeblick.

Rabener sah Liane an, aber sie ließ sein Lächeln unerwidert.

»Sie verlangen, ich solle die Leute verachten? Ich tue es nicht; ich würde mich selbst verleugnen. Ich habe meine Klasse gewählt.«

Er sagte: »Auch ich habe die meine gewählt – nicht aber, um blind zu sein für sie.«

»Was wollen Sie also?«

»Ich habe Sie in kein feindliches Lager herüberziehen wollen, sondern zu mir.«

Sie sah nieder, ihr Blick ward starr. Als sie ihn aufhob, gewahrte sie an dem Mann den Ausdruck des angstvollen Leidens, das sie selbst fühlte.

Drüben rühmte von Pfaff den mächtigen Schutz seines kaiserlichen Herrn, und Krall beteuerte, dass nichts sein Eigen sei, was er nicht freudig Seiner Majestät hingeben würde. Auch Frau Krall erklärte sich zu allem bereit. Der General lachte freudig; die Gräfin Terwang lächelte ironisch. Vanloo trat weg, er lauschte hinüber nach den beiden, die sich nicht regten. Rabeners Lippen formten Worte; Vanloo las: »Ich liebe Sie.« Er trat näher, beide zuckten auf.

»Wie liebenswürdig von Herrn Rabener«, sagte Liane. »Er hat seine angenehme Aufgabe hauptsächlich doch übernommen, um uns einmal wiederzusehen.«

»Sie ist nicht angenehm«, sagte Rabener; und Vanloo: »Sie ist wohl einfach notwendig. Nicht wir Menschen handeln, sondern die Dinge selbst. Wir sind nicht Feinde, nur Gegner. Sie, Herr Rabener, wissen es wie ich. Darum schlagen Sie uns dieses Zusammensein nicht ab!«

»Aber was wird man in Berlin sagen«, schloss Liane.

»Man wird sagen, was man will«, und Rabener verneigte sich lächelnd, »diesen Streik werden wir gewinnen, und ich verbringe den Abend mit Ihnen.«

Man ging hinauf. Vanloo hielt seine Frau zurück. »Noch einen Augenblick, meine Liebe … Ich muss dich bitten, allein bei unseren Gästen zu bleiben. Ich fahre gleich jetzt nach Köln hinüber, du wirst aber besser vermeiden, es den Leuten zu sagen.«

»Du kommst doch noch in der Nacht zurück?«, sagte sie; und da er sich schwer in einen Sessel ließ: »Du bist müde, mein Freund, sie haben dir zugesetzt.«

Ihre schönen Hände ballend: »Ich hasse den Menschen. Jedes Mittel schiene mir erlaubt gegen einen solchen Eindringling.«

Vanloo sah auf, mit geröteten Augen. »Jedes Mittel?«

»Wir machen ihn unmöglich. Seine Leute werden erfahren, dass er bei uns soupiert hat.«

»Aber warum tut er es?«

Sie sah ihm ins Gesicht. Das skeptische Lächeln zitterte darin vor Furcht.

»Mich geht es nichts an«, sagte sie. Er stand auf.

»Liane! Ob wir ihn unmöglich machen oder nicht: Der Streik muss morgen früh beendet sein.«

»Er muss?«, fragte sie, und sie trat zurück. »Du kannst nicht länger warten? – Deine Fahrt nach Köln wäre so wichtig?«

Er beugte sich vor. Wie er alt aussah! »Sie ist ein letzter Versuch.«

»Wir sind verloren?«

»Leiser! Du bist die Einzige, die es nun weiß. Was wirst du tun?«

»Ich?« Bedeutsam: »Uns rächen, ich verspreche es dir.«

Er lachte trocken auf. »Dir liegt an Rache? Mehr als daran, dass das Unglück vermieden wird? Er darf nicht wissen, wie es mit mir steht«, sagte er, schamvoll lauernd. Sie erschrak und sah weg. »Was willst du sagen?«

»Ich glaube, dass du Einfluss auf ihn hast« – auch er floh ihren Blick. Dann raffte er sich zusammen. »Wenn meine Worte etwas anderes meinten, als sie zu sagen scheinen, du würdest auch das wissen. Du und ich, wir kennen uns. Du bist meine Freundin.«

Sie gab ihm die Hand. »Verlass dich auf mich.« Er sagte leichter: »Die Rolle eines gut angezogenen, kultivierten Herrn, der die Ansprüche der Proletarier vertritt, ist kaum von hinreichender Romantik, um dich zu überwältigen. Ich verlange nicht, dass sie ohne Wirkung auf dich bleibt. Du sollst wieder einmal spielen. Du Künstlerin!«

»Ich werde gut spielen.«

14 Tage Heimat

In ihre Miene spähend: »Vergiss nicht, du hast mein Geheimnis. Gehe gut damit um! Denke an morgen!«

Sie legte den Kopf in den Nacken. »Ich gehöre zu dir.«

Vanloo war fort. Von draußen trat ein Mann in die Halle. Er suche den Herrn Rabener. Gleichzeitig kam Rabener selbst von oben. Hinter seinem Rücken entfloh Liane über die Treppe. »Herr Fritzsche? Ein Telegramm?«, sagte Rabener. Er las es und schob es in die Tasche. »Warum bringen Sie es selbst heraus?«

Der Mann drehte seinen Hut, er sah Rabener von unten scheel an.

»Nun, es kommt doch wohl aus Berlin.«

»Aber es ist nicht, was Sie glauben. Es geht nur mich an.«

Darüber habe er so seine Vermutungen, sagte der Mann; und keifend: »Die Leute wollen morgen wieder arbeiten. Ach was, Parteivorstand: Das sind doch nur Sie. Damit Sie berühmt werden, sollen wir hier hungern. An die Partei soll ich denken? Die Partei wird ruiniert. Die Leute hören schon nicht mehr auf mich. Ist es ein Wunder? Wenn sie doch hungern!«

»Leiser!«, verlangte Rabener, aber der Mann ward noch lauter:

»Hungern einmal Sie! Dann vergeht Ihnen der Kitzel.«

Da zeigte ihm Rabener den Herrn.

»Gehorchen Sie!«

Sofort fuhr der Mann zusammen.

»Zu Befehl.«

Rabener brachte ihn hinaus, er flüsterte: »Einen Tag noch! Er hält sich nicht, er muss nachgeben. Ich bin meiner Sache sicher.«

Der andere knurrte: »Sie reden. Ich werde zum Teufel gejagt werden, und zwar von ihm und von den Arbeitern.«

Liane beugte sich droben über die Treppe, sie waren fort. Inzwischen aber kamen die Gäste hervor. Krall mit Frau, die Gräfin und der General, alle auf einmal wollten gehen, denn die Nacht rücke vor und die Hausfrau scheine beschäftigt. Liane bat flüchtig um Entschuldigung. »Was für ein Tag! Mein Mann ist plötzlich fort, mit Herrn Rabener, glaube ich.«

»Ja, wenn auch Herr Rabener fort ist!«, bemerkte Frau Krall. Und die Terwang, ironisch: »Ein Mann, nicht wahr, wie Sie ihn gewöhnt waren beim Theater.« Wohingegen von Pfaff sich entrüstete, weil Vanloo zu weit gehe in seiner Güte für jenen Hetzer. Krall befürchtete sogar, Vanloo schließe einen Sonderfrieden. Liane versuchte zu beschwichtigen. Jeder der Herren sei vielleicht allein fort. »Oder einer ist noch hier«, sagte sofort die Gräfin; und Frau Krall: »Man wird sehen – morgen.«

»Also auf morgen«, sagte Liane und ließ den Diener die Tür öffnen.

»Drehen Sie das Licht ab! Lassen Sie es nur dort bei den Palmen brennen! Bringen Sie Tee! – Herr Rabener, Sie nehmen doch den Tee mit mir?«

Denn wie sie noch sprach, stand Rabener da.

»Es ist noch früh«, setzte sie hinzu. »Mein Mann lässt sich entschuldigen. Die Umstände zwingen ihn, noch zu arbeiten.«

Dann schwiegen sie. Liane horchte. »Es regnet. Wie man sich plötzlich sonderbar allein fühlt! Sie hatten einen nächtlichen Besuch, der aufregend schien. Sie führen eigentlich ein romantisches Leben.«

»Ihr Gemahl ist in seinem Zimmer«, erwiderte er. »Hoffentlich erlauben die Umstände ihm, zu schlafen?«

»Glauben Sie denn, der Streik nehme ihm den Schlaf? Er hat gewiss Ärgeres gesehn.«

Er sah sie an. »Sie vor allem haben Ärgeres gesehn.« Eine Pause; dann gestand sie:

»Es ist wahr, ich habe viel gekämpft.«

»Sie haben um Rollen gekämpft und um das Leben, mit Kollegen, Liebhabern, mit dem Publikum. Zuerst beanspruchten Sie Ruhm und Glück, später nur noch Vergnügen und Ruhe. Sie haben erfahren und waren immer allein.«

Langsam sah sie auf. »Das alles wissen Sie?«

»Ich weiß mehr. Sie haben sich verachtet. Ihr Dasein haben Sie für unedel gehalten und zu denen aufgeblickt, die im ruhigen Besitz waren. Als Ihr Mann Sie heiratete, machte die plötzliche Karriere einer Abenteurerin Ihnen Staunen.«

Sie verzog den Mund. »Nicht für lange.«

»Nein. Denn hier sahen Sie alsbald die Stumpfheit der Reichen und das verkümmerte Innere der Herren, sahen die Schande eines Bündnisses, worin die Besitzenden, aus Angst um ihr Geld, sich demütigen vor den Mächtigen, und die Mächtigen, um sich noch zu erhalten, ihnen als Schergen dienen. Sie erkannten, dass hier die Welt eng und am Ende sei.«

»Sie sind grausam« – und sie wandte sich ab. Er neigte sich über ihre Hand.

»Nur Ihre Hand sehe ich und weiß schon um all die Sehnsucht, die sie so schön gemacht hat. Sehnsucht allein macht vornehm. Sich selber fragwürdig finden heißt steigen. Die Welt der Zufriedenen ist nicht Ihre.«

Sie stand auf, sie hob die Schultern: »Wollen Sie von sich behaupten, Sie seien bei den Proletariern daheim?«

Er folgte ihr. Sie lehnte die Stirn an die große Scheibe, er sagte:

»Ich könnte behaupten, dass diese Proletarier mit ihrem Ziel, den Söhnen oder Enkeln ein spießiges Wohlleben zu erobern, immerhin die Einzigen sind, die für irgendeine gemeinsame Zukunft arbeiten. Von uns andern lebt jeder nur dem Augenblick und sich selbst. Wie es müde macht und leer! Alle Bildung, die wir erwerben, aller Geist, den wir hervorbringen, versickert in unseren Herzen wie in dürrem Sand. Werden nicht einst alle Menschen geistiger sein und gütiger? Nur in denen, die kämpfen, kann die künftige Menschheit sich vorbereiten. So habe ich hinter dem heutigen schlackenhaften Volk schon das reinere von später heraufkommen gesehen und habe mich in die Reihen derer gestellt, die ihm den Weg bahnen.«

Sie fragte: »Dort sind Sie nun glücklicher?«

Er sagte: »Ich habe lieben gelernt. Jetzt scheint das alles mir nur ein Umweg zu Ihnen.«

Sie lachte auf, ohne ihn anzusehen. »Die Natur ist umständlich. Welt und Menschheit werden bemüht, damit Sie ein Abenteuer mit einer Fabrikantengattin haben.«

Er griff nach ihrer Hand.

»Liane! Sie lästern, und Sie wissen es. Sie wissen, dass Ihre Welt und meine, dass alles hinter uns zusammengesunken ist. Wir sind allein, sind einander ausgeliefert und müssen uns lieben.«

Die Finger verschränkt wie zum Ringen und Gesicht an Gesicht: Mit welchem wilden Ernst drangen sie ineinander ein durch den Abgrund der Lider!

»Wir sind Feinde«, stieß sie hervor. »Wir kennen uns. Sie begehren mich, um mich zu vernichten.«

Und er: »Sie haben mich verführen wollen, meine Sache zu verraten. Denken Sie noch daran?«

Sie machte sich los. »Mein Gott! Ich sollte die Ihre sein – und morgen –«

»Was ist morgen?« Er richtete sich auf. Sie fürchtete, das Geheimnis ihres Gatten schon preisgegeben zu haben.

»Nichts«, sagte sie beherrscht. »Noch ein Streiktag, nicht wahr? Die Welt geht weiter nach unserem Abenteuer.«

Er trat einen Schritt zurück, er bekam eine Redner-stimme: »Der Streik ist meine Sache, nur meine. In dieser meiner Hand halte ich die Arbeiter. Mir glauben sie. Mit mir gehen sie bis an das Ende, mit mir werden sie siegen.« Seine Stimme ward heiser. »Wollen nun Sie, dass ich hin-gehe und verrate: Alles, meine Sache und Ruf und Leben selbst?«, stammelte er noch.

Sie sah ihn an, besinnungslos, wie blind. »Tu's! Ich hasse dich.«

Er sagte prüfend: »Ich kann den Streik beenden, gleich jetzt, in der Minute.«

Er griff in die Brusttasche – zog die Hand zurück, wich bis zur Tür. Sie stürzte ihm nach, den Arm voran, tragödinnenhaft. Sie riss ihn an sich.

»Nein! Ich liebe dich. Du sollst nicht untergehen durch

mich. Lass mir, mir den Verrat, ich bin eifersüchtig auf deinen Verrat. Willst du wissen, was ich verraten kann? Wir sind verloren. Noch ein Tag, und wir sind verloren.«

»Dein Mann ist –?«

»Ja. – Er ist nicht zu Hause. Kommt er zurück, wird es entschieden sein. Du siegst. Nun geh und sag's ihnen.« Sie ließ ihn los. Seine Miene leuchtete auf, er ging schnell zur Tür.

»Ich hatte recht« – und er trat hinaus.

Da traf er ihren Blick, der an ihm haftete, ihn zurückholte, der ihm tiefer schien als Sieg oder Verrat, tiefer als das Leben.

»Was willst du?«, rief er. »Du hast geglaubt, jetzt werde ich hingehen und dein Geständnis ausnützen? Du hast es mir gegeben wie ein Liebeswort, und ich soll ein Geschäft damit machen?«

Er lag zu ihren Füßen, er küsste ihre Hände. Sie sprach über ihn hinweg. »Das ist nun gleich. Ich gehöre dir, was gehen die Leute hier mich noch an.«

»Und was mich die Leute dort!«

Liane klammerte sich fester an.

»Du hast mir die Frucht von acht Jahren der Arbeit und Selbstzucht geraubt. Was bin ich nun. Deine Geliebte, und will nichts weiter.«

»Ich will dich lieben.« Als risse er sie in sich hinein: »Ein Herz füllen, das ist mehr Liebe als ein Volk erlösen. In deinem Herzen habe ich alles Dunkle unseres Geschlechts und all seine Größe, habe Eigensucht und Verrat, Glut und Ewigkeitsdrang. Für immer! Du!«

Liane aber: »Du! Nur du bist mir gleichberechtigt, ich

kenne nur dich. Es ist dunkel, alles andere ist gestorben. Liebe mich! Ich habe dir die meinen verraten. Morgen wirst du mich verderben.«

Er, auflodernd: »Nein! Ich bin's, der zum Verräter wird für dich.«

Sie, versinkend: »Wir wissen nichts als diesen Augenblick!«

Sie schraken auf, Schritte nahten. Liane schaltete das Licht aus. Sie schob ihn aus der Tür. Kaum konnte sie selbst noch fliehen; der Diener, verschlafen, in der Weste ohne Rock, schlich durch die Halle, wandte sich um, horchte.

Es dämmerte. Vanloo betrat die Halle. Liane kam ihm schon entgegen.

»Nun?«, fragte sie. Der Diener trug Hut und Mantel fort, Vanloo fiel schwer in den Sessel.

»Nichts«, sagte er; und aufblickend, schwer: »Aber du?«

»Ich weiß nichts«, sagte sie hastig. »Er ist gegangen, ohne dass er sich entschieden hat.«

Und der Gatte, sie prüfend:

»Sollte er es jetzt noch wagen, den Kampf fortzusetzen?«

Sie errötete. »Warum jetzt nicht mehr?«

»Er hat sich bei uns kompromittiert«, sagte er und errötete auch. Dann schwiegen sie. Vanloo legte die Stirn in die Hände, Liane stand reglos daneben. Regen fiel in die Stille. Vanloo stöhnte auf. »Was für eine Nacht!«

Er enthüllte seine geröteten Augen, er lächelte verächtlich.

»So sehen Zusammenbrüche aus!«

Kopfschüttelnd: »Ich kannte das alles nicht. Mein Vater,

mein Großvater hatten für mich gekämpft. Dieser Krall würde sich wohl anders benehmen. Verzeih mir!«

»Mein Freund«, murmelte Liane.

»Auf dich«, sagte er mit Selbstüberwindung, »hatte ich mehr gerechnet als auf mich.«

»Wie denn« – und sie trat zurück. Sein Blick ward trübe.

»Um ihn zu beseitigen. Ich sah, dass er dich liebt.«

Sie schwieg. Er begann wieder:

»Und da ich tief überzeugt bin, dass du diese Dinge weit hinter dir hast –. Was sollte dir solch ein Rausch. Du bist doch angewiesen, nicht wahr, auf Überlegenheit, auf vornehmen Frieden.«

Er forschte angstvoll. Sie blieb reglos. Plötzlich erschlaffte er.

»Nein. Ich war nicht überzeugt. Ich war deiner nicht sicher, als ich dich zu ihm schickte.«

Er wandte sich ab.

»Du bist aus einer anderen Welt, von einer fremden Rasse.«

Er lauschte. Da sie weiter schwieg, sank er noch mehr zusammen.

»Vielleicht war ich dir niemals gewachsen. Jetzt jedenfalls bin ich auf alles gefasst. Sprich doch!«, rief er, und seine Stimme überschlug sich. »Hast du nicht gefunden, dies sei der Augenblick, mich zu verraten?«

Er warf sich herum: Sie zuckte zusammen. Aber ihr starrer Blick ging über ihn hinweg, durch die Scheibe ins fahle Frühlicht. Er sagte grabend:

»Du glaubst doch nicht, ich habe dich aus Unwissenheit der Versuchung entgegengeschickt. Auch nicht aus Verworfenheit. Vielleicht aus Verachtung. Da mir schon alles zusammenbrach, sollte auch das noch fallen, was schon wankte. Du solltest die Wahl haben, mich zu verraten oder mich zu retten.«

Sie sagte, von dort oben: »Ich wollte dich retten.« Er haschte nach ihrer Hand, er zitterte, seine Stimme flog.

»Ist es wahr? Ist es wahr?«

»Aber es ist anders gekommen«, sagte sie.

»Weil er gemein ist, nicht wahr? Weil er zu viel wollte?«

»Denn du deinerseits gehst nur bis zu einer gewissen Grenze«, sagte sie.

Er erwiderte: »Wo ist in unserem Leben das Grenzenlose? Hast du es bei ihm vermutet? Nun sieh, so begrenzt war seine Liebe, dass nicht einmal dein Vertrauen ihn hochherzig stimmen konnte.«

Da fuhr sie herum. »Wie denn? Welches Vertrauen?«

»Du hast ihm mein Geheimnis gesagt. Du hast es ihm doch gesagt? Du wusstest, dass du es tun musstest.«

Sie schrie auf: »Nein!«

»Natürlich wusstest du's. Wozu hatte ich es dir erzählt? Damit du hingingst und ihn beschämtest. So sind wir, so ist das Leben. Wir hatten uns verstanden.«

»Nein! Nein!«

Sie spreizte die Hände, in ihren Mienen jagten sich Abscheu und Angst. Da kamen Schritte die Terrasse herauf, in der Tür erschien der Fabrikant Krall.

»Sie sind auf?«, rief er. »Dann wissen Sie also das Neueste? Die Kerle arbeiten wieder.«

Vanloo sah Liane an: Sie griff sich ans Herz – und dann ging unaufhaltsam ein stolzes Lächeln über ihr Gesicht.

Treibholz

Mein Geliebter, fühlte sie, hat alles mir hingegeben, hat sich verraten an mich.

»Sehen Sie denn nicht, was bei Ihnen los ist?«, sagte Krall. »Seit einer Stunde stehe ich im Regen vor meinem Werk, weil Herr von Pfaff mir versprochen hatte, heute wird Schluss gemacht mit dem Pack. Ich traue meinen Augen nicht, da gehen sie friedlich zur Arbeit. Ihnen macht das aber wenig Eindruck«, sagte er zu Vanloo.

»Ich bin müde, oder vielmehr, diesen Ausgang hatte ich vorausgesehn« – und Vanloo erhob sich. »Kommen Sie, ich will mich überzeugen.« Aber er sah jemand eintreten.

»Herr Fritzsche? Sie wollen mir wohl sagen, dass wir uns wieder versöhnen.«

»An mir hat es nicht gelegen, Herr Vanloo« – und der Mann schlug sich an die Brust. »Gestreikt muss wohl mal werden, das werden Sie ja einsehen, es ist wegen der guten Gesinnung. Aber dann muss auch wieder gearbeitet werden.«

»Sehr richtig«, sagte Krall.

»Wir wollten alle schon längst, ich besonders. Nur der Herr, den sie uns aus Berlin geschickt haben, ist schuld« – und der Mann schüttelte die Faust.

»Es war sein Amt«, sagte Vanloo.

»Nein, war es nicht. Die Partei ist sich ihrer Verantwortung bewusst, bloß der Herr Rabener nicht. Wie gestern Abend der Befehl gekommen ist, die Arbeit wiederaufzunehmen, wissen Sie, was er da getan hat? Das Telegramm hat er in der Tasche behalten.«

»Das ist ja ein Schuft!«, rief Krall. Die drei Männer traten aufgeregt zueinander: Sogar Vanloo hob die Arme. Sie gingen gemeinsam fort. Vanloo sah wohl, dass Liane, an die Wand gelehnt, sich mit Mühe aufrecht hielt; aber er ging.

… Als sie endlich aufsah aus ihrem Sessel, stand Rabener da. Sie erhob sich streng. Sie sahen sich an. Er brachte hervor: »Ich bin gekommen, mir mein Urteil zu holen.«

Sie nickte. »Der Streik war schon beendet, und Sie wussten es schon, als Sie sich noch eines Einflusses rühmten, dessen niemand mehr bedurfte.«

Seine Brust arbeitete.

»Ja, ich habe Sie betrogen. Ich habe vorgegeben, Ihnen alles zu opfern, alle zu verraten – und ich vermochte schon nichts mehr, nichts, als Sie zu lieben.«

»Ein Komödiant hat mich überlistet«, sagte sie. »Was weiter. Ich nehme mich zurück, nichts ist geschehn.«

»Nein! So denken Sie nicht. Sie wissen: Hätte es noch in meiner Macht gestanden, den Verrat zu begehen, ich hätte ihn begangen.«

Sie hob die Schultern; dringlicher sagte er:

»Sie haben gefühlt, dass ich ehrlich war mitten im Betrug, dass ich Ihnen mein Leben darbrachte. In Wahrheit waren meine Welt und Ihre, war alles hinter uns versunken.«

Plötzlich neigte sie das Gesicht auf die Brust, er sah sie lautlos schluchzen.

»Liane!«

Sie drängte ihn sanft zurück. »Lassen Sie! Ich darf nicht über Sie richten. Ich verstehe Sie. Auch mein Verrat war falsch. Ich hatte den Auftrag bekommen, Ihnen das Geheimnis meines Mannes preiszugeben, um Sie zu rühren.«

Da er zurückwich, beschwor sie ihn:

»Jetzt verachten Sie mich? Aber auch ich hatte alles vergessen und fühlte nur noch Sie und mich in dem Dunkel dieser Nacht, als sollte es sich nie mehr lichten.«

»Ich weiß«, sagte er. »So habe ich's erlebt, Liane! Wir gehören dennoch zueinander.«

Sie schüttelte langsam den Kopf.

»Aber das Dunkel hat sich gelichtet, und wir gehören zu sehr zusammen, durch unsere Listen, unsere Vorbehalte. Ohne Selbsttäuschung sehen wir uns nun wieder, jeder in seiner Welt, die eine Zuflucht ist vor dem anderen – und sagen uns Lebewohl.«

Er rang die Hände.

»Das können Sie glauben? Wir lieben uns doch! Was bedeutet alles andere!«

»Nein«, sagte sie. »Wir lieben uns nicht. Wir haben mehr gewollt als solch eine Liebe. Wir wollten etwas Ungeheures. Jetzt könnten wir uns nichts mehr geben als Bitterkeit.«

Da senkte er den Kopf.

»Leben Sie wohl«, sagte sie, Wort für Wort.

Er fuhr auf, sein Blick flog wirr über sie hin, über ihr Haar, ihre Arme, dies verlorene Gesicht. »Nie mehr?«, sagte er, indes er schon ging. »Sie werden mich zurückrufen.«

Noch bei der Tür suchte er nach einem Wort, sich anzuhalten.

Sie sah ihm starr nach, schon von so fern; da überschritt er die Schwelle.

Kobes

I

Ein Mann lief durch die Stadt. Er trug einen Cut, im Laufen stand der nasse Cut wie Holz hinten ab, und Regen trommelte drauf. Sein Hut war fort; aber die Aktentasche hielt er fest. Um die fliegenden Beine warf er manchmal Arme samt Aktentasche, um noch höher zu fliegen. Er kreischte rau dabei auf, um sich anzustacheln und auch, weil alles ihm furchtbar weh tat. In Hindernisse rannte er kurzweg hinein, so blind war er schon.

Feuersäulen standen rings in der Luft, der Himmel war rot und schwarz, ein höllisches Pfeifensignal krallte manchmal hinein. Tageszeit unbekannt, so war der Himmel von je. Auf leeres Pflaster fiel schwarzer Regen, der gewaschener Ruß war. Wo der einsame Läufer gerade patschte, sauste, anschlug, umfiel, da duckte sich der und jener angstvolle Kleinbürger beschleunigt in niedrige Türchen. Die Stadt hatte einstöckige Häuschen – und dann die ungeheuren, nackten, lodernden Fabriken über undurchdringlichen Labyrinthen von Kohlengruben. Alles Volk war in den Fabriken, den Gruben.

Der Wildling im Cut rannte nun schon über den feurigen Unflat des Flusses. Drüben das Haus! Das große Haus aus

Glas und Eisen, das Haus mit dem Dach der fünfhundert Leitungsdrähte! Er lechzte danach, die Zunge weit draußen, Augen wie beim Nahen Gottes. Nochmals platt in eine Lache. Letztes Aufraffen, Endmatch mit dem Keuchen tödlicher Brunst, auf den Lippen schon Blut. Durchs Ziel und Treppen hinauf, Wild-um-sich-Schlagen statt Hilferufs, der nicht mehr kam.

Da rannte er in zwei Herren. Augenblicklich Alarmzeichen; es zwitscherte durch das Haus. Der Sterbende klammerte sich auch noch an. Zwei Schüsse. Alle Türen auf. Haufen von Menschen. Wohin ist der Attentäter? Die Haufen wälzen sich. Dort auf den Stufen. Kopfabwärts liegt er in schwarzer Nässe! Man wendet sein Gesicht herum, indes immer noch wildes Zwitschern durchs Haus schrillt. Nun? Mittelstand, sonst nichts zu bemerken. In der Aktentasche ein Papier. Was sagt es? Gewählt ist Kobes.

Kobes ist gewählt. Gleich, wie, wo und von wem. Wieder einmal gewählt. Und der Mittelstand bringt sich ihm persönlich dar, rennt selbst, es ihm zu melden, und erstirbt auf seiner Schwelle. Dies war ein Ehrgeiziger. Er hat gedacht: ›Ich renne. Ich bin früher da als Telegraf, Telefon, früher als die Luft, die Kobes und seine Größe auf ihren Flügeln trägt. Ihn sehen und sterben! Ich will ja keinen Posten, ich will ja nichts für mich. Es ist für das große Ganze, es ist für Kobes, unseren Größten!‹ Er war ehrgeizig in Selbstverleugnung. Nun ist er tot und sah ihn nicht. Kobes wird nie von ihm wissen. Kobes ist noch erhabener, als jener dachte.

Kein nennenswerter Vorfall, nichts, was hier aus dem Rahmen fiele. Die zusammengeströmten Beamten zogen von selbst ab; Befehl nicht notwendig. Nur die Rayonchefs blieben in der Halle versammelt, seltene Gelegenheit, alle gemeinsam Zigarren zu rauchen. Die Halle lag gleich an der Treppe; sie bewachten alle gemeinsam, bis der Arzt kam, die Leiche des totgerannten Mittelstandes.

II

Klubsessel im Halbkreis, andächtiges Selbstgenügen. Nur der Rayonchef für Völkisches hatte es eilig. Er war es, der mit seinem Kassierer den Anprall des Attentäters erlitten hatte. Ein ohnedies nervöser Mensch wie er, und das Signal, das er in Bewegung gesetzt hatte, kreischte noch immer. Abstellen! Sein Kassierer übrigens war ihm im Gedränge abhandengekommen. »Immer und ewig sehe ich Sie mit dem Kassierer, Herr Kollege für Völkisches«, sagte der Rayonchef für Ersparnisse. Persönlich atmete er Kraft wie ein Fleischhacker, anders als der abgehetzte Völkische, der gleich hochging. »Herr Kollege, Sie führen in aller Seelenruhe ein gottgefälliges Leben«, rief der Völkische bebend. »Ich aber? Ich habe seit drei Tagen dreimal meine Dispositionen ändern müssen. Einmal bezahle ich den Putsch, damit er kommt, ein anderes Mal, damit er nicht zu weit geht. Es ist aufreibend.«

»Es ist unkaufmännisch«, sagte der Rayonchef für Ersparnisse. »Man glaubt nicht, mit wie wenig Weisheit selbst hier noch regiert wird.« Was aber der Rayonchef für Parlamentarisches rund abstritt. »Man lege endlich einmal unsere Steuerfreiheit gesetzlich fest, sofort werden die völkischen Belange abgebaut. Sie meinen doch nicht, dass etwas anderes als ihre Ergiebigkeit darüber entscheidet, ob wir sie finanzieren? Den Arbeitern vom Lohn die Steuern sofort abziehen, sie aber erst zwei Monate später, ausgenützt und entwertet, dem Staat erstatten: So konnten wir diesen Staat nur abtun, weil wir ihn unter völkischem Hochdruck hielten! Stecken wir Deutschland nur erst in die Tasche, reiten wird es schon können.« Der Rayonchef für Parlamentarisches hatte die Augen an der vorderen Front seiner turmartigen Glatze, und sie gaben Leuchtsignale.

Nicht weniger phosphorgeladen war das Hirn des Rayonchefs für Propaganda, Generals des ehemaligen Hauptquartiers. »Bluff!«, kommandierte er. »Bluff und Gewure, sonst nichts, und ich garantiere jeden Erfolg. Wer hat den Mittelstand für den Aufbau begeistert? Wir. Für vertikalen Aufbau? Wir. Für Wirtschaft statt Staat? Wir. Für seinen eigenen Hintritt auf dem Felde der Inflation? Kunststück, wir. Aus reiner Begeisterung hat er sich totgelaufen« – mit Wink nach der Treppe. Flüchtige Blicke der Sympathie streiften die Leiche. Der Rayonchef für Propaganda fuhr fort:

»Der Mittelstand hat hergegeben, was er wert war. Ehre seinem Andenken. Jetzt aber muss mehr gearbeitet werden. Die Arbeiter sind dran. Sie haben mehr als nur Geld an uns zu verlieren. Täglich zwanzig Stunden Arbeitszeit! Das ist ein Besitz. Das ist das größte Vermögen der Welt. Ihnen beibringen, dass sie es hergeben müssen, leisten müssen, verschenken müssen! Sonst untragbar und Zusammenbruch! Mein strategischer Gedanke. Ich führe ihn durch oder schieße mir glatt eine Kugel vor den Kopf. Deutsch sein heißt: Aufs Ganze gehen.«

Das ehemalige Hauptquartier zündete sich noch eine Zigarre an. Statt seiner sprach der Rayonchef für Soziales. »Wir haben erst 60'000 Selbstmorde jährlich erreicht«, sagte er bitter. »Aus öffentlichen Mitteln oder durch Wohltätigkeit des In- und Auslandes leben zwanzig Millionen. Leben immer noch, während ihr Recht ans Leben schon längst auf uns – auf uns, meine Herren – übergegangen ist. Kann irgendeine Propaganda bewirken, dass sie sämtlich Selbstmord verüben? Und doch sind es genau die zwanzig Millionen, denen schon unser bekannter Kriegsgegner sagte, sie könnten gehen. Wir werden es ihnen durch die Tat beweisen, dass sie gehen können. Sozialabbau!« – »Gehälterabbau«, fiel der Rayonchef für Ersparnisse ein. »Beamtenabbau.« – »Kulturabbau!«, verlangte der Rayonchef für Kulturelles.

»Abbau des Lebens«, schloss der Rayonchef für Soziales. Er hatte das schönste, noch immer glatte Jünglingsgesicht bei schon so wichtigen Verdiensten. Seine Bewegungen waren nicht ohne Anspruch auf edle Form. Nur das Haifischmaul störte. »Abbau des Lebens«, wiederholte er, entschlossen zuschnappend. »Wir sind die Wirtschaft. Leben müssen nicht Menschen, sondern die Wirtschaft. Zu erhalten ist nicht das Leben, sondern die Substanz. Unser Problem: Durchkommen mit unverminderter Geltung und konzentriertem Nationalvermögen, bis genügend Menschen verhungert sind, dass der Rest in unser System passt. Wir sind System! Wir sind Idee!«

»Der deutsche Idealismus sieht wesentlich anders aus, als Literaten ihn sich gedacht haben«, sagte sinnend der Rayonchef für Propaganda.

Auch aus jener blauen Wolke kam endlich eine Stimme. Sie näselte. »Das Nationalvermögen konzentrieren, bei uns natürlich, können wir nur gegen das Reich. Wir oder das Reich! Einer hat die Macht, der andere zahlt. Das Reich verdient nichts Besseres als zahlen. Wissen die Herren auch, wer das meiste aus ihm herausgeholt hat?«, wobei die Wolke sich öffnete und das scharfe Kavaliersgesicht des alten Staatsmannes erschien, das zwinkerte. Den langen Finger hielt er auf die eigene Brust gerichtet. ›Der Kollege für Auswärtiges öffnet die Archive‹, fühlten gespannt die Kollegen.

»Irgendwo war mal Besetzung«, verriet der Rayonchef für Auswärtiges. »Gott, heute wird so vieles besetzt. Wir hier hatten lange vorher gesagt, es wäre nicht das Schlimmste. Also der Feind besetzt. Nach drei Monaten spürten wir's denn doch im Betrieb. Es hatte was zu geschehen. Ich, nicht faul, mobilisiere unseren östlichen Teilhaber. Sollte drücken auf seinen südlichen Geschäftsfreund, damit der Kerl vermittelte beim westlichen Vertragsgegner. Streng vertraulich, Innendienst. Was glauben Sie aber, dass uns zurückberichtet wurde? Ich sag es nicht. Nicht einmal hier. Genug, da hatten wir kein Interesse mehr. Sie denken sich schon, warum. Inzwischen zahlte das Reich unsere Löhne. Das war die Patentlösung. Man soll niemand am Zahlen hindern, vor allem das Reich nicht.« Hiermit schloss sich die Wolke.

Sämtliche Rayonchefs unterdrückten ihr Schmunzeln, sie wandten nicht ohne Besorgnis die Hälse. Aber die Treppe stand gerade leer, nur die Leiche des Mittelstandes konnte zuhören. Der Rayonchef für Kulturelles be-

Ehrenmann

herrschte sich nicht länger. »Damit auch ich einen Schwank beitrage!«, sagte er in irgendeinem unwahrscheinlichen Dialekt. »Nicht weit von hier ist ein Kohlenforschungsinstitut. Strenge Wissenschafter. Die Leute haben nichts zu beißen und zu brechen.«

»Ihr Schwank, Kollege, ist reichlich abgespielt.«

»Moment. Die Leute haben nachgewiesen, was alles in der Braunkohle steckt. Man glaubt nicht, was alles drinsteckt. Daraufhin, meine Herren, haben wir gekauft. Wir haben daraufhin sämtliche Braunkohlenlager der Welt gekauft. Jährlich bringen sie uns todsichere Goldmillionen, dank jenen Leuten. Die Leute brauchen zur Fortführung ihres wissenschaftlichen Instituts jährlich ganze siebzigtausend Mark, die sie nicht haben. Was für einen Witz, glauben Sie, dass ich mir geleistet habe? Unser Berliner Zentralorgan habe ich, weiß Gott, schreiben lassen, das um die Wissenschaft hochverdiente Kohleninstitut müsse eingehen, wenn das Reich nicht siebzigtausend Mark zahle. Titel: Kulturschande.«

Man lachte – herzhaft und unbeschwert. Es war der gegebene Augenblick, die Sitzung abzubrechen. Aber der Rayonchef für Propaganda öffnete in der Wand einen Deckel, er war wohl eifersüchtig auf den Lacherfolg; sofort begann eine Radiostimme: »Ich habe einfache Gedanken, einfache Ziele. Ich bin nichts Vornehmes, Politik verstehe ich nicht. Rühriger Kaufmann bin ich, Sinnbild der deutschen Demokratie. Mich kann keiner. Ich bin Kobes.«

Die Stimme erhob sich, sie ward rhythmisch wie Kirchengesang. Die Herren in den Klubsesseln sangen mit. »Kobes schlemmt nicht, Kobes säuft nicht, Kobes tanzt nicht, Kobes hurt nicht, Kobes arbeitet zwanzig Stunden am Tag.«

»Kobes gibt es nicht«, sang der Rayonchef für Völkisches noch hinzu. Auf Proteste erwiderte er gereizt: »Kobes ist nichtexistent. Er ist eine mythische Erfindung, die Personifizierung von Naturkräften, sagen wir Sonnengott. Das Volk liebt so was auch heute noch. Faule Wirtschaft heißt Kobes.« Auf weitere Proteste: »Haben Sie ihn gesehen? Na also« – und fort war er.

»Das Völkische macht nervös«, brummte man, unzufrieden, aber nicht ohne dass Zweifel durchdrangen. Die Radiostimme brüllte: »Arbeiten! Viel mehr arbeiten sollt ihr! Nicht für Geld, nein, für die Sache! Auch Kobes arbeitet nicht bloß um Geld. Malt ein Maler, komponiert ein Musiker um des Geldes willen? Schaffensdrang des schöpferischen Menschen, das ist Kobes. So seh ich aus.« Im selben Atem aber verlangte er, hart wie das Schicksal, die Nation solle gewärtig sein, dass noch mindestens drei Jahre lang eine Menge Menschen verhungere. »Wo das Ganze Not leidet, muss der Einzelne Opfer bringen« – indes die Rayonchefs einander von Begegnungen mit dem leibhaftigen Kobes erzählten. Aber keiner glaubte dem andern so recht. Zum Schluss trennten sie sich ohne besondere Freundschaft. Jeder knallte eine Tür hinter sich zu.

III

Die vereinsamte Radiostimme predigte: »Schon 1914 wurde das Vermögen von Kobes auf hundert Millionen Goldmark geschätzt, die er, wie alle Großindustriellen, während des Krieges hat vervielfältigen können.« Da traten gleichzeitig aus einer der Türen ein kleiner Mann und aus dem Lift eine große Dame.

Der kleine Mann ging den Deckel schließen, er war ein Untergebener des Rayonchefs für Propaganda. Als er aber die Dame sah, blieb er stehen, die Arme wurden ihm steif, und er spreizte die Finger. Die Dame dagegen sagte zielbewusst: »Wo ist Mister Kobes?« – ohne den kleinen Mann des Ansehens zu würdigen. Es konnte der Radiostimme oder dem nächsten leeren Klubsessel gelten. Der kleine Mann jedenfalls war nicht selbstbewusst genug, es auf sich zu beziehen. Er hatte einen zu großen Philosophenkopf, kahl, plattnäsig; sonst war er gering. Die Radiostimme ihrerseits zählte die Werke, Reedereien, Bank- und Handelsgesellschaften auf, die Kobes durch Aktienmehrheitsbesitz kontrollierte. Die Dame, der nichts entging, entdeckte auf der Treppe den Leichnam des Mittelstandes. Hineilen und angeregt sich darüber beugen. »*Oh! Lovely*«, sagte sie.

Der kleine Mann hatte Zeit, seine Geister zu sammeln. »Eine Verrückte«, bedachte er, »aber keine landläufige. Sieht unbedingt nach Geld aus und will hier irgendetwas. Winkst du, Schicksal?« Wie nur je, empfand der kleine Mann das Unhaltbare, Vernunftwidrige, seiner geringen Lage. Er hatte in seinem zu großen Kopf die Mittel, sie richtigzustellen. Rohe Körpermassen in Gestalt von Vorgesetzten waren ihm übergeordnet, versperrten ihm bis jetzt noch den Weg. Er verachtete sie, obwohl er sie fürchten musste. Die Schleuder Davids war sein … Hier ging die Tür auf.

Der kleine Mann hockte sich schnell, schnell hinter einen Klubsessel. Sein Rayonchef, der General. Mit der eckigen Anmut, die ihn auszeichnete, schritt er quer hinüber. Welch ein Fatzke musste er sein, da er es blieb, sogar wenn niemand ihm zusah! Der kleine Mann und sein zu großer Kopf hassten jenen kleinen eleganten Militärschädel besonders … Gottlob, er war fort. Hervor! Auch die Dame kehrte wieder.

»Ein Vermögen, das in Milliarden von Goldmark geht! Erst die Nachwelt vielleicht wird einst die volle Wahrheit erfahren über Entstehung und Ausdehnung dieser Macht, die alles Vergleichbare, samt Morgan, Vanderbilt und den noch Schwächeren schon übertroffen hat und sichtlich ins Mythische wächst. Kobesmythe! Die neue Religion, nach der unser ganzer Erdteil in furchtbaren Zuckungen ringt, sie ist gefunden!«

Die Radiostimme schloss donnergleich. Der kleine Mann klappte den Deckel darüber – indes die Dame ergriffen noch dastand. »Wundervoller Mann!«, sagte sie, schweratmend.

»Sie meinen nicht mich. Sie meinen Herrn Kobes«, sagte der kleine Mann. Die Dame rief: »Und das in einem so dummen Volk!« – ›Gans!‹, dachte der zu große Kopf. ›Unfähig logischer Verbindungen!‹

Laut sagte er: »Ich stehe Ihnen restlos zur Verfügung mit allem, was ich bin und kann«, und verbeugte sich bis über die Füße der Dame. Sie staken nackt in den seidenen Schuhen, was ihm jäh das Gleichgewicht raubte. »Stehen Sie wieder auf«, sagte die Dame. »Und bringen Sie mich zu Mister Kobes.«

Sein Unglück stimmte ihn tückisch. »Woher wissen Sie

denn, dass irgendjemand Sie zu Mister Kobes bringen kann?«, fragte er und betrachtete sie gelb.

»Bringen Sie mich zu Mister Kobes!«, verlangte sie. »Oder holen Sie mir einen anderen Mann!«

Da überwand er seine Bosheit. Nur niemand in dies Geschäft lassen! »Ein anderer Mann«, sagte er eilig, »hat Mister Kobes so wenig gesehen wie ich selbst. Mister Kobes ist unsichtbar«, flüsterte er. Geheimnisvoll werden! Spannend werden! »Mister Kobes wohnt in den Lüften. Kein Weg führt uns Sterbliche hin. Sie sehen, Madame, hier hört die Treppe auf und auch der Lift.«

»Dann ist ein anderer Lift da«, sagte sie unbeirrt. Er gab es auf, ihr etwas vorzumachen. »Treten Sie bitte in mein Büro, Madame. Jeder, der Sie hier überrascht, lässt Sie sofort an Ihr Auto zurückbegleiten. Zu Mister Kobes bringt niemand Sie. Erstens würde er entlassen werden. Außerdem kann er es nicht.«

»Mein Mann ist bei Mister Kobes«, sagte die Dame. »Ich muss auch hin.« – »Dann macht Ihr Mann Geschäfte mit Mister Kobes. Haben Sie Geduld, bis er zurückkommt! Vielleicht merkt er sich den Weg. Wahrscheinlich ist es nicht.«

»Wenn Sie ihn mir sagen: wie viel?« Womit die Dame ihn genau ins Auge fasste. Sein zu großer Kopf ward über und über rot, er schlug die Augen nieder. Du mochtest die Welt, die dich ausschloss, so sehr verachten als nach ihr gieren: Dies war doch hart. Er sah auf, aber sah unklar. »Sie irren, Madame. Ich selbst gäbe Geld, könnte ich Mister Kobes sehen. Nur deshalb bin ich hier.«

»Sie armer Teufel«, sagte die Dame, die ihn weinen sah.

Schülertragödie

»Ich heiße Sand«, sagte er. »Nicht Kant. Nur Sand. Ich war Privatdozent. Bin Doktor der Philosophie, der Naturwissenschaften und anderer inzwischen abgebauter Spezialitäten. Um Ihnen einen Begriff zu geben: Das Nützlichste, was ich zeit meines Lebens noch anfing, waren Forschungen über die Schlafkrankheit.«

»Sie waren gegen die Schlafkrankheit und sind so langweilig? Bringen Sie mich doch zu Mister Kobes!«

Die Dame saß nun. Sie entblößte eigens ihre Hand. Mit dem nackten Finger strich sie dem kleinen Mann unter dem Kinn umher. »Kleiner Junge!«, sagte sie, indes sein alterndes Gesicht in Zuckungen verfiel. Er hatte völlig heraus, dass dies, mochte Seide noch so warm knistern, dichtgesätes Edelgestein noch so feurig tun, eine überreife Dame war, bemalt, emailliert, gefärbter Tituskopf, vermutlich hysterisch. Aber der Hauch der großen Welt, ihre Frechheit, Menschenverachtung und einfältige Niedertracht ergriffen ihn wie ein Giftgas. Er ward blind, und sein Blut floss. »Ihr Wunsch ist mir Befehl«, seufzte er.

»Nun also. Ich wusste, dass du ein schlauer Junge bist. Natürlich hast du längst ausspioniert, wo es zu Mister Kobes geht. Bringe mich hin, und ich spreche ihm von deiner Schlafkrankheit. Er soll dir Geld dafür geben.«

»Mister Kobes gibt niemals Geld, Madame, bemühen Sie sich nicht! Ich werde belohnt sein, wenn ich selbst ihn leibhaftig zu Gesicht bekomme. Obwohl ich wahrscheinlich die Augen werde schließen müssen. Mich blendet alles, was nicht Gedanke ist. Gott aber weiß: Mister Kobes ist nicht Gedanke … Bemühen Sie sich in meinen Zettelkasten, Madame!«

Er öffnete ihr das Nebenzimmer. Nichts als Pappschachteln. »Er war einst mein«, sagte der kleine Mann. »Mein Zettelkasten! Inbegriff meines Lebens! Keine Persönlichkeit Deutschlands, die hier nicht ihren Akt hätte. Persönlichkeit, Idee, Leistung, Verwendbarkeit: Nichts fehlt. Ich habe gesammelt, hab geforscht. Ich habe geschrieben, hab gedacht. Kobes hat gekauft. Er hat mir, bevor ich vollends verhungerte, meinen einzig geliebten Zettelkasten abgekauft. Nicht für Geld. Er hat mir eine Anstellung gegeben. So kauft Kobes.«

Eine große Pappschachtel unter dem Arm, verneigte sich der kleine Mann. »Ich hole Sie, wenn die Luft rein ist.« Schloss von außen die Tür und zog den Schlüssel ab.

IV

An seinem Schreibpult kramte er in der Pappschachtel; fand etwas, warf es wieder hin; schlich zur Tür seines Chefs, des Generals, horchte ganz still, sah ein wenig durchs Schlüsselloch. Schüttelte sich leise, aus Freude an der eigenen Überlegenheit. Dann hinüber zur Tür des Zettelkastens. Wieder Horchen, Spähen, Schütteln. Es klopfte, der Eintretende sah ihn noch von der Tür flüchten.

Es war der Rayonchef für Soziales, jener schöne, schlanke Jüngling mit dem Haifischmaul, er wollte in den Zettelkasten. »Sie können nicht hinein«, sagte der kleine Mann. Er erklärte den Schlüssel für verloren, aber mit einem Gesicht, dass niemand es geglaubt hätte. Als jener es nicht glaubte, ward der kleine Mann frech, so unvorhergesehen frech, dass jener stutzte. Nur ein geheimes Machtgefühl konnte jemanden hier so frech machen. Dem Rayonchef ging ein Licht auf. Gleich erlosch es wieder, es war zu unwahrscheinlich. Dieser großschädelige Wicht sollte erblickt haben, was keinem noch über den Weg ging? Er sollte begnadet worden sein von dem leibhaftigen Nahen? Dem Rayonchef fielen der Gott und die Bajadere ein. Unmöglich war kein Wunder. Wer sonst übrigens hätte sich dort drinnen eingeschlossen und nicht gerührt? Sodann die Miene dieses Menschen, den Geheimnis schon mehr wie Irrsinn umwitterte. »Wer ist drinnen?«, fragte der Rayonchef, obwohl er es dem Menschen ansah. »Das möchten Sie wissen«, zischte der kleine Mann.

Unverstellt triumphierte sein Hass. Den schönen, schlanken Jüngling mit dem Haifischmaul hasste er noch mehr als die anderen Rayonchefs, mehr als den kleinen Militärschädel. Tücke und Gewalt waren die Natur all dieser Feinde des Gedankens, aber dieser war auch noch schön und schlank! Dafür wich er jetzt rückwärts; Schauer, heiß und kalt, überliefen ihn sichtlich. Er ahnte ersterbend die furchtbare Nähe des Göttlichen. »Wer konnte darauf – darauf – darauf«, stammelte er, »gefasst sein«, und war draußen. Der Sieger sah stolz ringsum … Kehrt. Zu den Akten. Aber jetzt nahm nebenan der General die Front zurück, er ging. Zeit des Aufbruches, draußen gingen die Letzten. Der kleine Mann öffnete nach dem Korridor langsam, mit fanatischer Geduld einen ganz kleinen Spalt, er streckte ein Ohr hinaus. Wann ward der Hauptausgang drunten geschlossen? Den geheimen musste man kennen … »Als ich mich das erste Mal hier einsperren ließ, kannte ich ihn noch nicht und musste die ganze Nacht dableiben.«

Das Tor, in weiter Ferne, fiel zu. An die Arbeit! »Wenn nicht alles täuscht, liefert mein Zettelkasten mir ungeahnte Waffen.« Einen Zettel geschwungen: »Ich kann, vermittels dieses Vierecks aus Papier, alle hier demütigen, sie überholen und an die Spitze gelangen. Sie werden auf dem Bauch rutschen, ich bin Vizepapst. Oder soll ich das Ganze hier in die Pfanne hauen? Vielleicht will der Weltgeist nichts Geringeres von mir, als dass ich diese fürchterliche Veranstaltung, Geißel der Menschheit und ihr Gegenbeweis, stilllege, ja dem Erdboden gleichmache. Ich kenne ein Giftgas …« Gieriges Sinnen, aber es ging nicht auf Geld. Vor die Wahl gestellt, entschied sich der kleine Mann nicht frisch und frei für den Genuss des Seienden. Es auszulöschen schien ihm ersehnenswerter.

Die Dame im Zettelkasten unterbrach ihn durch immer entschiedenere Zeichen, dass sie herauswolle. Er herrschte sie durch die Tür an: Sich ruhig zu verhalten oder Folgen zu gewärtigen, die bis zur Lebensgefahr gehen könnten. Der kleine Mann ängstigte nicht ungern die große Dame. Im Gefühl, sie sei ihm ausgeliefert, erwog er gelassener als vorher den unerhörten Plan.

War je ein Plan scharf blickend, verwegen, von blühender Romantik und dennoch mathematisch sicher wie dieser? Der kleine Mann bestaunte sich selbst. Wer war er hier? Referent für Varietétheater, fertig. Bearbeitete auf dem unermesslichen Gebiet der Propaganda im Sinne Kobes'scher Interessen, nicht etwa die Pressekorrespondenzen oder den Rundfunk: nur die kleine Welt des Varietés. Lieblinge des Publikums unterlagen seiner Kontrolle, ob ihre Verse nützlich waren. Wer nützliche sang, war gemacht. Widerstand gegen Aufträge führte unweigerlich dazu, dass man zurückblieb. Ein Künstlerruhm weniger.

Dies war alles – und dem gegenüber die erschütternde Größe seiner Erfindung! Titanischer Vorsatz! Ringen, Auge in Auge, Stirn an Stirn, mit dem Herrn der Heerscharen, mit Kobes in leiblicher Gestalt! Ihm ein Wagnis aufzwingen, dessen unermessliche Folgen – den kleinen Mann schwindelte. Im Grunde lag es ihm besser, gradweise vielleicht einmal Rayonchef als sofort göttergleich zu werden. Aber er hatte sich vermessen. Die Tat litt keinen Aufschub. »Noch heute wirst du vor deinem Richter stehen.«

Der Schweiß brach ihm aus. Er suchte unter den Möbeln. Wo so vermessen gedacht ward, konnte der Unerforschliche nicht ohne Späher und Häscher sein! – Niemand. Der kleine Mann war enttäuscht. Er wäre lieber ergriffen worden, noch bevor er die ruchlose Hand ausstreckte. Menschliche Schwäche! Hiergegen nun war die Verrückte im Zettelkasten von Nutzen. Sie schien nicht der Art, sich blenden zu lassen, wäre es selbst vom Anblick Kobes'. Sie bändigte im Gegenteil auch noch den Tiger, der kleine Mann hatte es an sich selbst erprobt. Mochte sie mitkommen und den ersten Anprall empfangen! So fasste er sich denn, brach die Brücken ab und ging vor. »Madame, ich bitte. Es ist so weit.«

»Folgen Sie mir blind«, befahl er. »Ein Laut, eine falsche Bewegung, und ich gebe keine lumpige Billion für unsere Haut.« Wobei er scharf ausspähte nach jenem fernen Dunkel, in das der Korridor verlief. Drei Sprünge, er war an einer Ecke, er duckte sich neben den Heizungskörper. Selbst die Dame begann, trotz dickem Teppich, auf den Zehen zu schleichen, so eindrucksvoll benahm sich der kleine Mann. Mit den Händen machte er ihr klar, dass in dem Seitengang, dem er misstraut hatte, wahrhaftig zwei Aufseher sich unterhielten. Warten!

Sieben Minuten nach der Uhr. Die Dame sagte: »Ich werde die Männer bluffen.« Worauf der kleine Mann sich über sie warf, eisern ihre Handgelenke hielt und ihr ein Taschentuch in den Mund stopfte. Zufällig war es ihr eigenes, weshalb sie nicht viel einwandte. So zog er sie fort; die Männer waren verschwunden.

Unterbrechungen drohten, wo immer ein Atem ging, ihrem Weg. Auch kannte ihn der kleine Mann nicht überall gründlich. »Dort könnten wir in eine Falle gehen. Die Fallen liegen täglich anders.« Er brauchte eine Viertelstunde, um sie unter Vermeidung gewisser Stellen des Bodens an einer einfachen Garderobe vorbeizuführen. Endlich wurde der Gang viel enger. Kurze Durchblicke zeigten, dass daneben ein zweiter, des Weiteren noch ein dritter lief. »Wir sind nahe«, warnte der kleine Mann. Das Stück vor ihnen war grell beleuchtet.

Da sahen sie, worauf es hinausging. Ein runder Raum,

alle Korridore strahlten dem Kreis zu. In der Mitte am Tisch saß ein gut genährter Wachtmeister in Zivil, er reinigte einen zerlegten Revolver. Ein nichtzerlegter war auch zur Hand.

»Nicht ins Helle treten! Legen Sie sich flach hin! Ich zweige ab. Wenn ich wiederkomme, springen Sie auf. Komme ich nicht wieder, stellen Sie sich noch am besten tot.« Damit wagte sich der kleine Mann in den vordersten Durchgang nach den Strahlen der anderen Korridore, da hinten verschwand er um die Ecke des dritten. Alsbald ertönte seine Stimme, oder doch nicht seine: eine ganz hohe, wie böse Vögel. »Rettich!«, keifte die Stimme. »Sind Sie knatschgeck? Was lassen Sie Leute herein? Gleich herkommen! Tür schließen!«

Der stramme Wachtmeister, dies hören und auffahren in solcher seelischen Erschütterung, dass sein Tisch umfiel. Er tappte wie durch tiefe Nacht, sichtlich hatte er das Gefühl für den Ort verloren. Diese Stimme! Dort! Jetzt! Keine Erfahrungstatsachen hielten hier Stich, der Wachtmeister ergab sich. Weiche Beine, aber sie fanden die Richtung des Verhängnisses. Gehorsam schloss er hinter sich die Tür zu jenem Korridor. In diesem Augenblick war der kleine Mann schon wieder bei der großen Dame. »Schnell auf!« – und er flog über jenen vom Wachtmeister verlassenen Kreis.

In die Wand gebaut war etwas wie Panzertür und Kassenschrank. Die Scheibe hin und her gedreht. Es stimmte, der Griff gab nach. Seufzen der Erleichterung, er trat ein, die Dame stieß er voraus, die Tür zog er hinter sich fest an. Sie traten ein; denn es war kein Kassenschrank, es war ein Wartezimmer.

Sie traten in ein mittelgroßes, gutbürgerliches Wartezimmer. Augenblicklich stand es leer. Man hatte sogar den Eindruck, hier werde wenig gewartet – trotz Grammofon, Luxusdrucken, Radioapparat, Börsenbericht. »Machen Sie doch!«, sagte die Dame, weil der kleine Mann sich erst noch umsah. Er schaltete alles Licht ein, setzte das Grammofon in Gang und drückte an den Wänden, wo immer ein Knopf war. Nichts erfolgte. Darauf ward er wütend. »Was wollen Sie von mir? Ich habe Ihnen oft genug gesagt, dass es lebensgefährlich ist, zu Mister Kobes zu gehen. Sie haben es ausschließlich sich selbst zuzuschreiben, wenn im nächsten Augenblick der Wachtmeister da ist und Sie über den Haufen schießt. Mich übrigens leider auch.«

Er kroch am Boden, ohne zu finden, was er suchte. Die Panik im Wartezimmer wuchs zusehends. »Sie werden mich retten!«, rief die Dame, in Sessel sinkend und gleich wieder auf. »Denn ich habe Geld. Viel Geld! Was kostet der Wachtmeister?«, fragte sie auch. Der kleine Mann aber hatte Besseres zu tun, als zu antworten, er hatte das offene Fenster bemerkt. Dahinter war gleich Wand, das Fenster musste besondere Gründe haben, offen zu stehen. Er schloss es, sofort hob sich das Wartezimmer.

Sie stiegen auf. »Hören Sie den Wachtmeister?«, fragte der kleine Mann. »Endlich riecht er Lunte. Er arbeitet an der Panzertür, aber jetzt streikt sie.« Ihr Aufstieg war unaufhaltsam, beide lachten aus vollem Hals, das Grammofon spielte dazu Shimmy. »Zur Sache«, sagte der kleine Mann und stellte es ab. »Madame, wir werden gemeinsam bei Mister Kobes eintreten. Sie werden mich gefälligst als Ihren Landsmann vorstellen. Ich denke, ihm ein Geschäft vorzuschlagen.« – »Oh«, sagte die Dame misstrauisch. Er, sehr streng: »Haben Sie schon vergessen, dass Ihr Leben in meiner Hand war? Ich kann übrigens noch immer umkehren.« Worauf sie erwiderte, solche Sprache sei ihr ungewohnt. Er biss sich auf die Lippen.

Da sie nun einmal beleidigt war, erinnerte die große Dame sich auch ihres Gatten. »Er soll es mir bezahlen! Ist dies eine Lage für eine Dame? Anstatt mich gleich mitzunehmen zu Mister Kobes! Er denkt nur an sein Geschäft. Soll ich es Ihnen sagen? Wenn ich nicht will, macht keiner das Geschäft, mein Mann nicht und Mister Kobes nicht. Damen gehen vor.«

Der kleine Mann hielt dies für leeres Geschwätz. »Noch etwas«, sagte er, »der Wachtmeister hat inzwischen natürlich hinauftelefoniert. Ich weiß nicht, was noch kommt.« Da stand das Wartezimmer. Es legte mit Tür und Fenster an. Durch das Fenster sprang wie toll ein Mensch, der die Waffe schwang. Gerade hatten sie noch Zeit, aus der Tür zu flüchten, stießen aber außerhalb des Lifts an eine zweite, verschlossene. Schmaler Raum, schwarzes Dunkel; darin blieb sie zurück, während der Lift sich senkte. »Einen Augenblick«, sagte der kleine Mann. »Jetzt fährt der Sekretär hinunter. Gelingt es, diese verschlossene Tür zu öffnen, bleibt er stecken.«

Es gelang. In dem stecken gebliebenen Wartezimmer fiel ein Schuss, er hallte beträchtlich. Sogleich erschien hinter ihnen ein erschrecktes Gesicht mit schwarzem Bart; die Tür stand offen. Die Dame drang wuchtig ein und schlug sie zu. Sein Glück, der kleine Mann hatte schon den Fuß dazwischen. Das Wartezimmer unter ihm stand und schoss, bis

Scharfe Bälle

nichts mehr in der Waffe war. Der kleine Mann sah einzig sein Heil, wenn er die Tür offen hielt. So wachte er denn, verraten und ausgeschifft, auf dieser öden Schwelle, mit schwindelndem Blick in den Abgrund. Seine Knie wurden zittrig, Schweiß brach ihm aus, aber es hieß wachen.

VI

»Guten Tag«, sagte drinnen die Dame. »Mister Kobes, Sie sind ein wunderbarer Mann, das wollte ich Ihnen sagen.« In ganz anderem Ton: »Aber ich bin höchst unzufrieden mit Ihnen, das sollen Sie gleichfalls wissen. War dies eine Lage für eine Dame?«

Der ungebügelte Herr in Schwarz stand angedonnert. Hinter dem Schreibtisch jener andere lachte wie ein Neger. Die Dame herrschte ihn an: »Sei still!« – worauf er den Mund zuklappte. Er hatte ein grauweißes Negergesicht, breit, keine Stirn, ergrautes Kraushaar wie Gewächs auf fetter Scholle. »Du hast nicht getan, was ich wollte«, herrschte die Dame. »So benimmt sich kein Gentleman. Was Mister Kobes auch meint, du hattest nicht ohne mich hierherzukommen. Ohne mich machst du das Geschäft nicht. Fertig, du verstehst mich.« Worauf der Gatte besorgt die Augendeckel rührte. Seine breiten Schultern versuchten, ganz hinter den Tisch zu rutschen. Nun aber der ungebügelte Herr in Schwarz: »Hier sind wir das nicht gewohnt, gnädige Frau. In Geschäfte reden Damen uns nicht hinein. Die Frau gehört ins Haus. Ich lasse mich nicht –« Da unterbrach ihn ein Schrei der Begeisterung. Die Arme nach ihm ausgestreckt, rief die Dame: »Oh, Mister Kobes! Was haben Sie für eine komische Stimme! Im Radio sprechen Sie nicht so hoch wie eine Pfeife!«

Aber Kobes war entschlossen, auf nichts hineinzufallen. Wenn sie nur nicht schoss. »Im Radio spricht ein anderer für mich«, sagte er sachlich. »Ich aber lasse mich nicht –«

»Schlauer Bursche sind Sie, Mister Kobes!«

»Ich lasse mich nicht vergewaltigen, gnädige Frau.«

»Gerade das will sie aber«, erklärte der Gatte. »Sie werden sehen, dass Sie nichts dagegen machen können.« Sein Ton war entsagungsvoll, was ihn selbst anging, und für den anderen schonend. Kobes keifte: »Wir müssen weiterverhandeln, ich kann sonst meine Zeit produktiver verwenden. Sie, gnädige Frau, warten am besten nebenan.«

»O nein, Mister Kobes. Vielleicht sitzt dort noch ein Sekretär. Der andere war kein Gentleman.« – Und sie setzte sich an den Tisch als Dritte.

Kobes übersah sie. »Also los«, sagte er zu seinem Kumpan. »Die ganze Welt.«

»Vertrusten«, sagte der Kumpan. »Alles –« mit rundem Griff der grauweißen Hand.

»Aufkaufen«, sagte Kobes, »ich und ihr, Arm in Arm, und die Weltwirtschaft wird glatt Privatsache. Unser ist der Orbis pictus.«

»Yes«, sagte der Kumpan, fest entschlossen. Sie saßen sich gegenüber wie zwei furchtbar geladene Kraftzentren.

»Mir fehlt nur noch eins«, sagte Kobes – und auf seinem Schreibtisch setzte er die kleine Lokomotive in Gang. Sie lief bis an den Rand, kippte und schnarrte – worauf Kobes sie umkehrte und zurücklaufen ließ. Er sah ihr nach aus seinen tief liegenden, einander zu nahen Augen, die gelbe Stirn bekam Wülste. Sein Ausdruck ward halb irr von einer Art trauriger Gier. Die fremdländischen Gatten tauschten laut in ihrer Sprache ihre Eindrücke aus, der Mann lachte wie ein Neger. Aber Kobes hörte nicht. Seine traurige Gier beherrschte ihn zwingend.

Sein Stimmchen pfiff: »Ich konnte sie nicht in meine Hand bekommen. Ich muss sie doch noch in meine Hand bekommen! Nehmt sie euch als Pfand für die deutschen Schulden! Ihr macht eine Privataktiengesellschaft. Ihr kauft die Obligationen, ihr stellt den Generaldirektor, aber ich habe meine Finger drin, damit ist es richtig. Ich und ihr!« – Wobei er, halb vom Sitz gehoben, den Kumpan hypnotisch anblickte. Dem weißen Neger verging das Lachen. Die Dame sagte in höchsten Tönen:

»Mister Kobes, das macht Ihnen keiner nach! Um Ihrem Land seine Bahnen abzuknöpfen, verbünden Sie sich mit seinen ausländischen Gläubigern. Anstatt selbst die Gläubiger Ihres Landes zu bezahlen, machen Sie mit ihnen das beste Geschäft Ihres Lebens, und Ihr Land bezahlt es. Sie sind der schlaueste Bursche der Welt. Nur mich werden Sie nicht betrügen.«

»Das ist wahr«, sagte der Gatte. »Warten Sie nur!«

»Ihr großes Geschäft werden Sie nicht machen, oder Sie tun, was ich will.«

Aber Kobes übersah sie.

»Mister Kobes«, fragte die Dame noch, »wie kamen Sie nur auf den prachtvollen Inflationsschwindel, der Ihre Nation ganz ausgequetscht hat? Sagen Sie's mir bitte! Es ist der großartigste Schwindel seit Law.«

Kobes fand sich schwer zurecht. Als er sie begriffen hatte, erhob er sich, er wies mit gelbem Finger auf sein gestärktes Vorhemd, die breite Trauerkrawatte. »Ich höre immer Schwindel? Sie irren sich wohl in der Person. Sonst müsste ich bitten, dass Ihr Mann Sie nach Hause bringt. Ich bin ehrbarer Kaufmann und ausgesprochen national. Ich verdiene Geld, damit nütze ich auch meinem Lande. Vielleicht werde ich sogar noch steuern müssen. Wo das Ganze Not leidet, muss der Einzelne Opfer bringen.«

»Oh!«, schwärmte die Dame. »Das sagen Sie auch im Radio. Sie verstehen zu bluffen!«

»Ich bin gegen Reklame«, sagte Kobes, völlig überzeugt.

»Oh!« – und der Dame blieb denn doch der Mund offen.

»Ich bluffe nicht. Ich bin ein einfacher Mann, ich habe einfache Gedanken.«

»Ich träumte von Ihnen, Mister Kobes!«, rief die Dame. »Aber so schön habe ich Sie nicht geträumt. Wie? Sie tun es nicht mit Absicht? Sie wissen gar nicht, wer Sie sind? Haben Sie auch nur zehn Cents für die tuberkulösen Kinder gegeben, die Ihr Werk sind? Ich möchte Sie küssen!«

»Nehmen Sie sich in Acht!«, sagte der Gatte schonend. Kobes wich zurück. Er sah an sich nieder, ob ihm etwas passiert sei. Die Dame sagte: »Bei uns sind wir auch reich, aber das Volk ist darum nicht besonders arm. Was haben wir also davon. Was hat man vom Reichtum, wenn er keine Sünde ist! Sie aber sind nun schon reicher als sogar wir, und das in dem ärmsten Volk der Welt. Sie wissen, was Lebensgenuss ist!«

Selbst der Gatte kam in Begeisterung. »Auch noch die Bahnen!«, brüllte er. »Dann sind Sie so weit, dass Sie das ganze Deutschland auf Zero setzen können. Der Bankier zahlt den Gewinn in Dollars aus. Glücksjunge!«

Von Kobes lief es ab, er stand in Trauer da und missbilligte.

»Glauben Sie an den Teufel?«, fragte die Dame. »Wenn ich ihn sähe, hätte ich meinen verlorenen Kinderglauben zurück.«

Hier entschied Kobes sich: Es war mit der Dame nicht richtig.

»Und jetzt sehe ich ihn«, erklärte die Dame bestimmt. Der süße Schauder schlug ihr die Zähne aufeinander. »Nehmen Sie sich in Acht!«, rief der Gatte, indes Kobes schon hinter dem Tisch war. Aber die Dame hatte die Nerven wiedergefunden. Sie sagte vollkommen nüchtern: »Mister Kobes, ich liebe Sie.«

Da ward die Trauer Kobes' zu offenem Entsetzen. »Im Beisein Ihres Mannes?«, stammelte er. »Eine Erklärung?«

»Wir sind so«, sagte der Gatte nicht ohne Stolz. »Was unsere Damen wollen, daran tippen wir nicht. Sonst ist man kein Gentleman. Meine Frau will mit Ihnen schlafen, Mister Kobes. So ist es.« Dem begehrten Mann klappte der Kiefer herunter. Seine Arme hingen bis auf den Boden. »Wie komme ich dazu?«, murmelte er. »Ich bin Familienvater.«

»Sie sind von allen der größte Schurke, Mister Kobes«, erklärte die Dame. »Darum gefallen Sie mir.«

»Ich?« rief Kobes, und Entrüstung färbte sein Entsetzen. »Mit meiner Achtung vor Familie und Moral? Nie!«

»Dann machen Sie aber das Geschäft nicht«, sagte der Gatte. »Denn ich darf mit Ihnen nicht abschließen, außer Sie schlafen mit meiner Frau.«

»Untragbar, es droht Zusammenbruch«, stöhnte Kobes, rang die Hände und brach im Sessel zusammen.

»Nun müssen Sie sich entschließen.« Der Gatte zog die Uhr. Die Dame fragte: »Wird es Ihnen wirklich so schwer, Mister Kobes?« Sie bog sich vor und zurück, sie machte Shimmyschritte, sie girrte wie die Königin von Saba. »Wird's bald?« girrte sie. Der Gatte gluckste, die Hand vor dem Mund. »Sonst mache ich das Geschäft nicht«, brachte Kobes aus ringender Brust. Irre Gier, er ließ das Lokomotivchen laufen. »Untragbar«, wiederholte er sterbensbleich und stand auf. Hier erscholl vom Himmel eine große Stimme: »Kobes schlemmt nicht, Kobes säuft nicht, Kobes tanzt nicht, Kobes hurt nicht –.«

Der Gatte sah hinaus. Schichtwechsel: Drunten zogen zwei Ströme Arbeiter unabsehbar aneinander vorbei. Die Radiostimme rief ihnen aus rot durchlohter Himmelshöhe zu, was sie hören sollten: »Kobes hurt nicht –.«

Der Gatte sah sich um. Kobes in seiner ungebügelten Trauergestalt stand stumm gebeugt vor der Dame. »Also los«, seufzte er. Sie sagte: »Auch tanzen müssen Sie, Mister Kobes« – und drehte ihn herum zu dem Getön der Radiostimme: »Kobes arbeitet zwanzig Stunden am Tag.«

VII

Als die Tür jäh aufgerissen ward, fehlte wenig, dass der kleine Mann in den Abgrund stürzte. Sie sahen aber, dass das Wartezimmer nicht da war, und schlossen, ohne sonst etwas zu sehen, die Tür, bis es heraufkäme. Es kam; aber wie sie es öffneten, fiel der Dame, die eintreten wollte, der Kobes'sche Sekretär an die Brust. Er rutschte leblos an ihr entlang und schlug nochmals auf. Er hatte sich, da seine Laufbahn beendet schien, den letzten Schuss aus seiner Waffe versetzt. Er blutete wenig und war leicht wegzuräumen. Während die Gatten zu ihm einstiegen und Kobes nachwinkte, gelangte der kleine Mann unbemerkt ins Zimmer.

Seine Nerven waren gestählt durch die Prüfungen der vergangenen Stunde. Mitten in Schwindel und Schweißausbrüchen der Lebensgefahr hatte er zu fühlen bekommen, dass er dennoch stärker sei als die Mächtigen. Er war Ohrenzeuge ihres Elends geworden, er, den nichts Menschliches in Versuchung führte! Was vermochte denn gegen ihn jener Kobes! – So sicher fühlte der kleine Mann sich an der Schwelle des furchtbaren Abgrundes. Kaum aber ins Zimmer geborgen, verlor er den Glauben. Konnte es ohne Katastrophen abgehen, mit einem so reichen Mann im selben Zimmer?

Rückkehr Kobes'. Wie durch den Staub geschleift, ein armer Überrest. Streit von Begier und Vorurteil hatte diese große Kraft erschüttert! Hatte seine Knochen verrenkt, sein schlichtes Kleid zu Fetzen zerknüllt. Sein Gesicht war lang, und unwillkürliche Zuckungen kräuselten es. Als er einen Menschen im Zimmer erblickte, rief er: »Helfen Sie mir!«

Der kleine Mann, dies hören und vor Schreck mit dem Gesicht zucken um die Wette mit Kobes. So standen sie, einer bedürftiger als der andere. Der zu große Philosophenkopf durchschaute es zuerst, er richtete sich auf am Wissen. »Kobes«, sagte er, »Sie stehen an der Schwelle furchtbarer

Abgründe. Unweigerlich reißt Sie hinein die Wut einer Leidenschaft, die Sie diesmal nicht anders als mit Verlust Ihrer bürgerlichen Ehrbarkeit stillen können. Sie sind der tragische Mensch, Kobes! Begabt mit Habgier, der einzigen unter allen Leidenschaften, die berechnet, nicht verschwendet, sehen Sie sich plötzlich vor der Notwendigkeit, ihr opfern zu müssen, was Sie waren, den Ehemann, Vater, die sittliche Persönlichkeit. Und Sie wollen Hilfe?«

»Wer sind Sie?«, fragte Kobes endlich. Da der kleine Mann nur auf seine gewaltige Stirn hinwies: »Leben Sie davon?« Versuch, sich schadlos zu halten an der wirtschaftlichen Unterlegenheit des Mahners; der kleine Mann durchschaute auch dies. Er lächelte erhaben. »Ich heiße Sand. Nicht Kant. Nur Sand. Ich bin trocken und unfruchtbar, aber beweglich – und bewahre keine Spur.« – »Was soll ich davon haben?«, fragte Kobes, wieder auf begangenem Weg.

Der kleine Mann fasste Fuß. Er nahm den Stuhl nicht, nach dem Kobes winkte. Er fasste Fuß und sprach mit Sprechtechnik: »Ich biete Ihnen unerhörte Gewinnchancen. Sie werden in den Stand gesetzt, die neue Religion, nach der unser ganzer Erdteil in furchtbaren Zuckungen ringt und die Sie auf radiotelegrafischem Wege ihrer Kundschaft vorankündigen, sofort greifbar zu machen, ja, ohne Weiteres in Betrieb zu nehmen.«

»Welche neue Religion?« Kobes spielte den Unbeteiligten. »Den Kobesmythos«, erklärte jener. Worauf Kobes: »Ich bin gegen Reklame.«

»Sie sind nur gegen Bezahlen«, sagte der kleine Mann ungeduldig. »Gegen Reklame sind Sie mitnichten. Denn Ihr Kredit lebt von Reklame, und Sie leben auf Kredit.

Wollen Sie vernünftig sein? Oder ich gehe und überlasse Sie mitleidslos den Schuldforderungen Ihrer unerbittlichen Ausländerin. Sie sind zahlungsunfähig.«

»Helfen Sie mir«, stammelte Kobes, seinem schlechten Gewissen zurückgegeben. »Wie kommt die Religion zu der Dame?«

»Bieten Sie mir Gegenwerte, wenn ich den Kobesmythos groß aufziehe, und ich erledige gleichzeitig die Dame. Diesmal unblutig. Sie können die deutschen Reichseisenbahnen in Ihre Hand bekommen, ohne dass Sie je in Ihrem Leben von der Dame und ihren Schrecken noch werden hören müssen.« – »Ist das kein Schwindel?«, pfiff Kobes ganz oben. »Geben Sie Unterlagen!« Er lehnte es ab, auch nur ein weiteres Wort zu hören ohne fertige Unterlagen. Der kleine Mann aber konnte sich von dem Glück des Forschers nicht trennen, er plante noch schmerzhaftere Eingriffe seiner Seelenbehandlung gegen den großen Kobes. Er warf umsichtige Blicke. »Sind wir tatsächlich allein? Ihre technischen Mittel könnten reichhaltiger sein, als ich weiß.« Kobes in Person musste ihn über jeden Millimeter Raumes eingehend beruhigen. Als auch die unscheinbarste geheime Vorrichtung ausgeschlossen schien, sagte der kleine Mann kalt: »Hier ist ein versiegelter Umschlag, er enthält meine Erfindung. Sie haben das Recht, den Inhalt zu lesen, sobald Sie diesen Vertrag unterschrieben haben. Der Vertrag bestimmt, dass ich an die Stelle meines Chefs rücke.«

»Wie?«, pfiff Kobes. »Sie sind Hilfsarbeiter im Rayon für Propaganda?«

»Durch den Vertrag werde ich Generalvertreter des Ko-

Gestörtes Schläfchen

besmythos. Täuschen Sie sich nicht: Damit sind Sie und Ihre gesamten Unternehmungen mir ausgeliefert. Ich machte den Gott und kann ihn stürzen. Ein gestürzter Gott ist pleite.«

»Und Sie haben die Stirn«, pfiff Kobes, »als mein Angestellter mir ein Geschäft anzubieten! Her mit dem Brief und hinaus!«

Der kleine Mann, mit der Hand in der Hosentasche: »Was ich herausholen werde, falls Sie nicht anständig sind, Kobes, wird Ihnen nicht gefallen.« Worauf der Reiche zähneklappernd zurückwich. »Wenn Sie durch die Tasche schießen«, lallte er, »man hört es. Sie haben den Sendeapparat nur nicht gefunden … Vorsicht! Sie fallen in den Schacht!«, rief er – was sich als List erwies. Denn wie der andere umsah, wollte Kobes über ihn her. Der kleine Mann bog aber rechtzeitig aus. Die Vertragsgegner standen und bliesen einander an.

Kobes beruhigte sich zuerst. Ihm war eingefallen, besiegt sei er schon manchmal gewesen, aber nie für lange. Seine Rache kam von selbst, denn seine Kraft sammelte Rückhalte, wenn der Feind schon nichts mehr hatte. Er konnte Niederlagen einstecken und warten. »Also los«, sagte Kobes. »Wo wollen Sie die Sache besprechen? Bestimmen Sie selbst!«

»Im Wartezimmer. Aber zuerst Ihre Unterschrift!«

Der eine mit seiner Unterschrift, der andere mit seinem versiegelten Angebot, betraten sie das heraufgeholte Wartezimmer. »Wir fahren so lange auf und nieder«, sagte der kleine Mann, »bis wir einig sind. Sie dürfen den Brief mit greifen, ich den Vertrag.«

»Sie haben mehr Geschäftssinn, als zu erwarten war«, sagte Kobes unter schnellem Seitenblick und einem Lächeln, das harmlos sein wollte.

So fuhren sie denn auf und nieder. Geschäftlich stark interessiert auf und nieder. Persönlich in Atemnähe auf und nieder. Auf Mord ineinander verbissen immer im Schacht auf und nieder.

VIII

Volkshaus. Abend einer Vorführung, nur Gerüchte wussten, was kommen sollte. Zahllos die Arbeiter samt Nachwuchs, endlich schätzten sie richtig das Glück, vom Werk unterhalten, belehrt, gerührt, geneckt zu werden. Welt und Werk als Einheit hingestellt zu bekommen; als Menschen zu verschwinden im Werk. Die menschliche Übereinstimmung zwischen Leitung und Masse, im frühen patriarchalischen Zustand von selbst gegeben, fand sich auf der bisher höchsten Stufe wieder. Die Seele des Arbeiters ward erfasst. Vorbei die Zeit untiefen Materialismus'. Propaganda ist wesentlich Anerkennung der Seele, ihre Erfassung zum Zwecke größerer menschlicher Ergiebigkeit.

Auffallend war nur das Fehlen des Chefs der Propaganda. Sein Untergebener, der zu große Philosophenkopf, ward ausführlich in Arbeit genommen von dem schönen schlanken Jüngling mit dem Haifischmaul. »Sie scheinen den General hier zu vertreten. Von uns anderen Rayonchefs weiß keiner, was seit drei Tagen aus ihm geworden ist. Beunruhigende Auslegungen tauchen auf ...« Worauf der kleine Mann sich in Wolken hüllte. Er wisse von einem Urlaub seines Chefs, sonst nichts.

»Aber die geheimnisvolle Vorführung?« Darauf zuckte der kleine Mann die Achseln. Er war nicht zuständig. Es war möglich, dass ungesehen sein Chef dahinterstak. Andererseits konnten die Fäden diesmal höher hinaufreichen. Sie verloren sich scheinbar im Wesenlosen. »Wie, wenn an ihnen ein Gott herniederstiege?«, sagte der kleine Mann und lächelte anspruchsvoll. Aber der schöne Jüngling mit dem Haifischmaul hatte noch genug seit der Erscheinung im Zettelkasten. »Sie bluffen schon wieder«, sagte er kalt und ging weiter.

Säuglinge waren in der Garderobe abzugeben. Stillende Mütter, die gingen und kamen, unterhielten den Verkehr. Die Männer lagerten unabsehbar an Tischen, sie dienten dem Konsum. Kinder waren wenig zu sehen, sie bevorzugten den Aufenthalt unter dem Fußboden, in dem kleinen Spiel- und Lehrbergwerk, das drunten sich hinzog. Zuweilen stiegen sie schwarz und verschwitzt ans Licht, dünkten sich wunders – ahnten aber nicht, was ihr kindliches Spiel wert war für die Zukunft deutscher Wirtschaft im Weltganzen.

Da verbreitete sich Stille. Sie kam unbemerkt. War der Tisch hier schon still, lärmte noch jener. Niemand bedeutete dem Nächsten, warum er jetzt schwieg. Inseln des Schweigens grüßten einander lautlos wie mit Palmen. Dazwischen die noch Lärmenden behielten, nun sie endlich draufkamen, im Wort den Mund offen. Zuletzt gehörte der ungeheure Raum jener Stille, die ganz ohne Widerstand in die Ewigkeit tropft. Schweigende Massen lugten nach der Bühne.

Sie blickten nicht ohne Umschweif: Kaum einer wagte es. Sie schielten, zwinkerten, drehten aus abgewandten Köpfen die Augen hin. War dies möglich? War es gegebene Tatsache? Kein Zeichen hatte es angekündigt. Unversehens stand die Bühne offen, und jemand war darauf. Er war darauf und konnte doch nicht darauf sein. Es wäre gegen die Natur gewesen. Ein stilles Naturgesetz verbot sinnenfällige Beweise seiner Existenz. Er war gehalten, entfernt und groß zu walten, unbekannter Führer, Ziel unserer Mühen. Man musste an ihm zweifeln, ihm fluchen können. Jetzt aber stand er da? Schickte sich an, eine Volksrede zu halten?

Sensation, in die von vornherein Enttäuschung und Unwillen mitging. Aber große Sensation; die Ohren öffneten sich scheu und gierig. Der dort oben sagte: »Steht auf!« Sie taten es. »Setzt euch wieder!« Alle taten es. »Noch mal! Noch mal!« – und sie wiederholten es, so lange er wollte. Er hatte eine schwingende, geradewegs aus der Brust in die Brust dringende Stimme, als könnte er singen; sang aber nicht, sondern befahl. Erscheinung schwarz und gelb, gebückt, zu lange Arme, der Blick hohl und eng. Ernst und traurig, mehr, als Menschen es sind. Wenn er unbewegt stand, schwarz und gelb auf schwarzem Grund, konnte er ein aus vergangenen Welten zurückgekehrtes Phänomen sein. Nun er Arm und Bein hob, erwartete man, er werde an dem Bühnenrahmen hinaufklettern als Affe.

Endlich ging er weiter. »Ihr sollt mein Haus nicht besudeln. Zum Kotzen geht auf die Toilette!« Stimme wie ein Cello, empfindliche Frauen weinten. »Wöchentlich einmal«, befahl er, »sollt ihr euch den Magen auspumpen lassen. Alle. Was ihr heutzutage fresst! Wo das Ganze Not leidet, muss der Einzelne Opfer bringen.« Da erkannten sie sein Wort.

»Ihr sollt eure Frauen kontrollieren lassen«, gebot er. Hierauf schienen Spötter gewartet zu haben, sie äußerten Ironie; wurden aber von geborenen Ordnungsmenschen zusammengeschlagen mitsamt der Bank der Spötter. »Ihr sollt eure Frauen kontrollieren lassen. Nur Führungszeugnisse 1a berechtigen zur Nachkommenschaft. Für tuberkulöse Kinder komme ich ein für alle Mal nicht auf.« Hier waren auch die Kinder aus ihrer Kohlengrube hervorgekrochen, drängten zur Bühne und atmeten sein Wort.

Schon entstand aber bei den vordersten der Kinder eine Gegenbewegung rückwärts, denn er ward gefährlich. Er steigerte sich, die Stimme rollte. »Jeden Abend sollt ihr an mich denken. Vom Alter von zehn Jahren ab sollt ihr fünf Minuten kopfstehen mir zu Ehren. Von zwanzig bis dreißig sollt ihr, an Nacken und Fußgelenken zwischen zwei Stuhllehnen in der Luft hängend, mit euren Weibern verkehren. Bis vierzig sollt ihr euch aufhängen und wieder abschneiden. Darüber ist vom Menschen nichts mehr zu erwarten, er soll nur noch Hurra ins Ofenloch rufen.«

»Mensch! wie sehen Sie denn aus«, sagte der schöne Jüngling mit dem Haifischmaul. Er war schon wieder unerwartet bei dem kleinen Mann. »Sie haben Glühbirnen im Kopf, gehen Sie nach Haus!«

»Jetzt nach Haus?«, stammelte der kleine Mann. »Wo es im schönsten Gang ist!«

»Was ist denn im Gang? Sie wissen, wie es weitergeht?«

Der kleine Mann fühlte sehr wohl den Jüngling lauern, sofort löschte er seine Augen aus. »Ich weiß von nichts.

Aber die schöne Stimme! Nicht einmal seine Radiostimme ist so unwiderstehlich wie seine wirkliche.«

»Seine wirkliche? Klingt die nicht ganz anders? Machen Sie sie mal! Sie können es doch.«

Jetzt hatte der Jüngling auch die Augen des Haifisches. Der kleine Mann musste hineinsehen, es reizte ihn. Seine eigene übermäßige Spannung reizte ihn, das Unglück herbeizurufen und zu handeln wie ein Narr. Er machte sich ein kleines hohes Stimmchen. »Hurra ins Ofenloch rufen!«, pfiff er. Dann sahen die beiden sich an.

Die Bühnenstimme rollte. »Kobes schlemmt nicht, Kobes säuft nicht. Kobes tanzt nicht, Kobes hurt nicht. Kobes arbeitet zwanzig Stunden am Tag. Ihr sollt es ebenso machen, dann werdet ihr, was ich bin! Ich kann, wenn ich will, meine Schwester vergewaltigen, dem Tüchtigen steht die Bahn frei. Mir ist nichts verboten, ich bin jenseits von Gut und Böse. Werdet wie ich.«

Allerinnigste Verführung, es lief ihnen über den Rücken. »Wollt ihr, meine Kinder? Ihr könnt! Ihr müsst nur bereit sein, sogar in den Hochofen zu springen. Dann habt ihr's geschafft. Wer in den Hochofen springt, ist gefeit und kann tun, was er will.« Wobei hinter ihm der Vorhang aufging und der Hochofen erschien. Es war nur ein kleiner, aber entzückte Augen erblickten ihn riesenhaft. Erhitzter Atem blies ihm wirkliches Feuer ein. Er glühte hochrot; aber Zischen, Knattern und Fauchen, das sie aus ihm vernahmen, machten sie selbst.

Der schwarze Umriss vor dem Glutschein lockte: »Ihr Kinderchen kommt!« Da kamen sie – Kinder, die schon längst hinaufverlangten. Zuerst ein munterer Knabe, der sich noch stolz umsah, als hätte ein Ringkämpfer ihn gewürdigt, auf die Bretter zu steigen. Der schwarze Umriss beförderte ihn, hast du nicht gesehen, ins Ofenloch. Aufbrüllen allseits, der Nächste. Noch viele.

Als sie sahen, dies gehe weiter und niemand verhindere den Moloch, trat die Achtung vor den Tatsachen ein. Mütter, die sich auflehnten, wurden alsbald in ihre Schranken verwiesen. Gegen Ausbrüche und Tätlichkeiten fand sich freiwillige Polizei; man drängte Ungebärdige ab nach hinten. Vorn sammelte sich der Teil der Menschheit, dem die Ereignisse ungeahnte Aussichten öffneten. In selbstvergessener Haltung schmatzten und erbleichten sie, die Augen aus dem Kopf. Wer auch so wüten könnte! Der Heizer brauchte nur zu versagen, für technische Nothilfe war gesorgt.

Als er aber genug hatte für seinen Ofen, trat er, die langen Arme erhoben, vor und rief: »Ich gebe euch frei. Vergewaltigt eure Schwester! Springt jedem an die Gurgel! Dem, der meinen Hochofen nicht mehr fürchtet, können weder Menschen noch Gott je wieder befehlen. Nur ich! Aber ich gebe euch frei.« Wobei über ihn und seinen Ofen der schwarze Vorhang fiel. Dies hatte ihnen nur noch gefehlt. Sie brachen aus; kein Eingreifen Besonnener blieb wirksam hiergegen. Es begann mit Plünderung des Büfetts und führte dazu, dass der Boden sich bedeckte mit Knäueln halb Entkleideter, die einander umbrachten und liebten in einem. Mörderischer Gestank entfesselter Körper, verwüsteter Stätten entrückte den Vorgang in seine Wolke.

Hinter der Wolke stießen halb blind aufeinander der

242

Aus gutem Hause

kleine Mann und der schöne Jüngling mit dem Haifisch-maul. Der Jüngling hatte ganz den Kopf verloren. »Ist das nun erlaubt? Oder soll die Polizei einschreiten? Wenn man wüsste, wer der Mann auf der Bühne war! Wenn feststände, was oben gemeint ist!«

Der kleine Mann schrie zurück im Lärm: »Oben ist eine Religion gemeint. Die neue Religion, nach der unser Erd-teil in furchtbaren Zuckungen ringt. Wussten Sie das nicht? So sieht sie aus. Kobes war längst auf dem Wege, Gott zu werden. Jetzt ist er es!«

»Irrsinn!«, schrie der Jüngling. »Wer nicht den Klaps hat wie Sie, sondern nüchtern bleibt, geht nie bis ans logische Ende. Das schadet jeder Sache. Gute Geschäfte macht man nur in der Mitte. Immer nüchtern!« – wobei ihm aber aus der Wolke des Gestankes ein sinnlos betrunkenes Weib ent-gegenfiel, das ihn mit umriss. Der kleine Mann, nur in Ge-danken ungehemmt, wich dem Anblick voll Ekel aus.

»Nüchtern!«, rief er und erstieg die Estrade über dem Ausgang. »Als ob ihr es aus Kraft wäret! Euer schwaches Fleisch verrät einen Geist, der nicht kann. Volk, mein Volk!« – die Arme ausgebreitet von oben: »So lieb ich dich. Sei frei und groß! Deine selbsterwählten Führer haben dir den Weg gewiesen, ich sorge nur für letzte Lockerung. Dein Gott will, Volk, als Endopfer deine Vernunft: her da-mit!« – unter Husten und Niesen infolge des aufsteigenden Gestankes. Umso stärker brüllte der kleine Mann über den Lärm hin.

»Wenn er das Letzte von dir hat, Volk, verstehst du, wenn dieser Gott von dir das Letzte hat, ist seine Stunde da. Dann kann er nichts mehr fressen, dann ist er voll. Dann ist er abgeklärt und kann sich nicht mehr wehren. Dann wird er umgelegt, erledigt, gekillt.«

In Raserei: »Gedenke, o Volk! Dies wird mein Werk sein! Das reine Werk des Gedankens!«

Da schob sich auf der Wolke bis unter seinen Standpunkt ein Gesicht. Der Jüngling – er sagte mit dem Haifischmaul: »Jetzt haben Sie sich aber verraten.«

IX

Nächsten Tages hatte der Rayonchef für Soziales einen Besuch. »Herr Dalkony? Ich kenne Sie. Von mir wurden Sie engagiert.«

Dalkony, blond, leicht rötlich, doch nicht Cohn?, dachte der Rayonchef. Dalkony sagte: »Aber der Mann war ganz klein, und Sie sind so lang.« Still, sachlich, mit unbeirrten Augen, die übrigens tief und einander zu nahe lagen.

»Sie scherzen«, sagte der Rayonchef. »Der kleine Mann, den Sie meinen, ist bei uns Liftjunge.«

»Ich scherze niemals«, sagte Dalkony. »Ich komme pünktlich meinen Verpflichtungen nach und erwarte von anderen dasselbe.«

»Sie haben uns zufriedengestellt« – der Rayonchef begann ermutigend. »Woher kommt es, lieber Dalkony, dass wir nicht früher von Ihnen hörten? Wir würden Sie schon längst gekauft und damit für uns unschädlich gemacht haben. Sie dürfen nicht mehr auftreten«, schloss er knapp.

»Ich soll nicht mehr auftreten?« Tiefes Erschrecken.

»Es geht nicht, Dalkony. Sie müssen es einsehen. Sie haben sich da eine künstlerisch nicht üble Nummer eingeübt. Sagen wir ruhig eine erstklassige.« Wobei Dalkony melancholisch aufglänzte. »Wer hat sie übrigens erfunden? Den Mann müssen wir haben. Aber Ihre Nummer«, schloss der Rayonchef, »ist für uns nicht tragbar.«

Nachdenken Dalkonys. Dann: »Wenn ich nun trotzdem weiter damit reise?« – »Versuchen Sie es mal!« Der Rayonchef klappte sein Haifischmaul auf und zu.

Dalkony, immer erschreckter: »Tun Sie mir nichts! Ich weiß schon, wenn Sie mich ruinieren wollen … Sie haben schon andere ruiniert.« Angesichts des Haifischmaules: »Dann zahlen Sie wohl auch nicht meinen Kontrakt aus, für vierzehn Tage? Ich Pechvogel dachte es mir gleich.«

Da ward der schöne schlanke Jüngling mit dem Haifischmaul tief menschlich. Er legte dem Besuch die lange Hand auf die Schulter, er sagte nett: »Setzen Sie sich, Dalkony.« Seine Bewegungen waren von jetzt ab nicht ohne Anspruch auf edle Form. Sogar süße Stimme gab er zum Besten. Es war für einen Kenner. »Was verlieren Sie, Dalkony? Wenn wir Sie entschädigen?«

»Nu, können Sie's?« Müd zweifelnder Tonfall, doch wohl Cohn, dachte der Rayonchef. »Man ist Anfänger«, sagte Dalkony. »Schön. Man arbeitet auf Vorstadtbühnen oder in der Provinz, wer kennt einen. Schön. Aber man hat doch Aussichten. Nicht nur auf mehr Geld.«

»Auch Kobes arbeitet nicht bloß für Geld«, leierte sofort der Rayonchef. »Malt ein Maler, komponiert ein Musiker um des Geldes willen? Schaffensdrang des schöpferischen Menschen …« Er erwachte.

»So ist es«, sagte Dalkony, ohne sich zu wundern. »Meine

Arbeit als Künstler macht sich selbst bezahlt. Was meinen Sie, der Erfolg für mich, dass Ihr Liftjunge mich so eilig herkommen ließ! Per Auto hat er mich geholt, ist das ein Erfolg? Die große Bühne gleich, das Riesenhaus überfüllt! Tricknummern brauchen das, sonst bleiben die Leute flau. Nu, sind sie flau geblieben?«

»Alles andere, nur das nicht, Dalkony. Aber nun haben Sie es genossen.« – »Hören Sie selbst mal auf, wenn Sie erst Blut geleckt haben!«

Der Rayonchef brach ab. »Also Sie bleiben bei uns. Wir müssen Sie im Auge behalten.«

Dalkony sah sich nach der Tür um. »Um Gottes willen, Freiheitsberaubung?« – »Wofür halten Sie uns? Sie werden hier angestellt. Fest, mit schönem, sicherem Gehalt. Sie bekommen in der Abteilung für Propaganda das Referat über Varieté. Ihr altes Fach.«

»Ich soll für meine Kollegen was tun? Und selbst soll ich nie wieder auftreten?« Der Schmerz des Künstlers ergriff sogar den Rayonchef. »Nie wieder, wer sagt das? Gelegenheiten bieten sich immer. Wir haben für unsere Arbeiter und Angestellten eine Heil- und Pflegeanstalt. Eine? Sieben – und man stürmt sie.«

»Bei den Verrückten soll ich –?«

»Was wollen Sie, den Gesunden ist Ihre Kunst nicht bekommen.«

»Bei den Verrückten soll ich!« Gebrochen wie nur einer – aber je länger, je mehr ergab sich Trost. »Schließlich gehen Verrückte vielleicht noch besser mit«, murmelte der Künstler.

»Sehen Sie wohl«, schloss der Rayonchef. Als Dalkony

aber aufstand, hielt er ihn vertraulich zurück. »Noch eins, mein Lieber. Vertrauenssache. Nächstens erwarten wir eine Dame. Geschäftlich – wenn man so sagen will.« Leichtes Lachen eines Kavaliers. »Wir haben die Absicht, Ihnen die Sache zu übergeben. Aber Sie müssen genau die Persönlichkeit vorstellen, wie in Ihrer Tricknummer.«

»In der Maske soll ich die Dame –« Dalkony wunderte sich nicht. »Aber das kostet mehr«, sagte er ohne Besinnen.

»Die Dame ist nicht übel. Große Dame, nur schmeichelhaft. Ich wäre gleich der Mann. Aber es muss nun mal Ihre Maske sein. Wir verlassen uns darauf, dass Sie sich keine Blöße geben.«

»Ausgerechnet in der Lage?«, fragte Dalkony melancholisch. Er blieb dabei, es koste mehr. »Untragbar, Zusammenbruch«, sagte der Rayonchef, aber diesmal hatte Dalkony die Macht, seinen Anspruch durchzusetzen.

Die Herren waren endlich einig, Dalkony ging. »Machen Sie sich bei der Dame eine hohe Stimme! Pfeifen Sie!«, rief der Rayonchef ihm nach.

X

In der Tür stieß Dalkony auf den kleinen Mann. Er wich ihm nicht aus, vielmehr griff er sogar in die Tasche. »Da hast du, Kleiner.« Der kleine Mann musste den Geldschein mit Verachtung, Dalkony aber voll äußerster Strenge betrachten, dann erst konnte er unter Wahrung seiner Menschenwürde eintreten. Die Arme verschränkt, schritt er dem Rayonchef entgegen. »Was heißt dies?«, heischte er.

Da der Gegner verständnislos tat, streckte er das Ärmchen nach der Tür aus. »Was treiben Sie mit dem da?« Worauf Dalkony, um nur in nichts hineinzukommen, lautlos entwich.

»Wollen Sie sich zunächst wie zu einem Vorgesetzten betragen«, verlangte der schöne schlanke Jüngling mit dem Haifischmaul. Der kleine Mann, dies hören und jede Rücksicht vergessen. »Mein Vorgesetzter, Sie? Ein getünchtes Grab sind Sie. Ich werde für Ihre Kaltstellung sorgen.« Er bebte von gereiztem Machtgefühl. Der Jüngling zeigte lachend sein ganzes Maul, das war alles.

»Lachen Sie nicht!«, rief der kleine Mann, er stampfte auf. »Verantworten Sie sich! Was geht Sie mein Dalkony an.«

»Soeben gewann ich ihn dauernd für unsere Zwecke.« Auf einmal war der Jüngling geradezu willfährig. »Denken Sie sich, er wird seine Tricknummer, sooft es uns geboten erscheint, in der Heil- und Pflegeanstalt ausführen.«

»In der –« Dem kleinen Mann verschlug es die Rede. Als er Atem hatte: »Nicht nur stehlen Sie meine Idee, Sie entwerten sie auch! Das sind Sie, Jüngling mit dem Haifischmaul! Nie im Leben werden Sie von Ideen mehr wissen, als dass man sie stehlen und entwerten kann.«

Der Jüngling blieb zuvorkommend. »Bei aller persönlichen Verehrung: Was sind Ideen – wenn nicht der sie hat, der die Macht hat.«

»Die habe ich.« Der kleine Mann steckte die Hand in den Ausschnitt seiner Weste.

»Dann ist alles gut« – immer höflicher. »Ich gebe bereitwillig zu, dass niemand so glatt aufsteigt wie ein Liftjunge.«

»Sie vergessen die Wanze an der Wand«, erwiderte beißend der kleine Mann.

Jetzt bückte der Jüngling sich vor Nachgiebigkeit. »Die Wanze nistet im Zimmer. Auf den Liftjungen wartet draußen ein schöner Lift. Nur Mut, Herr Doktor!« Mit einladender Hand. Der kleine Mann musste stutzen. »Sie scheinen schief gewickelt, Jüngling«, sagte er gleichwohl noch beherzt. »Ich bin Rayonchef für Propaganda. Hier mein Patent.« Wobei er seinen Vertrag mit dem Höchsten hervorbrachte.

Der Jüngling las ihn voll Achtung. Er nickte. »Sie sind zum Nachfolger des Generals ernannt. Daran ist nicht zu drehen noch zu deuteln. Rayonchef für Propaganda sind Sie darum freilich noch nicht. Vorerst versehe ich neben dem Sozialrayon auch die Propaganda, sie hat zurzeit keinen eigenen Chef.«

»Sie hat mich«, sagte der kleine Mann, bei beginnendem Herzklopfen.

»Das lässt sich leider nicht sagen – sosehr ich die Propaganda zu einem solchen Chef beglückwünschen würde.« Melodisch vor Freundlichkeit: »Sie sind Liftjunge. Denn der General, dessen Nachfolge Ihnen zufällt, wurde vor Unterzeichnung Ihres Vertrages zum Liftjungen befördert. Hier das Patent.«

»Es ist zurückdatiert!«, rief der kleine Mann, geistesgegenwärtig wie ein Verzweifelter. »Beispielloser, teuflischer Betrug!«

»Wollen Sie ihn beweisen?«, fragte der Jüngling teilnahmsvoll. »Klagen? Klagen gegen wen? Gegen den unsichtbaren, wahrscheinlich nicht existenten Gegenstand einer Religion, die Sie selbst dem schwer ringenden Erdteil zudachten?«

»Er existiert! Hier seine Unterschrift!« Der kleine Mann kämpfte. Der Jüngling hob sanft die Schultern. »Wer wird sie für echt halten. Gerichte, Sie wissen es, sind tief religiös. Die öffentliche Meinung ist es auch. Beide werden fest entschlossen keinerlei Einfluss Gottes auf die Händel der Welt je zulassen, aus Furcht, ihn zu entweihen. Ihre Klage wird abgewiesen. Sie bleiben Liftjunge. Ja –«

Der Jüngling schöpfte Atem, oder war es Seufzen des Mitgefühls. »Ja, sollten Sie so schlecht beraten sein, die Geschichte von dem Varietéstern Dalkony und dem General-Liftjungen in die wenigen Zeitungen zu bringen, die noch nicht von uns kontrolliert werden: Ach, dann begänne Ihr Leidensweg. Dann würden wir erwidern müssen, dass Dalkony nur im Irrenhaus auftritt. Ihre Geschichte könne daher nur im Irrenhaus spielen. Sie selbst, dem jene paar Zeitungen ins Netz gingen, seien also Insasse des Irrenhauses … Damit es aber wahr wird, müssten Sie hinein.«

Hier verließ den kleinen Mann die Kraft, er fiel um. Der Rayonchef für Soziales bespritzte ihn eingehend. Als der Geschlagene erwachte, beschämte er ihn nicht durch tätlichen Beistand, sondern ließ ihn am Boden sitzen, solange er noch nicht aufstehen konnte. Er neigte sich zu ihm, wie zu einem verstockten Kind, das endlich weinen und bitten soll. Er flüsterte dringlich: »Gestehen Sie doch! Sie sind gegen Kobes. Sie wollten sich vergreifen an Kobes. Sie wollten ihn – na, stürzen. Ihre Religion sollte ihn bloßstellen, seine letzten Folgen verraten, sollte die Welt vor die Brust stoßen, damit sie erschrak. Kind!«

Ernstlich besorgt ließ der Jüngling eine Träne fallen, indes sein Haifischmaul vom Predigen troff. »Weltfremdes Kind! Ist denn ein Hochofen widerlegt, wenn man hineinspringt? Ist Kobes tot, wenn Sie dumme Witze mit ihm machen? Da er nie Mensch war, lebt er weiter. Sie wissen keinen Witz, der das System umbringt. Systeme sind noch weniger Mensch, als Sie es sich geträumt haben.«

Wie steigerte sich der Jüngling! »Organisation, Mentalität, Einstellung, Belange: wieso Mensch? Was soll Mensch? Menschen vergehen, Belange bestehen. Das haben Sie nicht begriffen. Sie begreifen nicht das System, das doch der Einfachste begreift, wenn er sich ihm opfert!«

Hier kehrte dem kleinen Mann alle Kraft wieder, er sprang vom Boden. »Ich nicht verstehen! Ich, Philosoph, der Gemeinheit nicht gebieten durch mein Hirn! Das wirst du erleben, Jüngling. Du wirst mich ihn herbeischleppen sehen in eigener Person. Den du unsichtbar nennst, den du nicht existent zu nennen wagst: Ich, wisse, Jüngling, sah ihn! Ich, Jüngling, wisse, werde ihn herholen!«

XI

Schon ist er draußen. Er rennt, dass die Schöße fliegen. Rennt vorbei an Türen, die zuklappen, wenn er kommt, durch Gänge, die hallen, und Hallen, die leer dahingehen wie ins Nichts. So ist jener verblichene Mittelstand gerannt mit seiner letzten Meldung. An heimliche Fallen ist nicht mehr zu denken, auch fällt er in keine.

Wie der kleine Mann in Sicht des runden Raumes kam,

wo alles mündete, stand vom Tisch der Wachtmeister auf. Er hatte den zerlegten Revolver gerade fertig zusammengefügt, hatte ihn scharf geladen und stand nun da zum Empfang des kleinen Mannes, stramm, aber nicht feindlich. »Da sind Sie«, sagte er. Kraftvoll fing er den Laufenden ab, sonst hätte der kleine Mann sich an der Wand zerquetscht.

»Hinauf!«, keucht der kleine Mann. »Ich will hinauf.«

»Wissen wir« – der barsche Wachtmeister schmunzelt. »Wir kennen Sie doch, Herr Doktor.«

Womit er auch schon die Kassentür dreht. »Nur hineinspaziert!« Der kleine Mann ist drinnen.

Noch keucht er, mehr will er noch nicht, nur keuchen. Dann fällt ihm ein, dass er wartet. Er erwartet den Aufstieg, der ausbleibt.

Die Tür? Fest zu. Ganz fest. Das Fenster? Fest. Er stößt es noch fester. Endlich, er spürt den Ruck, er hebt sich. Ihm schwindelt, denn er hebt sich unbegreiflich hohen Taten entgegen. Noch aufatmen vor dem Eintreffen!

Er atmet, aber er trifft nicht ein. Er fühlt sogar das Gleiten des Lifts nicht mehr. Der Lift hat angehalten, er hängt. Der kleine Mann schreit auf vor Entsetzen. Ihm ist auf einmal klar, dass dieser Lift sich nie bewegt hat. Der Aufstieg war nur Spiel der Nerven gewesen. Besonnen! Noch ist nichts verloren. Er klopft. Aber nichts rührt sich.

Er wartet in seinem Wartezimmer. Er hat Zeit. Die Zeit arbeitet für ihn. Einmal triumphiert er.

Plötzlich wirft er sich gegen die Tür, brüllend haut er hinein. Lauschen. Nichts. Er haut, er stößt. Nichts. Er brüllt sich heiser. Für immer nichts. Er steht, horcht, und Ahnung kommt ihm, er sei abgeschlossen von Menschenlauten für immer. Damit es nicht wahr sei, legt er den Bügel mit Ohrenplatten um den Kopf; sogleich ertönt die Radiostimme:

»Erst die Nachwelt vielleicht wird einst die volle Wahrheit erfahren über Entstehung und Ausdehnung dieser Macht, die alles Vergleichbare schon übertroffen hat und sichtlich ins Mythische wächst. Kobesmythe! Die neue Religion, nach der unser ganzer Erdteil in furchtbaren Zuckungen ringt, sie ist gefunden!«

Schlotternd mit allen Gliedern streifte der kleine Mann den Bügel ab. Der Glaube der Menschen war nicht seiner, er war verworfen, er, der sich an ihm verging! Der Lift, weiß Gott, sah ganz so aus, als wäre er sein Grab. Er beschwor ihn noch, die Hände gefaltet: »Steig auf!« Aber als es umsonst war, gab er sogleich nach.

Wozu aufsteigen. Wäre er aufgestiegen gegen das Gesetz, hätte er Hand gelegt an den dort oben: Er holte doch nur ein ungebügeltes Häufchen Traurigkeit und Habgier herab und warf es der Welt hin. Die Welt aber trat tausendfach davor, schaffte das Häufchen aus der Welt und leugnete, es je erblickt zu haben. So war es menschlich. ›Habe denn ich selbst das Häufchen je wirklich erblickt?‹, dachte der kleine Mann schon mit der Ruhe des Grabes. Er lächelte, letztes Lächeln.

Da erblickte er etwas Neues: den Revolver des Wachtmeisters. Der Revolver lag in dem tiefen Klubsessel gleich neben der so fest verschlossenen Tür; der Wachtmeister hatte ihn, nicht ohne Zartgefühl, halb hinter die Lehne geschoben. Gefasst ging der kleine Mann darauf zu.